상
처

# 상처

검은 그림자의 진실

나혁진 장편소설

MONGSIL
BOOKS

# 1

아랫도리가 근질근질했다.

나는 눈도 뜨지 않고 오른손을 아래로 내려 바지 주머니 언저리를 벅벅 긁다가 허공으로 재빨리 손을 뻗었다. 예상대로 잡히는 것이 있었다.

손목을 붙잡힌 사람의 입에서 꼬리를 밟힌 강아지 같은 소리가 났다. 한사코 손목을 잡아 빼려고 낑낑대는 누군가의 얼굴을 보기 위해 눈을 떴다. 이미 주위가 어두워진데다가 정자의 천장 그늘로 인해 사방이 어두컴컴한 곳에 키가 껑충한 남자가 우두커니 서 있었다.

아직 잠기운이 남아 실눈을 뜬 나와는 달리 이 녀석은 안 그래도 커 보이는 눈을 최대치로 벌리고 있었다. 입 또한 주먹을 두 번 넣었다 빼도 침이 안 묻을 만큼 크게 벌어져 있었다.

"주머니를 착각했나 보군."

손목을 홱 뿌리치며 말했지만 상대는 당혹스러운 표정을 유지할 뿐 대꾸하지 않았다. 나는 천천히 상반신을 일으켜 나무로 된 정자 마루에 걸터앉았다. 두 다리를 직각으로 구부려 내리고 등만 딱딱한 정자 바닥에 눕힌 상태로 몇 시간을 잤는지 모르겠다. 등허리 전체가 뻐근하고 감각이 없는 걸 보니 족히 서너 시간은 지났을 것이다.

나는 손바닥으로 두 눈두덩을 문질러 눈곱을 털어내며 주변을 찾았다. 내 몸 왼편에 검은 비닐봉지가 보였지만 안심하기는 일렀다. 비닐봉지를 벌려 안에 든 것을 샅샅이 훑었다. 소주 네 병과 말린 오징어, 라면 한 봉지가 무사한 걸 확인하고 나서야 안도했다.

"그건 안 건드렸어요."

내 앞에 죄인처럼 몸을 옹송그리고 선 녀석이 말했다. 말투에 불만이 스민 걸 보니 소주병이나 훔쳐가는 잡범 취급에 뿔이 난 모양이었다.

"남의 주머니는 털어도 이딴 건 관심 없다는 말이냐?"

"딱 500원만 가져가려고 했어요."

입고 있는 고등학생 여름 교복에 걸맞은 스케일이다. 나는 헛웃음을 치며 왁스로 뾰족하게 세워 손대면 피가 배어나올 것 같은 머리부터, 바지통을 잔뜩 줄여놓아 발목 즈음에서는 피가 안 통할 것 같은 발끝까지 녀석을 찬찬히 바라보았다.

"담뱃값이 올라서 고생이 많다, 병학아."

다시 병학의 눈이 불시에 손목을 잡혔을 때만큼 커졌다.

"저, 제 이름을 어떻게……?"

"거기 가슴 명찰에 실로 박아놨잖아, 박병학."

자신의 흰 와이셔츠 왼쪽 가슴께를 내려다본 박병학이 한숨을 쉬었다.

"너 208동 8층 살지? 나도 거기 산다, 1002호. 네가 우리 동 뒤편 쓰레기장에서 친구들하고 담배 피는 것, 내가 몇 번 봤어. 네 몸, 네가 알아서 망가뜨리는 건 내가 알 바 아니지만 도둑질은 다른 얘기지. 한 번만 더 이런 짓하다 걸리면 부모님을 찾아뵐 수밖에 없으니까 알아서 기어라."

고개를 푹 수그리며 연신 알겠다고 주절거리는 박병학에게 정확한 집주소를 묻고 이만 돌아가라고 했다. 겨우 내게서 해방된 박병학이 돌아서다 말고 물었다.

"아저씨, 형사세요?"

"왜?"

"아니, 감각이 너무 예민하셔서요. 저기까지 술 냄새 풀풀 풍겨서 눈치 못 챌 줄 알았거든요."

형사 따위와는 히틀러와 안네만큼이나 먼 사이였지만 아이

7

에게 경각심을 주기 위해 고개를 끄덕였다.

"그래, 그 비슷한 거다. 그러니까 다음에 또 아리랑치기 하다가 걸려봐라."

"어휴, 다신 안 그럴게요."

몇 번씩 손사래까지 쳐가며 약속한 박병학을 먼저 보냈다. 같은 동에 살고 있다 해도 이런 대화를 나눈 마당에 나란히 집 앞까지 가서 손을 흔들며 헤어질 수는 없지 않은가.

나는 하릴없이 주변을 둘러보았다. 시야 정면에 내가 사는 208동 아파트가 보였다. 술을 사러 나오기 전부터 불을 켜둔 10층 내 집 말고는 전부 불이 꺼져 있었다. 왼쪽 바지 주머니에서 휴대폰을 꺼내 시간을 확인해보니 새벽 2시가 넘었다. 상가 마트에 갔다가 술기운이 확 올라 잠시 정자에 눕는다는 게 어느덧 네 시간이 지난 것이다.

마음이 급해져 비닐봉지를 들고 자리에서 일어나다가 아파트와 정자 사이의 어린이 놀이터에 시선이 닿았다. 놀이터 안은 할로겐 등이 눈부신 빛을 내뿜어 단지 안에서 오직 그곳만 피아노 콘서트 무대처럼 밝았다. 좁은 부지에 그네와 정글짐, 미끄럼틀, 철봉 등이 아기자기하게 들어선 놀이터를 얼핏 보기만 했는데도 목구멍이 턱 막히고 폐가 돌덩이마냥 굳는 느낌이었다.

땅바닥에 시선을 고정하고 놀이터를 둘러 아파트로 향했

다. 건물 안으로 들어가서 엘리베이터 앞에 서자 비로소 숨을 쉴 수 있었다. 10층에서 내려 복도를 따라 걷다가 1002호에서 비밀번호를 누르고 집 안으로 들어갔다.

불이 켜진 집 안은 네 시간 전과 같이 생기 없고 고요했다. 하기야 나 혼자 사는 집 침대 밑에 몰래 요정이 숨어 사는 것도 아닌데 외출 때마다 뭔가 바뀌는 게 오히려 이상하다. 나는 왼손에 비닐봉지를 달랑달랑 매단 채로 17평의 좁은 집을 둘러보았다.

현관을 기준으로 오른쪽에 영원히 열릴 일이 없는 작은방문이 보이고, 작은방 다음이 하루에도 몇 번씩 토하러 들어가는 화장실이다. 화장실 너머는 안방이었고, 방 세 개가 순서대로 이어진 맞은편에 다용도실과 주방, 그나마 집에서 가장 넓은 거실이 마주 보는 구조를 이루고 있었다.

나는 슬리퍼를 벗어버리고 싱크대와 가스레인지, 냉장고가 전부인 왼편의 주방으로 향했다. 빈 냄비에 라면 물을 올리고 딱 세 발 앞으로 가서 거실에 도착했다. 4인용 식탁 위에 비닐봉지를 내려놓자마자 소주 병뚜껑을 따서 암 수술 후 한나절 만에 물을 마시는 환자처럼 허겁지겁 들이켰다. 식도를 타고 뜨겁고 비릿한 것이 흐르자 비로소 가슴 속의 돌덩이가 스르르 녹아내리는 기분이 되었다.

한동안 식탁 의자에 앉아 병나발을 불다 물이 끓는 소리에 엉덩이를 들었다. 냄비에 라면을 넣으려다가 갑자기 귀찮아져 가스 불을 끄고 돌아왔다. 아쉬운 대로 말린 오징어를 씹으며 계속 소주를 마셨다.

여느 때와 다름없는 하루의 끝이 다가오고 있었다.

2

눈을 떠보니 아파트 단지 내의 정자였다. 등에 닿은 마루의 냉기가 시원했다. 마룻바닥에서 일어나 양반다리를 하고 앉자 한 줄기 바람이 더욱 상쾌한 기운을 가져다주었다. 한여름의 열기라고는 찾아볼 수 없는 정자에 나오길 잘했다고 생각하다가 문득 불안해졌다.

예나가 보이지 않는 것이다.

다급히 정자에서 나와 고개를 좌우로 돌려 주변을 살폈다. 여전히 예나의 모습은 없었다. 혹시 눈앞의 놀이터에 있나 싶어 그쪽으로 발길을 옮겼다. 끝을 고무로 둥글게 마감한 철제 펜스 중앙의 출입구로 들어서자 저절로 안도의 한숨이 흘렀다. 왼편 그네에 하늘색 원피스를 입은 예나가 앉아 앞뒤로 흔들거리고 있었던 것이다.

나를 발견한 예나가 입술이 찢어져라 환히 웃었다. 덩달아 미소를 흘리며 예나에게 다가갈 때 예나가 아빠를 부르려는지 입을 크게 벌렸다. 놀랍게도 그 작은 입에서 시뻘건 피가 주르륵 흘러내렸고 나는 그 자리에서 멍하니 굳어버렸다. 내가 그토록 사랑하던 예쁜 웃음 대신 감정이 전혀 느껴지지 않는 눈길로 나를 뚫어지게 응시하는 예나를 망연히 바라보며 나는 극도의 충격을 받았다. 잠시 후 아래턱이 툭 열리고 더욱 크게 벌어진 입에서 폭포수처럼 쏟아지는 핏물에 번쩍 눈이 떠졌다.

나는 단지 안의 정자가 아니라 안방 침대에 누워 있었다. 침대에 일어나 앉아 지독한 악몽을 털어내기 위해 몽롱한 머리를 흔들었다. 천천히 뇌가 현실로 돌아오는 것 같아 침대 옆 작은 탁자 위의 탁상시계를 보았다. 두 시곗바늘이 꼭대기에서 만나기 직전이었다.

사하라 사막의 조난자처럼 바싹 마른입이 텁텁해 견디기 힘들었다. 물을 마시러 거실로 나가기 위해 일어서는 순간 방이 빙그르르 한 바퀴 도는 것 같았다. 쓰러지지 않으려고 두 다리에 힘을 모았다. 한참 그러고 섰지만 현기증은 쉽사리 가시지 않았다.

방문을 열고 거실로 나갔다. 마치 중력이 없는 달 표면을 걷듯 휘청휘청 주방 냉장고로 가서 1.5리터 물병을 꺼냈다.

그러고는 한 모금에 식도가 받아낼 수 있는 최대한의 물을 쏟아 넣었다. 마실 때만 잠깐이지 물병에서 입을 떼면 갈증이 계속됐다. 결국 갈증이 사라져서가 아니라 배가 불러서 더 마실 수 없었지만 어느 정도 정신을 차리는 데는 도움이 됐다.

나는 지끈지끈 아픈 머리를 돌려 이 두통의 원인을 내려다보았다. 식탁 위에 동서남북으로 널브러진 소주병들과 먹다 남은 오징어 다리 하나가 보였다. 바짝 말라비틀어진 오징어 다리의 빨판들이 몹시 추레하게 느껴졌다. 우주전쟁 중에 지구인이 쏜 포탄에 맞아 부러진 화성인의 다리 같은 그것을 집어 거실 벽에 냅다 던졌다.

다시 물병을 손에 쥔 채로 안방으로 향했다. 침대 옆 탁자에 물병을 내려놓을 때 앞면이 바닥으로 내려가도록 덮어놓은 작은 액자가 눈에 들어왔다. 액자를 들어 올리자 꿈에서 본 예나가, 꿈에서 본 하늘색 원피스를 입은 사진이 들어 있었다. 오늘 새벽 술에 취해 뻗으면서 예나의 사진을 무심결에 덮어놓은 모양이었다. 아마도 그 이미지가 뇌리에 남아 해괴한 꿈을 꾸게 된 건 아닐까. 나는 한창 예뻤던 여섯 살의 예나 사진을 제자리에 돌려놓고 침대에 뒤로 몸을 던졌다.

골이 크게 흔들렸기 때문인지 머리가 한결 더 아파왔다.

처음에는 송곳으로 쿡쿡 찌르는 느낌이었다면 이제는 점점 강도가 세져 아예 칼로 머리의 살점을 도려내는 것 같았다. 천장을 바라보며 아예 머리가 없어졌으면 하는 생각을 했다. 머리만 없으면 이 참을 수 없는 고통도 없을 테고, 이 고통이 사라지길 바라는 지금의 나도 완전히 사라지겠지. 말도 안 되는 생각이지만 꼭 그렇게 됐으면 좋겠다.

한동안 누워 속을 달래고 있는데 왠지 어깨 쪽이 불편했다. 손을 뻗어 더듬어보자 리모컨이 잡혔다. 버튼을 눌러 침대 맞은편 장식장 위의 텔레비전을 켰다. 정오 뉴스 프로그램이 방영 중이었다.

여자 아나운서가 화면 중앙에 자리 잡았고, 오른쪽 상단에는 중년 남자의 얼굴이 캐리커처로 그려져 있었다. 남자의 두 송곳니는 뾰족했고 입가에는 침이 흘러내리고 있었다. 악마의 얼굴을 흘깃 본 사람이라면 저런 몽타주를 그려내지 않을까. 그림 아래에 기사 제목인 '친딸 성노리개, 40대 아버지'라는 문구가 보였다. 밤마다 열다섯 살 친딸의 몸을 더듬던 파렴치한 아버지가 체포되었다는 내용이었다. 멀리서 보는 나조차 치솟는 분노를 참을 수 없건만 경찰서 현장에서 마이크를 잡고 있는 여기자는 로봇이 친구하자고 달려들 방송 기자 특유의 부자연스러운 목소리로 사건을 덤덤하게 설명할 뿐이었다.

다음 기사는 '남편 외도에 지친 아내, 남편 살해'였다. 미리 상복을 입은 듯 검은 옷의 아내는 포토라인 앞에서 고개를 푹 숙이고 있었다. 남편의 외도로 우울증에 걸린 그녀는 견디다 못해 부엌칼을 남편 배에 박아 넣었다고 했다. 나는 거의 유일한 취미라고 할 수 있는 형량 계산을 시작했다. 듣는 사람이 있을 턱이 없지만 입을 열어 말했다. 오랜만에 입을 여는 거라 목소리가 갈라져 나왔다.

"아버지는 징역 3년에 집행유예 5년, 부인은 5년."

친딸 성추행은 분명 파렴치한 죄지만 강간이나 성관계가 있었던 건 아니다. 자연히 처벌 수위도 약해질 수밖에 없는데다, 아직도 법조계나 일반 여론은 저런 것도 애비라고 애비 편을 들어주는 경우가 많다.

두 번째 부인은 사람을 죽였지만 남편이 원인 제공을 한 점도 있고, 또 우울증으로 고통 받았던 점도 참작되어 5년 안에 바깥 구경을 하게 될 터였다. 재판관들도 사람이라 치정 살인에는 관대할 수밖에 없다. 판사에게도 배우자는 있을 텐데 자기 아내가 다른 남자와 옷을 벗고 뒹구는 것을 보고도 멀쩡할 수 있을지는 본인 스스로도 장담할 수 없는 문제다. 그래서 대부분 치정 살인의 형량은 5년을 크게 벗어나지 않는다.

한낮의 뉴스쇼에는 이외에도 많은 사람들이 출연했다. 단지 귀찮다는 이유로 두 살도 안 된 아이를 굶겨 죽인 젊은 부부와 상해 보험금을 노리고 어머니의 눈을 멀게 한 아들에 이르러서는 욕이 절로 나왔다. 지옥에도 번지수라는 것이 있다면 바로 이곳일 것이라는 생각이 들었다. 아빠가 딸을 성추행하고, 아내가 남편을 죽이고, 아들이 엄마의 눈을 파내는 곳이 지옥이 아니라면 달리 어느 곳이 또 있겠는가.

어머니의 눈을 파낸 아들이 들어가고 다시 메인 앵커의 얼굴이 화면에 나왔다. 눈앞에서 기관총으로 몇 사람쯤 죽어나가도 눈 하나 깜빡하지 않을 것 같았던 앵커의 얼굴에 긴장한 표정이 역력했다. 급하게 들어온 대본을 읽는지 말도 조금 더듬었다.

"앞서 전해드렸던 인천 수녀 성폭행 사건의 긴급 속보입니다. 오늘 오전 8시 인천시에서 성폭행당한 채 발견된 안젤리카 수녀가 의식을 되찾았다는 소식입니다."

나는 크게 놀라 흥미를 잃어가던 텔레비전에 다시 집중했다.

"최초로 안젤리카 수녀를 발견한 김 모 씨의 말에 의하면, 매일 운동을 하러 가던 인천시 미추홀구 문학산 약수터 인근에 안젤리카 수녀가 의식을 잃고 쓰러져 있었다고 합니다. 안젤리카 수녀는 급히 병원으로 호송되어 정밀 진단을 받았고, 조사 중 성폭행을 당한 사실도 밝혀졌습니다. 안젤리카 수녀는 현재 무엇인지 파악되지 않은 둔기로 얼굴을 비롯한 몸 전체를 집중적으로 폭행당해 발견 당시 생명이 위태로운 상태였습니다. 네 시간여의 집중 치료 끝에 의식을 되찾은 안젤리카 수녀가 증언을 한다면 사건의 자세한 내막을 알 수 있게 될 것이라고 인천시 경찰 당국은 밝혔습니다."

머리가 새하얘졌다. 많은 사건을 이런저런 통로로 접해왔지만 이토록 충격적인 것은 처음이었다. 여성을 대상으로 한 성폭행 범죄는 전국에서 하루 50건 가까이 노상 벌어진다. 하지만 내 기억에 수녀는 처음이었다. 수녀와 성폭행이라니, 두 단어가 나란히 놓인 것만으로도 불경스럽기 짝이 없었다.

뉴스 화면은 수녀가 발견된 약수터로 변했다. 하필 사건 현장인 인천 문학산은 산줄기가 내가 살고 있는 연수구와 미추홀구에 걸쳐 있어 익히 아는 장소였다. 얄궂은 풍경에 씁쓸함을 느끼다가 문득 술 생각이 간절해졌다.

주방으로 가서 머리 위 싱크대 찬장을 열었다. 어제 사온 소주는 다 마셨으니 비상식량을 꺼낼 수밖에 없는 상황이었다. 찬장에는 1리터들이 위스키 병이 가득 들어차 있었다. 위스키 한 병을 손에 들고 뉴스가 끝나기 전에 안방으로 돌아가다가 바닥에 떨어져 있는 오징어 다리를 밟았다. 안주거리 될 만한 게 없다는 생각에 그것을 집어 들었다.

안방으로 돌아와 보니 어느덧 뉴스는 끝났고 요란한 음악과 함께 광고가 흘렀다. 나는 망설이지 않고 리모컨 버튼을 눌러 채널을 돌렸다. 다른 방송국에서 뉴스를 하고 있었다. 요즘은 채널이 많아져서 하루 종일 뉴스를 볼 수 있는데, 나 같은 뉴스 중독자에게는 참으로 다행스런 일이다. 딱 5분만 봐도 자연히 술 생각이 나게끔 만들어주니 뉴스뿐만 아니라 알코올에도 중독된 내게는 최고의 친구가 아닐 수 없었다. 술맛은 매일 똑같지만 뉴스에서 나오는 사건은 날이 갈수록 흉악해지니 질리지도 않는다.

하지만 내가 무엇보다 뉴스를 좋아하는 진짜 이유는 술을 마시는 이유를 나 자신에게 떳떳이 댈 수 있게 해주기 때문이었다. 나 같은 알코올중독자는 늘 변명을 입에 달고 산다. 아직까지는 죄책감이 남아 있어 매일같이 술을 입에 대며 망가져가는 스스로의 모습에 이따금 괴로워진다. 그럴 때 뉴스에 나오는 이 지옥도 같은 세상에서 어떻게 술을 마시지 않고, 취하지 않고 견딜 수 있느냐고 당당히 항변할 수 있으니 이 얼마나 유용한 동반자란 말인가!

3

무언가를 두드리는 소리가 들려왔다.

쾅쾅 대는 둔탁한 소리가 연달아 울려 퍼져 베개로 귀를 막으며 소리를 차단하려 했다.

"야, 호진아! 이호진!"

그러나 마구 문짝을 두들기며 내 이름까지 부르는 통에 더 버틸 재간이 없었다. 나는 걷잡을 수 없는 화를 느끼며 침대에 앉았다.

"호진이, 집에 있는 거 알아. 문 좀 열어봐."

내 분노는 아랑곳하지 않고 나를 부르는 목소리의 주인공이 누구인지 대번에 깨달았다. 11년 동안 매일같이 들었던 굵고 탁한 목소리를 몰라보는 게 외려 이상한 노릇이다. 계속 노인네를 집 밖에 세워둘 수도 없어 안방을 나서 현관 문

가로 나갔다.

문을 열자 짐작대로 네이비색 신사복 차림의 백동표 과장이었다. 거의 3년 만에 보는 백과장은 머리칼이 조금 희끗희끗해진 걸 제외하면 2대8 가르마나 살집 좋은 둥근 얼굴 등이 별로 달라진 구석이 없었다. 백과장 뒤에는 검은색 반팔 티셔츠에 청바지를 입은 젊은 남자가 주뼛대며 서 있었다. 낯이 선 걸 보니 내가 나간 후에 새로 뽑은 녀석 같았다.

"잤냐?"

백과장이 주저하지 않고 구두를 벗고 집 안으로 들어오며 물었다. 대답할 필요도 없었다. 벌게진 내 눈을 보고 자다 일어난 것을 눈치채지 못할 형사는 없기 때문이다.

"용현이도 들어와."

문을 닫고 들어온 용현이라는 남자는 어색한지 집 이곳저곳을 괜스레 둘러보았다.

"웬일이세요?"

"내가 뭐 못 올 데를 왔나."

"오셨으면 벨을 누를 것이지 왜 빚쟁이처럼 문을 두드리고 그래요?"

"이 자식아, 먹통이다. 건전지 없나 봐. 그나저나 밥은 먹었어?"

부하들을 세심하게 잘 챙기는 사람답게 밥 이야기부터 꺼낸다.

"아뇨."

"나가서 밥부터 먹을까?"

"아니…… 괜찮아요. 앉으세요."

나는 두 사람을 거실의 식탁으로 안내했다. 손님들을 대접하기 위해 냉장고를 열었지만 물밖에 없었다. 혹시나 싶어 찬장을 열자 당연히 위스키 병들뿐이었다. 나는 연락이 끊어진 지 오래인 백과장의 갑작스런 방문에 당황했던 것도 잊은 채 술을 보고 금세 기분이 좋아졌다.

"어떻게, 한 잔씩들 하실래요?"

"됐어. 보아하니 벌써 한 탕하고 깬 거 같은데 또 마시려고 그래. 그냥 앉아."

"저기 젊은 친구는요?"

"됐어. 왜 꼬시고 그래."

백과장이 손사래를 치고, 박용현 역시 고개를 내저었다.

"밤인데도 밖이 찜통이다. 물이나 한 잔 줘라."

나는 냉장고에서 물병을 꺼내 컵도 없이 식탁 위에 내려놓았다. 백과장은 무슨 상관이냐는 양 병에 입을 대고 마셨다. 백과장의 톡 튀어나온 목젖이 꿈틀거리며 물을 빨아들이는 모습을 지금 이 순간처럼 바로 앞에서 수백 번도 더 봐왔기에 편안한 느낌마저 들었다.

"그래, 별일 없으셨어요?"

별다른 할 말도 없어 안부를 물었다. 그러나 대답을 듣기 전에 벌써 백과장에게 별일이 생겼다는 걸 알아차렸다. 옷차림은 예전처럼 말쑥했지만 표정이 전에 없이 어두웠던 것이다.

백동표 과장은 인천 남동경찰서의 전설이다. 일주일에 야근을 7일을 해도 옷차림에 흐트러짐 하나 없던 사람이다. 그만큼 자기 관리에 철저한 사람이었기에 고등학교만 나오고도 경감 계급장을 달 수 있었다. 11년 전, 내가 강력수사1팀에 첫 배속되었을 때 팀장이 바로 그였다. 당시 그는 나를 비롯한 여덟 명의 드센 남자들을 말 그대로 손바닥 위에서 가지고 놀았다. 때로는 욕하고, 때로는 달래가면서 조직을 잘도 굴려가며 차곡차곡 실적을 쌓아갔다. 지금은 강력팀을 넘어 형사과 전체를 총괄하는 자리에 오른 승승장구의 대명사 얼굴이 눈에 띄게 좋지 않다는 게 이상했다.

"나야 평소대로 어렵게 잘 살고 있지. 너야말로 나아진 게 없는 것 같다. 아직도 술타령이냐?"

백과장은 담담하게 답하며 오히려 내 걱정을 했다. 이런 것이 백과장 특유의 부하 다루는 기술인지 아니면 진심인지 여전히 모르겠다.

"지금이 9시인데 밥도 안 챙겨먹고 그래. 밥을 잘 먹어야 오래오래 술 마실 거 아냐."

"시켜 먹는 데 있어요."

"그럼 우리 신경 쓰지 말고 시켜 먹어."

"오늘은 생각 없어요."

"사람이 좀 나아지는 게 있어야지 만날 그 타령이야. 이 몸, 바싹 곯은 거 봐라, 이거."

"3년 만에 고작 그런 훈계나 하려고 오신 겁니까?"

"아니, 뭐 꼭 그런 건 아니고…… 겸사겸사 들렀지. 부탁할 것도 있고."

에둘러 말하는 사람이 아닌데 오늘 백과장은 어딘가 정말 예전과 달랐다.

"부탁이요?"

백과장이 나에게 부탁할 것이 있을 리 없었다. 집에 처치 곤란한 술이 수십 병 쌓여 있어 나에게 마셔 없애달라는 것 외에는.

"그보다 인사나 하지. 이 친구도 형사야, 박용현이."

백과장이 소개하자 박용현은 악수를 청했다. 손을 맞잡자 남자의 강한 악력이 느껴졌다. 형사들은 이런 게 있다. 본능적으로 상대의 힘을 시험하고 싶어 하는 것 말이다. 이미 술에 절어 뼈가 삭을 대로 삭은 나는 도저히 견딜 수 없어 얼른 손을 뺐다.

박용현은 20대 후반 아니면 30대 초반으로 보였다. 앞머리는 스포츠였고 뒷머리만 기른 머리카락에는 살짝 색깔을 넣어 갈색 빛이 났다. 굳게 다문 입이 강인해 보였는데, 초승달같이 옆으로 길게 찢어진 눈에만 살짝 귀염성이 엿보였다.

"말씀 많이 들었습니다. 황소바위 이형사님, 지금도 유명합니다."

박용현은 웃었지만 나는 기분이 묘했다. 처음 보는 사람에게서 내 별명을 듣는 건 처음이었다. 형사 시절의 내 별명이 '황소바위'였다. 형사 일이라는 게 사람들 생각하고는 많이 다르다. 일의 8할 이상이 잠복인데 이게 사람 잡는 거다. 용의자가 나타날 때까지 몰래 숨어 무작정 지키는 일이 언제 끝날지는 순전히 용의자 마음에 달려 있다. 성격이 팍팍하고 지랄 맞은 형사들은 잠복근무를 가장 힘겨워했다. 그런 형사들은 차라리 쇠파이프 들고 건달들이나 때려잡는 게 훨씬 재미있다고 했다. 그도 그럴 것이 건달들이 아무리 날고 기어도 경찰 앞에서는 고양이 앞의 쥐 신세다. 늘 범죄에 발을 담그고 사는 자들이라서 경찰에 대한 두려움은 오히려 건달들이 일반인보다 훨씬 강하다는 것을 사람들은 잘 모른다. 어떤 형사들은 잔뜩 얼어 있는 덩치들을 쇠파이프로 아픈 곳만 골라 때리는 재미는 무엇과도 못 바꾼다고 웃으며 떠들고 다니기도 했다. 나도 그중 하나이긴 했지만 전부 미친놈들이다.

내가 가장 잘했던 것은 매타작이 아니라 잠복이었다. 머리
나 체력, 싸움 실력은 다른 형사들보다 못했지만 인내력만큼
은 형사과를 통틀어 내가 제일이었다. 나와 같이 이틀간 잠
복근무를 하던 서균이라는 친구가 범인 검거 후에 '글쎄,
호진이는 이틀 동안 오줌도 안 싸더라니까' 라고 했던 이야
기가 퍼져 내 별명이 황소바위로 굳어진 것이다.

"황소바위, 오랜만에 들어보네."

백과장도 웃고 만다.

"용현이는 재작년에 들어왔어. 너 나가고 충원된 거지."

백과장이 말을 이었다. 그러나 나는 오랜만에 형사 시절의
별명을 듣고 기분이 별로였다. 그때 내 모습과 현재 내 모습
이 너무 차이가 난다는 걸 실감했기 때문이었다. 백과장이
떠드는 말도 별로 듣고 싶지 않았다. 나는 대꾸 없이 일어나
찬장에서 술을 꺼내왔다. 위스키 병을 식탁에 내려놓자 시끄
러운 소리가 났다.

"이야, 그래도 좋은 거 마시네. 이거 잭 다니엘 아냐?"

백과장이 감탄하는 체했다.

"친구가 미군 부대에 있어서 싸게 살 수 있어요."

내가 답했다. 그러고는 이 불편한 사람들을 빨리 보내기
위해 핵심으로 들어갔다.

"하실 말씀 없으면 이만 돌아들 가시죠. 내일도 출근하셔야 할 텐데."

"사실 그냥 온 건 아니고. 자네한테 부탁이 좀 있어서……."

또 부탁 이야기다. 술 마실 시간을 빼앗기고 있다는 게 견딜 수 없이 짜증났다.

"아까부터 부탁, 부탁 하시는데 도대체 뭡니까? 말씀 안 하실 거면 나가주세요."

"알았어, 알았어. 말할게."

내가 짜증을 내자 백과장이 다급하게 비위를 맞춰주었다. 3년이라는 세월이 꼭 나만 변하게 한 건 아닌 듯하다.

## 4

나의 채근에도 불구하고 백과장이 입을 연 것은 한참 뒤였다. 이런저런 이야기로 중언부언하더니 다시금 내 짜증이 폭발하고 나서야 이야기를 시작했다.

"이거, 어디서부터 시작해야 할지 모르겠네⋯⋯ 자네, 내 딸 알지?"

어렴풋이 백과장에게 외동딸이 있다는 게 생각났다. 이름은 기억나지 않았다. 작은 키에 둥글넓적한 얼굴의 백과장은 한 번 스치고 지나가면 두 번 다시 기억나지 않는 평균치 아저씨 얼굴에 불과했지만, 6년 전에 한 번 본 백과장 사모는 당시 40대 초반이라는 나이가 믿어지지 않을 정도의 미인이었다. 문제의 백과장 딸은 아버지 얼굴이 살짝 묻어 어머니만 못했지만 그래도 상당한 미모였다는 기억이 났다.

"어렴풋이 떠오르는 것 같은데요."

"이 자식이, 몇 번이나 봐놓고 그렇게 몰라. 은애 말이야, 은애."

그제야 백은애라는 여자아이의 이미지가 선명해졌다. 교복을 입은 은애는 엄마 심부름으로 백과장에게 세탁물이나 도시락 등을 갖다주기 위해 경찰서에도 몇 번 왔었다. 동료 형사가 아빠만 아니었으면 미스코리아 감인데 아쉽다고 놀렸던 적도 있었다.

"은애 알죠. 은애가 왜요?"

"글쎄, 은애가······."

백과장 얼굴의 침통함이 한층 깊어졌다. 통통배를 타고 바다로 나갔다가 어마어마한 파도와 맞닥뜨린 어부의 표정을 보는 듯했다.

"은애가 없어진 거야."

내내 주저하던 백과장이 단숨에 말했다. 기왕 이렇게 된 거 얼른 털어놓고 마음이라도 편해지자는 심사인 것 같았다.

"말도 없이 갑자기 사라졌어."

나는 조금 놀랐다. 내가 형사 노릇을 그만둔 지가 4년쯤 됐는데, 그즈음에 고등학교 교복을 입은 은애를 보았으니 당시 1학년이라 치더라도 이제 갓 대학생이 됐을 터였다.

"은애, 대학 다니죠?"

"올해 3월에 인하대 들어갔어…… 재떨이 있나?"

백과장을 모시던 10년 세월 동안 그가 담배를 피우는 모습을 한 번도 보지 못했다. 틀림없이 10년 넘게 끊었던 담배를 다시 피우는 것이리라. 나는 술은 마셔도 담배는 피우지 않기에 재떨이가 없었다. 3분의 1쯤 남은 물병을 가리키며 물병 주둥이 안에 재를 털라는 손짓을 해보였다. 백과장이 양복 속주머니에서 담배를 꺼내자 박용현이 지포라이터를 꺼내 불을 붙여주었다. 박용현이 자기를 가리키며 펴도 좋겠냐는 몸짓을 해보여 고개를 끄덕였다.

"가출인가요?"

보통 가출은 철이 덜 든 고등학교나 중학교 시절에 많이 한다. 대학생이, 그것도 한창 대학 생활의 낭만에 빠져 있을 신입생이 가출을 한다는 게 말이 안 되는 것 같았지만 굳어버린 머리로는 다른 이유가 떠오르지 않았다. 대학을 졸업한 지도 15년이 훌쩍 넘어 요즘 대학생들에게 어떤 고민이 있는지 알 턱이 없었다. 그나마 졸업 후의 취업 문제가 떠올랐지만 신입생에게는 이것도 조금 먼 이야기가 아닐까 싶었다.

"난들 아나. 생전 속 한 번 안 썩이던 아이가 갑자기 어떻게 된 건지."

백과장은 담배 연기와 함께 긴 한숨을 내뱉었다.

"혹시 납치당한 건?"

영화 같은 얘기지만 아버지 직업이 직업이니만큼 그럴 확률도 무시할 수 없을 것 같아 물어본 것이다.

"납치라…… 글쎄, 잘 모르겠어. 아직 아무것도 몰라."

백과장은 물병에 재를 털었다. 제대로 조준해서 터는 게 아니라 식탁 위로 떨어져 내리는 재가 반이 넘었다.

"그보다 아예 없어지기만 했으면 차라리 나았을 텐데, 그게……"

쉽게 말을 잇지 못하는 백과장이 답답하기 그지없었다. 윗분들에게 보고할 때나 아랫놈들에게 수사를 지휘할 때나 핵심만을 파고들던 백과장의 모습이 아니었다. 길게 탄식하던 백과장이 박용현 쪽을 흘깃 보며 말했다.

"다음부터는 용현이, 네가 이야기해라."

박용현은 왠지 겸연쩍어 하는 표정이었다.

"그럼 제가 말씀드릴게요. 이번 달 초였는데요. 비번인 날이 있었어요. 집에 있다가 그냥 심심해서, 그냥 별 생각 없이 인터넷에 있는 포르노 사이트를 갔어요. 제가 아직 총각이라 가끔 갑니다."

이야기가 뒤로 갈수록 박용현의 얼굴이 점점 붉어졌다.

"한참 이것저것 보고 있었는데, 낯익은 얼굴이 나오는 거예요. 그 얼굴이 나오는 동영상은 몇 분짜리 짧은 거였습니다. 계속 돌려봤어요. 분명 어디서 본 얼굴이었습니다. 저도 형사라 눈썰미가 있잖아요. 계속 보니까 알겠더라고요. 그게, 개가……"

나는 끝까지 말하기 힘들어 하는 박용현의 짐을 살짝 덜어주었다.

"그 얼굴이 은애였단 말이지?"

"그렇습니다. 과장님 따님이었어요. 그전에 한 번 봤거든요."

박용현은 한결 편해진 말투로 답했다.

"포르노에 은애가 나왔다는 건가?"

"네. 그런데 아무리 생각해도 은애가 거기서 그러고 있는 이유를 모르겠더라고요. 며칠 동안 망설이다가 과장님에게 말씀드렸어요."

다시 바통이 백과장에게 넘어왔다. 백과장은 다 피운 담배 꽁초를 물병에 집어넣었다.

"나도 그 얘기를 듣고 깜짝 놀랐지. 딸애가 없어진 건 아무한테도 말 안 했거든. 집사람하고만 끙끙 앓았어. 한데 없어진 지 한 달쯤 있다가 걔가 포르노에 나온다는 거야. 내가 얼마나 놀랐겠나."

백과장의 얼굴은 숫제 시체처럼 보였다. 통통배를 타고 바다로 나갔다가 어마어마한 파도에 배가 박살나서 바다 위를 떠도는 도중 상어까지 만난 어부의 표정이었다.

"그래서 용현이한테 어디서 봤는지 물어본 다음에 같이 들어가 봤어. 은애가 맞더라고. 정말 그때 생각만 하면……."

백과장은 다시 담배를 꺼내 이번에는 자기가 불을 붙였다. 얼마나 급히 빨아들이는지 순식간에 꽁초 하나가 더 만들어졌다.

"은애가 나오는 그 포르노, 사모님께도 보여주셨습니까?"

"그걸 어떻게 보여줘. 안 그래도 심장도 약한 사람인데. 우리 집사람은 아무것도 몰라."

백과장이 힘없이 고개를 저으며 내 질문에 답했다. 나는 사모의 원래도 흰 얼굴이 한층 더 창백해졌을 거라고 생각하며 의례적인 위로를 건넸다.

"사모님께서 걱정이 정말 크시겠습니다."

"만날 되도 않는 기도나 하고 앉아 있지 뭐."

백과장 부부의 절망이 전염된 듯 아무도 입을 열지 못했다. 한참 동안의 침묵 끝에 백과장이 다시 입을 열었다.

"알기 쉽게 정리해줄게. 오늘이 7월 16일이지. 딸애가 집에 안 들어온 건 한 달쯤 돼. 용현이는 닷새 전에 나를 찾아왔고."

이제 조금 백과장다워졌다. 확실히 무슨 일이 있었는지 일

목요연하게 다가온다.

"그럼 부탁이라는 게?"

"그래, 은애를 찾아줘. 진심으로 부탁하네."

백과장은 절박하게 매달렸다. 무심코 코웃음이 나오려는 걸 백과장의 기분을 생각해 간신히 참아냈다.

"왜 하필 접니까? 정식으로 수사하면 사흘 안에 찾을 텐데."

"이 사람아, 남부끄럽게 어떻게 그런 걸 떠벌리나. 은애 앞길이 9만 리다. 앞으로 졸업도 해야 하고, 시집도 가야 하는데 사람들이 포르노에 나왔다고 수군거리면……."

남동경찰서 터줏대감 딸의 일이다. 제대로 절차를 밟아 수사에 들어가면 인천의 모든 경찰 사이에서 소문이 쫙 퍼질 게 분명했다. 아버지로서 외동딸의 평판에 신경이 쓰일 수밖에 없을 것이다.

"그러니 자네가 나서서 조용히 해결해 줘. 아직 아는 사람 없을 때 말이야."

나는 진작 꺼내놓았던 위스키를 유리잔에 따라 마시고 말했다.

"아시다시피 저는 지금 뭐 알코올중독자고, 저 혼자 뭘 어떻게 하겠습니까?"

"내가 널 모르냐. 자네 우수한 형사였잖아. 황소바위 이

형사, 마지막으로 한 번만 도와줘."

한때 형사였다는 자부심을 이용하려는 것 같은데 잘못 짚었다. 내가 살면서 가장 후회하는 일은 형사 노릇을 했다는 것이니까.

"왜 이러세요. 저 그런 능력 없는 놈입니다."

"이놈, 저놈 생각해봐도 자네만 한 사람이 없어. 현직에서 뛰는 것도 아니고, 또 자네 입 무거우니까 여기저기 소문 낼 것도 아니잖아."

"여기 박형사도 있잖아요. 어차피 이 친구가 제일 먼저 본 사람이고."

"박형사만 어떻게 빼내. 자네도 알면서 그러네. 우리 일이란 게 어디 그렇게 마음대로 시간이 나나."

나는 아무 말도 하지 않았다. 백과장의 심정을 이해 못하는 바는 아니지만 내가 나서는 건 다른 문제였다.

"제발 부탁하네. 죽은 사람 소원도 들어준다잖아. 그리고 자네도 은애 알잖아. 자네가 봤다시피 개가 어디 그럴 앤가. 분명히 무슨 사정이 있을 거야. 아비로서 지금 개 처지를 생각하면 잠도 안 온다고. 잠도 못 잔다니까."

백과장의 눈에 물기가 비쳤다. 저렇게 딸을 위하면서도 한낱 평판 때문에 공개수사를 망설이고 있다는 점이 어쩐지 마음에 들지 않았다.

"그냥 부탁하는 것도 아냐. 돈 줄게. 자네, 퇴직금도 얼추 다 썼을 텐데 돈 궁하지 않아? 내가 한 1년은 아무 걱정 없이 술 마시게 해줄게."

그의 말대로였다. 형사를 그만두면서 위로금 조로 받은 얼마 안 되는 돈과 퇴직금, 틈틈이 모아 둔 저축은 거의 바닥나고 있었다. 솔직히 여기서는 조금 마음이 동했다.

"나 혼자서 뭘 할 수 있겠습니까? 우리는 조직의 힘으로 싸우는 거지, 한 사람이 잘나서 해결하는 게 아니잖아요."

"일단 한 번 봐주기만 해봐. 그 포르노인지 나발인지 하는 거 말이야. 자네가 보고 뭐라도 알게 되면 그거라도 좀 알려줘. 지금 완전히 백지인데 그게 어디야."

바보같이 마음이 약해졌다. 백과장의 눈물과 한때 형사였다는 자부심, 비어가는 통장 잔고 따위가 이유의 전부는 아니었다. 나는 백과장의 말을 들으면서 머릿속으로는 계속 은애를 생각하고 있었다. 그 아이가 어떤 모습을 하고 있었는지, 어떤 성격을 가진 아이였는지를.

6년 전에 백과장 집들이를 한 적이 있었다. 젊어서부터 꾸준히 모은 돈으로 송도신도시에 42평 아파트를 산 백과장은 그때만큼은 매일이 천사였다. 부하들의 성화로 열린 집들이에는 시커먼 형사들이 줄잡아 서른 명이 넘었다. 그때 엄마를 도와 음식을 만들고, 커다란 교자상에 접시를 나르던 은애의 모습이 아까부터 내 머리를 지배하고 있었다. 당시에도 요즘 애들이랑은 다르다며 다들 칭찬이 자자했었다. 그 또래 여중생답게 형사 아저씨들이 놀리면 새침한 표정으로 대꾸도 하지 않았지만 끝까지 제 방으로 훌쩍 들어가지 않고 엄마를 돕던 모습이 인상적이었다. 그랬던 은애가 어떻게 그런 곳에서 발견됐을까 하는 개인적인 호기심에 결국 굴복하고 말았다.

"그럼 한 번 보겠습니다. 한 번 보는 데 돈 드는 것도 아니고요. 대신 아무것도 못 찾아내도 뭐라고 하지 마십시오."

"그건 걱정하지 마. 나야 지푸라기라도 잡으려는 사람인데 그럴 리가 있어."

울상이던 백과장의 표정이 조금 풀렸다. 우리의 조율이 잘 끝나서인지 박용현도 살짝 마음을 놓은 듯 보였다.

"쇠뿔도 단김에 빼랬다고 당장 보기로 하지. 용현이가 그거 가져왔어."

행여 마음이 변할까 그러는지 백과장은 서둘렀다. 박용현이 청바지 주머니에서 손가락 한 마디만 한 직사각형 물체를 꺼냈다.

"여기에 넣어왔습니다."

박용현이 꺼낸 것을 내밀며 말했다. 겉면을 검정색으로 칠

한 플라스틱 USB였다. 나는 고개를 흔들었다.

"집에 컴퓨터 없는데요."

"요즘 컴퓨터 없는 집도 있나."

백과장이 답답하다는 듯 혀를 찼다.

"두고 가세요. 내일까지 어떻게든 보고 전화 드리겠습니다."

백과장은 내키지 않는 표정으로 고개를 끄덕였다.

"그래주면 고맙지. 아까도 말했지만 절대 소문나면 안 된다는 거 명심하고."

집에서 혼자 볼 게 아니라니 걱정이 되는 모양이었다.

"몰래 볼게요."

"그래. 그럼 내일까지 꼭 좀 보고 전화 줘야 돼. 알았지?"

어지간히 속이 타는지 재삼 확인한다. 나는 확답을 주었고, 두 형사는 드디어 긴 방문을 끝내고 돌아갔다.

그토록 원하던 조용한 시간이 찾아왔다. 따지고 보면 별로 많은 일이 있었던 하루는 아니었지만 근래 이렇게 많은 대화를 나눈 것도 처음이고, 또 이렇게 충격적인 이야기를 뉴스에서가 아닌 바로 앞에서 들은 것도 오랜만이었다. 그래서인지 온몸이 피곤했다. 게다가 이 일을 어떻게 풀어야 할지 대책도 서지 않았다. 이럴 때는 역시 술 한 잔이 복잡한 머리를 식혀줄 것 같아 식탁에다 본격적인 세팅을 시작했다.

5

2018년 7월 17일 화요일, 날씨 맑음이다. 물론 밤새 달린
내 위장 상태는 흐림이다. 나는 베란다와 안방 사이의 통창
을 투과해 내리꽂히는 7월의 강렬한 햇빛에 땀을 줄줄 흘리
면서도 고집스레 침대에 누워 버티고 있었다. 이렇게 정신이
몽롱한 상태에서는 꼭 아내가 곁에 머물렀던 지난 시절의 어
느 날에 눈을 뜬 것만 같은 착각에 빠져들곤 한다.

슬슬 안방 문이 벌컥 열리고 잔소리가 시작될 때인데…….

어느 정도 시간이 흘렀음에도 사방이 조용하기만 해 슬며
시 눈을 떴다. 방 안에는 햇빛에 비친 먼지만 가득 떠다녔
다. 나는 다시 눈을 감고 오래된 흑백영화의 릴을 돌리듯 아
내의 기억을 머릿속 한 구석에서 재생시켰다. 30분만 더 자
겠다고 투정부리다 어머니에게 된통 혼났던 학창시절처럼 주

말에 술이 안 깨서 해롱거릴 때마다 아내는 정신이 번쩍 들 만큼 큰소리로 야단을 쳤다. 그때는 내가 좋아 결혼한 사람이랑 소리만 빽빽 지르는 이 여자가 동일인이 맞나 싶었지만, 열 시간을 누워 있어도 아무도 뭐라 할 사람이 없는 지금은 심장이 찌르르한 그 호통이 그립기만 했다.

열 번에 한 번 꼴로 아주 기분이 좋은 날에는 꿀물을 타오는 적도 있었다. 그 달짝지근한 맛을 되살려보기 위해 침을 꿀꺽 삼켜봤지만 역겨운 침 맛만 났다. 고개만 옆으로 돌려 침대 밑에 걸쭉하게 늘어지는 침을 뱉고 자리에서 일어났다.

오늘은 아내와 예나의 추억 속에서 허우적거리는 평소의 일상 말고 달리 할 일이 있었다. 어제 백과장이 던져주고 간 숙제를 해야만 하는 것이다. 일어나기 직전까지 거절할 걸 그랬다고 수백 번 넘게 후회했다.

솔직히 은애를 찾아내서 백과장의 얼굴에 웃음을 안겨주고 싶은 마음도 없지는 않았다. 하지만 은애가 다른 곳도 아니고 포르노에서 발견되었기에 이 사건이 어떤 결말을 맺더라도 결국은 후회와 눈물만이 남을 것이라는 불길한 예감을 피하긴 힘들었다.

얼굴을 씻으러 화장실에 가기 전에 식탁에 잠깐 앉았다. 어젯밤 마신 위스키 병 밑바닥에 술이 살짝 깔려 있어 병을 쳐들고 물그릇을 핥는 개처럼 한 방울도 남기지 않고 마셨다. 나름대로 마음을 다잡았건만 막상 나갈 즈음이 되자 역시 용기가 나지 않았다. 세상 사람들이 웃고 떠들고 추억을 나누는 공간 속에서 완전히 망가진 형사이자 고칠 수도 없을 만치 고장 난 남자는 갈데없는 이방인일 뿐이다. 아니, 밥공기에 빠진 날벌레만도 못한 존재다.

세면대 거울에 비친 마흔의 남자를 보고 스스로의 한심함을 더욱 자각했다. 움푹 들어간 뺨과 검게 변색된 눈 주변, 빗살무늬 토기처럼 뾰족한 턱과 사방으로 뻗친 머리, 거무튀튀한 낯빛과 입가에 허옇게 말라붙은 침, 봐줄 구석이라고는 한 군데도 없는 이 흉물을 보고 어느 누가 비웃지 않겠는가.

나는 대충 씻고 거실로 돌아와 찬장에서 위스키를 꺼냈다. 내처 마시기 시작해 창문으로 더 이상 햇빛이 들어오지 않는 시간이 돼서야 집 밖으로 나갈 결심을 굳혔다. 그렇다고 맨몸으로 나갈 용기는 없어 군인이 출전할 때 총과 총알을 챙기는 것처럼 반 리터짜리 위스키 한 병을 들어야 했지만 말이다. 바지 주머니에는 USB를, 한 손에는 술병을 든 벌건 얼굴의 우스꽝스런 광대가 잘났다고 출전하는 것이다.

큰 결심을 하고 출입구를 나왔음에도 미련이 남은 사람처럼 몸을 돌려 아파트를 올려다보았다. 냉큼 도로 들어오라고 손짓을 하는 듯한 이 성냥갑에서 11년을 살았다.

연수구는 인천의 최남단으로 타지 사람들도 잘 아는 오래

된 송도유원지와 몇 년 전부터 자고 일어나면 빌딩이 솟는 송도신도시 등이 속해 있다. 그중 내가 사는 연수동은 근처 동쪽에 위치한 남동공단의 주거지로 90년대 중반부터 집중 조성되었다. 그전까지는 주민들이 대개 밭농사를 지어 먹고 살았는데, 지금은 베드타운답게 영세임대아파트나 허름한 빌라만 잔뜩 널려 있다. 이름 대면 알 만한 아파트들이 많은 바로 옆 동춘동에 비교하면 조금은 낙후된 게 사실이라서 신접살림을 꾸릴 때 아내의 얼굴은 그리 좋지 않았다. 하지만 우리 둘의 저축과 횡성으로 귀농해 농사짓는 부모님이 보태 줄 수 있는 돈으로는 이 정도가 한계였다. 그래도 집에서 잠만 자는 맞벌이 부부에게 딱히 나쁠 건 없었다. 내 근무지였던 남동경찰서도 차로 10분이면 갈 수 있었고.

예나가 태어난 후 부지런히 돈을 모아 더 교육 환경이 좋은 곳으로 이사 가자고 아내와 두 손 걸고 약속했던 기억이 생생한데 지금은 모두 내 곁을 떠나고 나만 홀로 남았다. 인생에서 가장 참혹한 슬픔을 안겨준 이 집을, 내게 가장 소중한 두 여인의 향기와 기억이 남은 이 집을 유령처럼 떠나지 못하고 언제까지나 배회하고 있는 셈이다. 아마 관에 실린 몸으로나 떠나게 되겠지.

흐느적거리는 걸음걸이로 아파트 단지 상가를 향했다. 꽤 짙게 깔린 어둠이 내 몰골을 가려주었고, 서서히 핏속에 퍼지는 알코올 기운도 수치심을 이겨내는 데 도움을 주었다. 단지 입구 쪽 넓은 2층 상가에 도착해 한 바퀴를 빙 둘러보았다. 당연히 있으리라 예상했던 PC방이 보이지 않았다. 2안은 생각해보지도 않아서 멍하니 서 있는데 흰 셔츠와 군청색 스커트를 입은 여중생이 지나갔다. PC방은 어른보다는 아이의 영역일 것 같아 길을 막아서며 물었다.

"학생, 근처에 PC방 어디 있나요?"

최대한 부드럽게 물었지만 여중생은 경기를 일으키듯 화들짝 놀랐다.

"PC방 없어요?"

"모⋯⋯ 몰라요."

새빨개진 얼굴로 연신 고개를 젓는 여중생에게 얼른 길을 비켜주었다. 내가 멍청했다. 한눈에 보기에도 술에 취한 아저씨가 한 손에 술병까지 들고 말을 걸었으니 어느 여학생이 놀라지 않을까.

다시 의기소침해진 나는 페스트균 보균자처럼 집으로 돌아가는 사람들에게서 멀찍이 떨어져 걸었다. 다시는 누구에게도 묻지 않고 무작정 PC방을 찾을 때까지 걸어볼 심산이었다. 남쪽으로 방향을 잡고 200미터쯤 걸었을 때 길 건너 다른 아파트 상가에 PC방이라는 간판이 보였다.

횡단보도를 건넌 곳이 우리 아파트 상가와 비슷한 2층짜리 대형 상가 바로 앞이었다. PC방을 홍보하는 입간판이 보이는 출입구로 가다가 왼편의 애완동물 판매점에 시선이 멎었다. 유리 진열대 안에 시들어 있는 강아지 몇 마리가 누워 있는 게 보였다. 형광등 밑에서 하루하루 죽어가는 강아지들이 어서 빨리 주인을 만나 개팔자답게 살길 바라며 2층 계단을 올랐다.

'스타 PC방'은 상가 2층의 반을 쓸 만큼 넓었다. 문을 열고 안으로 들어가자 총소리, 비명소리, 키보드 두드리는 소리, 욕설과 악다구니, 깔깔 대는 소리, 댄스 뮤직 등이 기괴하게 뭉친 소음이 고막을 때렸다. 백여 대는 족히 되는 컴퓨터가 각각의 테이블 위에 놓여 있었는데, 반은 비어 있고 반은 초등학생에서 고등학생으로 보이는 아이들이 앉아 있었다. 여기까지 오면서 학생들을 거의 못 봤던 이유가 이곳에 있었던 것 같다.

대학 다닐 때 몇 번 게임하러 가봤던 기억으로 카운터에서 컴퓨터 이용카드를 찾았지만 카드를 담아놓는 바구니 따위는 보이지 않았다. 내가 어찌할 바를 모르자 카운터 뒤에서 안경을 쓴 통통한 남자가 고개를 쳐들었다.

"옆에 무인결제기에 돈 넣고 하세요."

주변을 둘러보니 자판기와 유사하게 생긴 기계가 놓여 있었다. 컴퓨터처럼 스크린도 있어 들여다보았지만 회원, 학생, 문화상품권 등 의미를 알 수 없는 문자가 빼곡해 뭘 어떻게 해야 할지 감도 잡히지 않았다.

"이거 어떻게 쓰는 겁니까?"

카운터 쪽을 바라보며 물었다. 양손으로 머리카락을 쥐어뜯고 있던 안경이 고개를 들어 나를 쳐다보았다. 40대 초반쯤으로 보이는 나이로 봐서 아르바이트는 아니고 사장인 것 같았다. 보이지 않는 먹으로 이마에는 짜증, 왼뺨에는 우울, 오른뺨에는 싫증이라고 새긴 듯한 안경은 한숨을 쉬며 의자에서 일어났다. 카운터를 돌아 내 쪽으로 다가오던 안경은 키보드를 쾅쾅 내리치며 울분을 토하는 초등학생 남자아이를 노려보다가 고개를 절레절레 저었다. 마치 고통받기 위해 태어난 그리스 비극의 주인공을 방불케 하는 표정으로 내게 다가온 안경이 스크린을 왼손 검지로 터치하며 물었다.

"얼마나 하실 건데요?"

"한 시간에 얼마인데요?"

"비회원은 1,200원입니다."

"그럼 먼저 한 시간만."

손을 내미는 안경에게 주머니를 뒤적여 2천 원을 꺼내주었다. 안경이 거스름돈과 영수증을 건네주며 말했다.

"영수증 밑에 번호 써 있죠? 아무 자리나 가셔서 그 번호 치시면 됩니다."

드디어 PC방 야만인에게서 해방된 안경이 홀가분하게 카운터로 돌아가려다 내 손의 위스키 병을 보고 눈살을 찌푸렸다.

"아저씨, 여기 음주 안 되거든요."

"아니, 안 마셔요. 그냥 들고 있는 겁니다."

"여기 애들도 많이 오는 데니까 술 드시고 행패 부리시면 안 돼요."

멀리 가기 귀찮아 카운터에서 가까운 곳에 자리를 잡았다. 집에 있던 컴퓨터는 아내가 가져가서 몇 년 만에 다시 컴퓨터에 손을 대보지만 낯설진 않았다. 형사 업무란 매일같이 발바닥에 땀나게 뛰는 거라는 사람들의 믿음과 달리 조서나 보고서 작성하는 데도 그 못지않게 시간을 써야 한다.

바지 주머니에서 USB를 꺼냈다. 컴퓨터 본체의 포트에 꽂아 넣자 USB 안에 담긴 파일 폴더가 모니터에 떴다. 폴더 제목은 '증거 자료1(절대 열람 금지)'였다. 혹시 남동서의 누군가가 열어볼까 봐 이런 제목을 붙인 것 같은데 절대 열람 금지라면 나부터도 열어보겠다. 처음으로 박용현 형사가 귀여운 녀석이라는 생각이 들었다.

폴더 안으로 들어가자 폴더 제목과 같은 동영상 파일이 있었다. 마우스로 9분 56초짜리 동영상 아이콘을 두 번 클릭하자 재생 프로그램이 돌아갔다. 판도라의 상자가 열린 것이다.

처음에는 커다랗게 웅웅거리는 소리만 들렸고 화면은 칠흑같이 깜깜했다. 잠시 기다리자 까만 화면이 일순간에 밝아지더니 정면에 텅 비어 있는 퀸 사이즈 침대가 보였다. 아마도 방에 있던 누군가가 불을 켠 모양이었다.

불이 켜진 이후에도 1분가량 프레임에 빈 침대만 잡혔다. 감질이 나서 마우스로 원하는 부분을 선택해서 볼 수 있는 스크롤바의 가운데를 클릭했다. 순식간에 5분 뒤로 점프한 화면에는 완전히 벌거벗은 여자가 침대 위에 앉아 있었다. 내가 시간을 5분 뒤로 넘기기 전에 조명을 바꿨는지 불빛은 붉은색으로 바뀌어 있었다.

나는 얼굴을 모니터에 가까이 대고 눈을 찌푸려가며 집중했다. 영화처럼 좋은 화질도 아니고, 술을 마신 탓에 눈도 침침해 단번에 나체의 여자가 은애인지 확인이 되지 않았다.

문득 화면에서 전혀 소리가 나지 않는 걸 깨달았다. 설마 여자가 자기 이름을 부를 일은 없겠지만 카메라 프레임이 잡히지 않는 곳에 대화 상대방이 있다면 혹시 모를 일이다. 허둥지둥 본체에서 음량을 키우는 버튼을 찾았지만 바로 찾을 수 없었다. 겨우 네모난 스피커 아래 있는 둥근 형태의 볼륨 조절기를 발견해 한껏 소리를 높였다.

곧바로 드넓은 스타 PC방 전체에 여자의 신음이 울려 퍼졌다. 뭐 다른 소리로 오해할 여지도 없이 누가 들어도 성행위 중에나 나올 법한 소리였다. 엄청나게 당황해 소리를 줄이려고 스피커를 건드린다는 게 아예 바닥으로 떨어뜨리고 말았다. 그 와중에도 음란한 소리는 한순간도 멈추지 않았다.

몸을 아래로 숙여 스피커를 집어 올리자 어느 결에 카운터 뒤의 안경이 다가와 있었다. 안경이 스피커를 조작해 소리를 없애버렸고 마우스로 동영상도 껐다. 안경의 얼굴은 분노와 당혹감으로 벌게져 있었다.

"아저씨, 여기 애들도 많이 오니까 조심하라고 했죠?"

나도 그 정도 부끄러움은 아는 놈이다. 나는 배꼽에 닿을 만큼 깊게 고개를 숙였다.

"죄송합니다. 조용히 보려고 했는데……."

"긴말 필요 없어요. 저 사장인데, 나가주세요. 초저녁부터 술병 들고 와서 이게 뭐하는 짓입니까!"

"정말 죄송하게 됐습니다. 이제부터 조용히 보겠습니다."

"음란물은 절대 안 됩니다. 안 나가시면 신고하겠습니다."

내 발로 경찰서 문을 박차놓고 이런 일로 끌려갈 수는 없었다. 나는 USB를 챙겨 PC방을 나왔다.

## 6

아무런 소득도 거두지 못하고 아파트로 돌아왔다. 기운 없이 엘리베이터에 타서 10층으로 운반되다 충동적으로 8층 버튼을 눌렀다. 나는 8층에서 내려 낯선 복도를 둘러보았다. 백과장에게 뭐라도 했다는 시늉이라도 하려면 이대로 돌아갈 수는 없었다.

열 가구가 순서대로 늘어서 있는 복도식 아파트의 805호, 여기에 그 녀석이 산다고 했다. 805호 앞에서 벨을 눌렀다. 누르기 무섭게 쿵쾅거리는 발소리가 들렸고, 이내 문이 벌컥 열렸다.

"아저씨!"

거세게 문을 열고 밖으로 나온 박병학이 말했다. 사색이 된 얼굴을 보니 어지간히 겁이 났던 모양이었다.

"그것 때문에 온 거 아니다."

"그럼 왜요? 밥 먹다 말고…… 아저씨 얼굴이 딱…… 심장이 벌렁거려서…… 부모님한테 얘기 안 하기로 해놓고 ……."

박병학은 숨을 헐떡거리며 말도 제대로 잇지 못했다. 아마도 밥 먹다 말고 내 얼굴이 비디오폰에 떠서 아리랑치기를 고발하러 온 줄 알았다는 얘기를 하고 싶었던 것이리라.

"너 방에 컴퓨터 있지?"

박병학을 앞세우고 현관 밖까지 된장찌개 냄새가 풍기는 녀석의 집으로 들어갔다. 거실 복판에 놓인 조그만 밥상에 박병학의 부모가 마주 보고 앉아 밥을 먹고 있었다. 어머니는 또래 친구도 아닌 중년 남자가 아들과 들어오자 눈을 휘둥그레 떴다. 메리야스만 입은 아버지가 밥풀을 튀기며 물었다.

"무슨 일이십니까? 우리 애가 무슨 잘못이라도?"

"아니에요, 아빠. 위층 사시는 아저씨인데 며칠 전에 우연히 알게 됐어요. 급하게 컴퓨터로 확인하실 게 있대요."

내가 입을 열기도 전에 변명이 매끄럽게 쏟아지는 게 한두 번 해본 솜씨가 아니다. 내가 실례 좀 하겠다는 인사를 하자 어머니가 자리에서 일어나며 말했다.

"식사는 하셨어요? 먹을 것도 없지만 조금 드실래요?"

"먹을 게 없긴 없지. 고기도 없고."

이 틈에 반찬 투정을 하는 박병학에게 눈을 흘기는 어머니에게 정중히 사양했지만 실제로는 근래 어느 때보다 맹렬한 허기를 느꼈다. 집밥, 그것도 구수한 냄새가 코를 찌르는 된장찌개는 몇 달간 구경도 해보지 못했다.

"밤늦게 실례가 많습니다. 그럼 식사하십시오. 너도 얼른 먹어."

박병학에게 안내받은 녀석의 방으로 가면서도 가족이 둘러앉은 밥상에서 쉽사리 시선을 떼지 못했다. 평범한 일가의 평범한 저녁상이 눈물 나게 부러웠고, 그만큼 애써 등 뒤로 감춘 위스키 병이 부끄러웠다.

침대와 책상만으로 꽉 찬 박병학의 방이었다. 책상 위에 올려놓은 컴퓨터는 이미 켜져 있었다. 책상 옆의 작은 책장에는 만화책과 잡지뿐 공부와 관련된 책은 하나도 보이지 않았다.

나는 USB를 컴퓨터 본체에 꽂았다. 마침 모니터 오른쪽에 두 귀를 감싸는 형태의 헤드셋이 놓여 있어 머리에 썼다. 이걸 쓰면 컴퓨터에서 나오는 소리가 내게만 들린다. 저들의 단란한 저녁을 PC방에서처럼 야릇한 교성으로 망칠 염려가 없어 다행이었다.

아까 본 것처럼 처음에는 빈 방의 풍경만 나왔다. 정신을 집중하고 구석구석을 노려보았더니 화면 오른편에 반 정도만 잘린 상태로 보이는 유리 테이블이나 그 위의 전화기가 영락없이 모텔 방이었다. 1분이 지나자 프레임 안에 목욕용 흰 가운을 입은 여자가 들어왔다.

"너무 밝은 거 아니야?"

여자가 생글거리며 말했다. 나는 마른침을 삼키고 책상 위에 올려두었던 위스키를 한 모금 마셨다.

"왜, 창피해?"

프레임 바깥에서 20대쯤으로 들리는 남자의 목소리가 말했다. 그러고는 발소리와 함께 불빛이 퇴폐적인 붉은 조명으로 바뀌었다. 목소리의 주인공이 전등 스위치 쪽으로 가서 조명 색을 바꾼 모양이었다.

잠시 후 카메라가 침대에 걸터앉은 여자의 얼굴 쪽으로 클로즈업되었다. 급격하게 줌 인이 되는데도 화면이 흔들리지 않는 걸 보니 카메라를 삼각대나 가구 등에 올려놓아 고정시켜 놓은 듯했다.

아까도 봤듯이 영화용 같은 수준 높은 카메라가 아니라 스마트폰 카메라나 일반적인 디지털 카메라쯤으로 보이는 화질이었다. 등장할 때부터 계속 미소 짓고 있는 여자 얼굴이 익숙해 비로소 은애라는 걸 확신했다. 각오는 하고 있었지만 막상 은애가 실제로 이런 영상에 나온 게 확인되자 나도 모르게 한숨이 비어져 나왔다.

집요한 카메라의 시선이 부끄럽지도 않은 듯 여전히 웃고 있던 은애가 침대 위에 가운을 벗어 내렸다. 위아래 다 속옷을 걸치지 않은 완전 나체였다. 은애는 조금 뒤로 물러나 침대 머리맡에 놓인 흰색 베개에 허리를 기댔다. 베개에 기댄 채 두 다리를 모으고 있던 그녀가 곧 두 다리를 활짝 벌렸다. 숨이 콱 막히는 기분이었다.

카메라는 은애의 다리 사이를 쉴 새 없이 찍어댔고, 나는 고작 중고등학교 때 몇 번 본 게 전부인 그녀의 은밀한 곳을 적나라하게 보았다. 상관의 딸이다. 계속 보는 것은 꽤 불편한 일이었다. 이마에 땀이 줄줄 흘렀고 미칠 듯이 목만 탔다.

갑자기 문소리가 들려 반사적으로 모니터 전원을 껐다. 고개를 돌려보자 밥을 다 먹은 박병학이 방으로 들어오고 있었다. 나는 본체에서 USB를 휙 뽑고 헤드셋을 벗었다.

"컴퓨터 잘 썼다."

USB와 위스키를 챙겨 방을 나서려는데 박병학이 씩 웃으며 말했다.

"저 더 좋은 것도 많은데……."

나 역시 씩 웃으며 목소리를 높여 외쳤다.

"어머님, 드릴 말씀이……."

그러자 박병학은 저승사자가 잡아가려 왔다는 말이라도 들은 양 눈을 크게 뜨며 두 손을 싹싹 비볐다. 나는 왼손 검지를 입술에 대며 앞으로도 닥치는 게 신상에 좋을 거라는 경고를 보냈다.

집에 돌아오자마자 위스키를 병나발 불었다. 아무리 마셔도 불덩어리를 삼키는 듯한 뜨거움만 느껴질 뿐 갈증은 절대로 해소되지 않았다. 나는 휴대폰으로 백과장에게 전화를 걸었다. 신호음 한 번이 채 끝나기도 전에 백과장의 목소리가 나왔다.

"그래, 어떻게 됐어? 봤어? 뭐 좀 건진 게 있어?"

"아무래도 집에 컴퓨터가 있어야 할 것 같습니다."

"뭐야, 그럼 오늘 못 본 거야?"

백과장이 못마땅한지 혀를 찼다.

"밖에서 보려고 해도 마땅한 데가 없더군요. 막 돌릴 수 있는 것도 아니고."

"그건 그렇지. 하기야 나도 자네가 집에서 보는 게 더 안심이 되지. 그럼 내가 컴퓨터 한 대 갖다줄 테니까 내일은 잊지 말고, 꼭! 알겠지?"

"알았어요."

"제발 신경 좀 잘 써줘. 난 자네 말고 믿을 사람이 없어."

전화를 끊고 나서야 기나긴 하루가 끝났다는 실감이 들었다. 그러나 가슴 한 구석에 남아 있는 찜찜함을 털어버리기 위해서는 더 많은 술이 필요했다.

꽤 마신 것 같다. 하루 종일 들고 다니던 위스키 병이 마침내 바닥을 드러냈다. 고작 안방까지 가는데도 세상이 빙글빙글 도는 것처럼 느껴졌다. 매일매일 단지 죽지 않기 위해 집 근처 상가에 있는 돈가스 집에서 배달을 시켜 먹었는데 오늘은 그것도 먹지 못했다. 빈속에 마셔서인지 은애 일에 너무 충격을 받아서인지 평소보다 두 배는 빨리 취했다.

나는 텔레비전 아래 놓인 DVD 플레이어를 재생시켰다. 침대에 누워 리모컨으로 텔레비전을 켠 후 잠시 기다리니 웃는 얼굴의 아내가 나왔다. 화면 밖의 나도 따라 웃었다. 이렇게 손에 잡힐 듯 가까이 있는데 만질 수 없다는 게 늘 그렇듯 믿어지지 않았다.

화면 속의 풍경은 바로 이곳, 아내 그리고 예나와 셋이 살았던 우리 집이다. 그때는 거실에 식탁을 들여놓기 전이라 거실 바닥에 8인용쯤 되는 교자상을 놓았고, 화려한 문양의 접시마다 다양한 음식들이 담겨져 있었다. 상 중앙의 버너 위에 해물찌개가 보글보글 끓고 있었다. 이제는 아주 멀게 느껴지는, 마치 다섯 번 전의 전생에서 있었던 일 같이 느껴지지만 분명히 있었던 일이다.

예나를 낳고 1년이 지났을 때 몇몇 친구들을 초대해 집들이 겸 미니 돌잔치를 했고, 그때 찍은 비디오다. 정식으로 돌잔치를 안 하고 서로의 부모와 몇몇 친지만 모셔서 간단하게 넘어갔던 터라 친구 놈들이 딸아이 얼굴 좀 보여달라고 성화를 부렸다. 일주일 넘게 아내를 조르고 졸라 앞으로 한 달간 금주하겠다는 각서를 쓴 끝에야 성사된 자리였다.

비디오는 사진관을 운영하는 친구가 가져온 비디오카메라로 찍었다. 사진으로 먹고 사는 녀석답게 아마추어가 찍은 것처럼 초점이 맞지 않거나 멀미가 날 만큼 흔들리지도 않는다. 촬영을 담당한 친구 민철홍이 나와 아내에게 한마디씩 하라고 채근하는 장면이 이어졌다. 나는 본래 말주변이 없는 사람이라 더듬더듬 와줘서 고맙다는 이야기와 덕분에 앞으로 잘 살겠다는 얘기를 간신히 끝마쳤다. 품에 예나를 안고 있던 아내는 나보다 더 숫기가 없는 사람이라 한사코 손사래를 치며 거부했다.

여기서 잠깐 편집이다. 짓궂은 친구들은 우리 부부에게 노래도 시켰다. 버티다 못한 우리는 각자 한 곡조씩 뽑았다. 나는 말뿐 아니라 노래도 잘 못해서 음정, 박자도 안 맞고 뒤로 갈수록 가사도 실종되어 용두사미로 끝났지만 아내는 노래를 잘 불렀다. 친구들이 감탄해 박수를 치며 앙코르를 외쳐댈 때 예나도 신이 났는지 입을 크게 벌리며 꺅꺅거렸다.

"왜, 너도 하려고? 노래 실력은 누구 닮았는지 한 번 보자."

철홍의 너스레에 우리들이 폭소를 터뜨림과 동시에 모든 영상이 끝이 났고, 화면은 내 남은 인생을 상징하듯 짙은 먹색으로 암전되었다.

예나는 커가면서 아내의 노래 실력을 닮은 것으로 밝혀졌다. 유치원에서 배워온 '반짝반짝 작은 별'을 어찌나 잘 불렀는지 나중에 가수 시키자는 얘기를 아내와 나눈 적도 있었다. 원체 제로에서 출발해 남들과 비교해 내세울 것도 없는 살림이었지만 애교 많고 호기심덩어리인 예나 덕분에 항상 웃음꽃이 피는 집이었다. 아니, 더 잘 살고 떵떵거리는 집조차 조금도 부럽지 않았다. 매일이 행복한 나날이었다. 예나가 여섯 살이 될 때까지는……

2015년이 바로 그해이다. 당시 나는 경찰 생활 11년차로 격무에 시달리고 있었다. 여느 직장처럼 경찰도 연차가 쌓이고 직급이 올라가면 밑에 팀원도 생기고 신경 써야 할 일도 갈수록 늘어난다. 게다가 범죄자는 하루도 쉬는 날이 없고, 나날이 흉폭화, 지능화되기까지 하니 일감에 깔려 죽기 일보 직전이었다.

아내는 비교적 이해심이 넓은 성격이었지만 한 달에 일주

일이나 집에 들어올까 말까 하는 상황이 지속되자 점점 불만을 토해내기 시작했다. 아빠가 집에 오면 마하의 속도로 달려와 안기곤 했던 예나가 데면데면하게 구는 건 특히 견디기 힘들었다. 이렇게 가다가는 언제 집에서 쫓겨날지 모른다는 위기의식에 백과장을 찾아가 어렵게 하루 휴가를 받았다.

우리는 예나가 가고 싶다고 노래를 부르던 놀이공원에 갈 예정이었다. 설레서 잠을 못 이루는 예나를 어렵사리 재우고 새벽같이 일어나 준비를 하던 중에 백과장에게서 전화가 걸려왔다. 불길한 예감이 들었지만 뉘 전화라고 안 받고 버티겠는가.

짐작대로 아파트 강도 살해범 오홍수의 체포 건과 관련된 전화였다. 빈집털이를 전문으로 삼는 오홍수가 자기 일에 전념하는 도중에 하필 집주인이 돌아왔다. 당황한 오홍수가 칼로 집주인을 찔렀는데 하필 피해자가 시장의 처조카였다. 당연히 인천의 경찰 조직 전체가 뒤집힌 상황에서 하필 현장인 만수동의 관할이 우리 서였다.

백과장의 전화는 오홍수가 예전 감방 동기 집에 숨어 있다는 제보가 들어왔다며 당장 날아오라는 내용이었다. 그 말을 전할 때처럼 싸늘한 아내의 표정은 단 한 번도 본 적이 없었다. 하지만 달래줄 여유도 없어 문을 박차고 택시를 잡았다. 아내가 직접 자가용을 운전해 예나와 둘이서라도 놀이공원에 가겠다고 해서였다.

내 생애 가장 끔찍한 전화는 무사히 오흥수를 체포하고 팀원들과 늦은 저녁을 먹을 때 걸려왔다. 병원이었다. 용인에서 돌아오던 아내가 영동고속도로에서 교통사고를 당해 긴급 수술이 필요하다고 했다. 백과장이 운전하는 차를 타고 병원이 있는 안산으로 향하면서 이 모든 게 꿈이길 빌었다. 내가 운전을 했더라면, 아니 내가 형사만 아니었더라면 하는 생각을 천 번, 만 번도 넘게 한 것 같다.

병원에 도착해보니 이미 장인, 장모가 와 있었다. 손수건으로 눈물을 찍어내던 장모는 내 손을 꼭 잡으며 절대 정신을 놓지 말라고 당부했다. 두 분의 안내를 받아 영안실로 가는 마음은 영락없이 사형장으로 끌려가는 사형수의 그것이었다. 처음 예나의 작은 시체를 보았을 때는 너무 놀라고, 너무 황당하고, 너무 안타깝고, 너무 억울하고, 너무 처절해서 눈물 한 방울조차 나오지 않았다. 2.5톤 화물트럭과 충돌한 것치고는 외상도 거의 없었다. 꼭 평소처럼 점심 먹고 낮잠을 자는 모습 그대로였다.

아내의 허리 수술이 별 후유증 없이 끝난 건 불행 중 다행이었다. 하지만 아내는 자기도 예나가 있는 곳으로 보내달라며 울며불며 괴성을 지르다 정신을 잃기 일쑤였다. 아내가 입원한 병원 지하에 있는 영안실에서 예나의 장례식이 벌어지는 내내 나 또한 죽은 고목처럼 멍하니 앉아 있을 뿐이었다. 장례식이 끝나고 며칠 휴가를 받았지만 집에서 시체처럼 누워만 있었다. 눈을 감아도 예나가 보였고, 눈을 뜨면 예나의 목소리가 들렸다.

퇴원하고 처갓집으로 간 아내는 얼마 후 이혼서류를 보내왔다. 내가 약속을 지키지 않아 이 모든 비극이 벌어졌다고 생각한 아내는 죽어도 나를 용서할 수 없었던 것이다. 아내는 싹 다 불태우려고 그랬는지 결혼사진 한 장 남기지 않고 모조리 챙겨갔다. 그나마 예나의 사진 한 장이라도 숨겨둔 덕분에 내 머리맡의 액자에서 매일 예나를 볼 수 있게 된 셈이었다.

아내와 예나가 내 곁을 영영 떠나간 날, 나는 술병을 손에 잡았고 그날은 오랜만에 가족과 즐거운 시간을 보낼 수 있었다. 그리고 오늘에 이르렀다. 지금은 아무리 술을 마셔도 예나를 볼 수도, 만질 수도, 만날 수도 없다는 것을 잘 알고 있다. 하지만 지구가 1초에 30킬로미터의 속력으로 매일 태양의 주위를 도는 것만큼이나 나도 관성적으로 술을 위장에 쏟아 붓고 있다.

처음에는 일시휴직으로 처리해줬던 백과장도 결국 나를 해고하는 데 동의했다. 11년 동안의 경찰 생활 동안 내가 얻은 건 동료들이 걷은 몇 푼의 위로금과 퇴직금이 전부였다.

아내가 챙겨간 짐들이 DVD를 촬영자인 철홍이 백업해놓았던 게 얼마나 고마운지 모르겠다. 지금처럼 술에 취한 밤이면 나는 DVD를 틀어놓고 옛 영상을 본다. 이것만이 내가 유일하게 살아 있는 이유였다. 혹시 두 여자를 잊을까 봐, 기억에서 아주 사라질까 봐 보고 또 보는 것이다.

뱃속이 걷잡을 수 없이 요동쳤다. 나는 벌떡 일어나 화장실로 달려갔다. 이미 토사물이 입 안에 가득해 손으로 입을 막은 채 변기 앞에 다다랐다. 식도가 끊어지는 듯한 고통을 느끼며 시뻘건 위액을 변기 속에 쏟아냈다. 구토가 계속될 때마다 위장이 있는 곳을 부여잡았다. 아픔이 너무 커서 눈물이 찔끔 나왔다. 나 혼자서 지옥 같은 고통을 버텨온 4년 내내 단 한 번도 울지 않았다. 지금도 단지 자극에 의한 신체반응일 뿐 슬퍼서 우는 게 아니라고 스스로에게 확신시킨 후 고개를 쳐들었다.

방으로 돌아오니 액자 속의 예나는 여전히 웃고 있었다. 비가 쏟아져도 나가서 놀자고 조르던 활동적인 성격의 예나가 왜 10센티미터 액자 속에 갇혀 있는지 답답할 따름이다.

예나가 웃는다. 그 웃음 속에 나를 향한 사랑이 가득 담겨 있음을 나는 분명히 알 수 있었고, 또 분명히 느낄 수 있었다.

두 번이나 선잠을 자다 깼다. 문을 두드리는 소리에 일어
났을 때는 물에 젖은 솜처럼 몸도 마음도 축축 늘어지는 기
분이었다. 아침에 백과장에게 전화가 왔었다. 오늘 중에 컴
퓨터와 인터넷 설치 기사가 갈 거니까 준비하고 있으라고 했
다.

준비는커녕 도로 엎어져 자기 바빴는데 전화가 아니라 직
접 찾아와 문을 두드리는 데는 버틸 재간이 없었다. 문을 열
자 산타클로스마냥 박스를 든 박용현 형사가 서 있었다. 백
과장의 부탁에 본인이 쓰던 노트북을 가져왔다는 박용현은
식탁 위에 컴퓨터를 연결해놓고 돌아갔다. 다시 자보려고 침
대에 누웠지만 하수구 속으로 도망치는 시궁쥐처럼 잠은 달
아난 지 오래였다. 결국 시간을 때울 요량으로 해장술을 마

셔대기 시작했다. 두 명의 인터넷 설치기사가 도착한 시간은 5시가 넘어서였고, 나는 흠뻑 취해 있었다.

인터넷 사용을 가능하게 해주는 랜선을 연결하는 설치기사들을 뒤에서 지켜보며 유리잔에 든 위스키를 마셨다. 한국사람 정이 있지 어떻게 혼자 마시냐 싶어 기분 좋게 술을 권했다.

"오시느라 수고하셨는데 한 잔씩들 하시죠?"

"아닙니다. 저희 여기 마치고 다른 데 또 가야 돼요. 원래 당일 설치 안 되는 건데 경찰 분들이 수사에 필요하다고 하셔서 급하게 일정에 끼워 넣은 거예요."

몸이 단 백과장이 쥐 잡듯이 잡은 듯했다. 남동서 형사과장이 닦달을 하는데 버텨낼 업체가 있을 턱이 없다.

"그러지 말고 한 잔만 하자니까 그러네. 혼자 마시기 외로워서 그래."

"아이, 죄송합니다. 진짜 안 돼요."

둘 다 20대로 보였는데, 그나마 조금 더 들어 보이는 쪽에서 손사래까지 치며 거절했다. 이쯤 되면 알코올중독자 특유의 오기가 발동한다. 나는 술 안 마실 거면 그냥 나가라고 억지를 부렸다. 설치기사들은 손을 멈춘 채 난감한 표정만 지었다. 아직 애송이들이라 변변한 대꾸 한 마디 못하는 것이다. 나는 아무 대답도 않는 그들에게 더욱 화가 치밀어 마구 폭언을 퍼부었다.

그 다음 장면은 기억에 없다. 눈을 떠보니 안방 침대에 누워 있었다. 그새 밤이 찾아왔는지 사방이 깜깜했다. 집 안에는 정적만이 감돌았다. 나는 몹시 심한 갈증을 느끼며 침대 가장자리에 걸터앉았다.

설치기사들에게 주정을 부린 기억이 떠올랐다. 급히 안방 문을 열고 거실로 나갔다. 막상 사과하려던 설치기사들은 보이지 않았고, 식탁에 앉아 있는 한 남자의 뒷모습만 보였다. 낯익은 뒷모습의 주인은 친구 민철홍이었다.

"철홍아."

노트북에서 시선을 떼고 천천히 뒤돌아보는 철홍의 커다란 귓불이 제일 먼저 눈에 들어왔다. 매일 조그만 카메라 구멍을 들여다보는 눈 주변은 주름이 자글자글했고 새까맣게 착색되어 있었다.

"일어났냐?"

"언제 왔어?"

"너랑 인터넷 설치기사들이랑 한바탕 할 때."

"그러고는?"

"내가 뜯어말리고, 너 자라고 들여보냈지. 너 잘 때 설치 다 끝냈다."

"그 사람들은 잘 돌아갔어?"

"그래. 인마, 주정도 정도가 있지. 생판 처음 보는 애들 한테 뭐하는 짓이냐?"

어찌나 취해 있었던지 철홍이 온 것도 전혀 기억나지 않았다.

"내가 실수했어. 일어나 있었으면 미안하다고 밥값이라도 몇 푼 쥐어줬을 텐데……."

"난 그런 생각은 못했지. 하여튼 좋게 보냈으니까 신경 쓰지 마. 다시 볼 사이도 아닌데 뭘. 됐고, 저녁이나 먹으러 가자."

녀석이 미안해 할 일은 없으니 편하게도 말한다.

"귀찮다. 시켜 먹자."

"그럴 줄 알았다."

친구가 질렸다는 듯이 인상을 썼다. 나는 매일 주문하는 돈가스 집에서 돈가스 2인분을 배달시켰다. 돈가스가 도착하고 나서는 아무 말도 없이 먹는 데만 열중했다. 원래 이 친구와는 그리 대화를 많이 하는 편이 아니다. 대학교 때부터 친구였기에 서로의 집을 자주 놀러갔지만 아무것도 하지 않고 누워서 빈둥대거나, 빌려온 만화책을 읽다가 어둠이 깔릴 즈음에 밖으로 나와 맥주 한 잔씩 하고 헤어지는 게 다였다. 그때부터 지금까지 뭘 꼭 해야 한다는 강박관념 없이 옆에만 있어도 편한 사이였다.

그릇들을 문밖에 내놓고 돌아오자 철홍이 식탁 밑에 두었던 비닐봉지를 들어 올렸다. 뭘 그렇게 바리바리 사왔나 봤더니 전부 생필품이었다. 철홍은 믹스커피가 든 박스를 꺼내 커피를 탔다. 언제 마셨는지 기억도 안 나는 커피는 쌉쌀하고 달콤했다. 무엇보다 뜨겁다는 게 가장 좋았다. 안 그래도 숙취가 남아 있는 배를 마치 따뜻한 손의 의사가 살살 어루만져주는 느낌이었다. 앞으로 커피는 꼭 떨어지지 않게 사놓아야겠다고 결심했다.

"권기태 교수님 돌아가셨다."

철홍이 오랜만에 입을 뗐다. 권기태 교수님이 누군지 금방 생각나지 않았지만 잠시 기억을 더듬어보자 내가 졸업한 영문과의 교수였다. 작은 키에 백발이었는데 성격이 불같아서 학생이 떠들기라도 하면 출석부를 집어던질 정도였다. 아직 돌아가실 연세는 아니었다는 생각이 들었다.

"어떻게 돌아가셨는데?"

"심장마비. 내일 오전에 발인이래."

"만날 화내시더니 그래서 심장에 무리가 간 거 아냐?"

"그럴 수도 있지."

철홍이 심드렁하게 대꾸했다.

"난 지금 장례식에 갈 건데. 사실 같이 갈 생각 있나 해서 와본 거다."

생각할 필요도 없었다. 나를 기억하고 있을 과 동기들과 교수들 앞에서 이런 모습을 보일 수는 없는 노릇이었다.

"너나 다녀와라. 부조는 낼 테니까 네가 대신 좀 내주고."

"같이 가면 좋을 텐데. 다들 궁금해 해."

"궁금은 무슨."

나는 픽 웃은 다음 말을 이었다.

"야, 이 꼴을 하고 어떻게 거길 가서 애들을 만나."

"네 꼴이 어때서 그래."

달랜다고 하는 말에 울화가 치밀었다.

"그걸 말이라고 하냐! 내가 지금 사는 게 사는 거야? 난 다 끝났어. 완전히 망가졌다고."

벌게진 내 얼굴을 한참 들여다보던 철홍이 깊게 한숨을 내쉬었다.

"너나 나나 직업 잘못 골라서 사이좋게 인생 망했다."

뜻밖의 대답에 할 말을 찾지 못했다. 내가 하고 많은 직업 중에 형사를 골라 인생이 망가진 것처럼 철홍도 꿈만 좇다 인생이 망가진 케이스였다.

세상에는 많은 만남이 있다지만 어떤 만남은 첫 만남이 평생을 가기도 한다. 철홍을 처음 만난 건 내가 다닌 서울 소재 중위권 대학의 오리엔테이션 합숙 때였다. 합숙 장소인

속리산으로 가는 버스에서 내 옆자리에 앉은 인연을 시작으로 20년 넘게 철홍은 내 옆자리를 지키고 있다.

둘 다 인천에 산다는 공통점으로 금세 친해진 철홍은 1학년 때부터 목표가 분명했다. 녀석은 밥보다 사진을 좋아했다. 대학 내의 사진 동호회에 들어가 산으로 들로 1년 내내 사진을 찍으러 돌아다녔다. 가끔 나를 모델로 삼으려 한 적도 있어 숫기 없는 나는 도망 다니기 바빴다.

젊은 날의 철홍은 사진 아티스트가 되어 이름을 날리겠다는 포부로 가득했다. 전공인 영문학은 아예 무시하고 사진만 찍어댔기에 성적도 보나마나였다. 간신히 졸업은 하게 됐지만 그 성적으로 갈 수 있는 직장은 없었다. 철홍의 부모님은 울며 겨자 먹기로 사진의 길을 지원해줄 수밖에 없었다. 뉴욕 유학에 노후자금 절반, 기타 지원에 나머지 절반. 돈을 쏟아 부었음에도 끝내 잘 풀리지 못했다. 철홍의 작품들은 내가 볼 때는 꽤 훌륭했지만 녀석이 그토록 되길 꿈꿨던 사진 아티스트의 세계에선 통하지 않는 수준이었던 것 같다. 생계에 내몰린 철홍은 현재 동인천에서 조그만 사진관을 하며 살아가는데, 더 이상 카메라나 필름이 귀하지 않게 된 시대의 희생양 노릇을 톡톡히 하고 있었다.

현실은 녹록치 않더라도 가슴속에 여전히 못 다 이룬 꿈을 간직하고 사는 철홍이 부정적인 말을 내뱉는 걸 보니 무슨 일이 있긴 한 모양이었다. 하지만 나는 철홍이 혼자서 교수님의 장례식장으로 떠날 때까지 아무런 위로도 해주지 못했다.

밤의 장막이 끝까지 내려왔고, 그 장막을 비가 두드리고 있었다. 모니터에서 새어나오는 퍼런 불빛만이 거실의 유일한 조명이었다. 제법 눈이 침침했지만 집중력을 높이기 위해서였다. 늪처럼 내 삶을 우울의 구렁텅이로 끌고 들어가는 이 영상을 한시라도 빨리 보고 치울 예정이었다.

술 대신 노트북 옆에 1.5리터 물병을 가져다 두고 틈틈이 마셨다. 나는 USB를 노트북의 포트에 꽂았다. 이틀간의 우여곡절 끝에 마침내 문제의 영상을 처음부터 끝까지 볼 수 있게 되었다.

대략 10분의 러닝타임은 오직 은애의 자위행위만을 담고 있었다. 때때로 카메라 밖에서 들리는 젊은 남자의 명령에 따라 신음을 내기도 했는데 마치 병든 고양이같이 애처로운 소리였다. 나는 은애가 오른손을 더 빨리 움직이기도 하고, 부드럽게 쓸기도 하면서 변화무쌍하게 손을 놀리는 모습을 넋을 놓고 바라보았다.

동영상을 보며 어떤 단서를 잡겠다는 목적은 사라진 지 오래였다. 그저 멍하니 모니터만 바라보고 있을 따름이었다. 그러다 느닷없이 나의 그것이 점점 커지는 느낌에 당황했고 몹시 충격을 받았다. 화면에 집중하면서 은애가 남겼을지도 모를 단서를 찾아보자는 생각으로 버텨봤지만 그것은 이미 나의 통제 밖의 일이었다. 설마 아직 애티가 나는 은애의 마른 몸을 보고 발기하게 될 줄은 몰랐다. 아내와 헤어지고 난 뒤에 남자로서의 삶은 끝났다고 생각했다. 실제로 단 한 번도, 누구와도 성관계를 맺지 않았다. 아니, 그런 쪽의 관심은 거세한 수소처럼 완전히 사라졌다고 확신했다.

그러나 내 안의 남자라는 동물은 아직 멸종한 게 아니었나 보다. 나는 입고 있던 트레이닝복의 사타구니 부근을 슬며시 내려다봤다. 불룩하게 솟구쳐 있는 모양새가 왠지 혐오스럽게 느껴졌다. 화면 속의 가냘픈 은애와 딸을 생각하며 눈물을 글썽였던 백과장의 얼굴, 그리고 예나의 모습이 머릿속에서 빙글빙글 돌아갔다. 나는 화면을 정지시킨 다음 화장실에 가서 찬물로 세수를 하고 왔다.

그러고는 영상을 다시 처음부터 재생시켰다. 은애의 새하얀 몸보다는 주변에 더욱 집중했다. 하지만 그럴싸한 단서가될 만한 건 찾지 못했다. 처음 1분은 빈 침대만 나오고, 곧은애가 나와 나체를 보여주다 자위행위를 한다. 그게 전부였다.

침대 위의 은애만 줄기차게 비추고 있는 카메라 프레임 안에는 지금 은애가 있는 곳이 어디인지 짐작케 하는 정보는 조금도 나오지 않았다. 은애 역시 처음의 한두 마디를 제외하고는 남자의 짧은 명령에 따라 신음을 내뱉기만 할 뿐 단한 마디도 하지 않았다. 혹시 아는 놈일까 싶어 남자의 목소리를 앞뒤로 돌려가며 수십 차례 들어봤지만 '왜, 창피해?'라는 짧은 말에서 누군가를 특정하기란 불가능했다.

이래서는 여전히 안개 속이다. 나는 그새 끝이 난 영상을 다시 보았다. 그러기를 이십여 차례, 모니터에 표시된 시간은 새벽 3시 4분을 가리켰다.

나는 기지개를 켜며 잠시 휴식시간을 가졌다. 나무로 된 의자에 계속 앉아 있었더니 엉덩이와 허리가 아팠다. 몸을 좀 풀어볼 겸 안방으로 가봤다. 영상에 집중하느라 들리지 않았던 빗소리가 선명했다. 미닫이로 된 통창을 열고 베란다 밖으로 나가봤다. 하염없이 쏟아지는 비가 베란다 창문에 몸을 잇달아 던지고 있었다. 비 내리는 모양에 괜히 슬퍼져 거실로 돌아왔다.

또다시 영상을 틀었다. 아마도 이 작은 식탁 위에 밤새도록 황소바위가 뿌리를 내려야 할 것 같다.

## 8

아침이 밝았지만 비는 그치지 않았다. 아니, 아침이 밝았
다는 말은 틀렸다. 영원히 계속될 것 같은 밤처럼 우울한 먹
빛 하늘을 누가 아침이라 부르겠는가. 비는 끝없이 쏟아져
내렸고, 침대에 누워 빗소리를 듣는 내 기분도 비에 젖은 듯
쓸쓸했다. 비가 모든 의욕을 씻어 내려가기라도 한 것처럼
만사가 귀찮고 마냥 누워만 있고 싶었다.

그러나 곧 생각을 고쳐먹고 침대에서 일어섰다. 백과장이
내 연락을 얼마나 기다리고 있을지 안 봐도 훤한 판에 게으
름을 부릴 수는 없었다. 휴대폰을 보니 오전 9시 20분이었
다. 이쯤이면 연락해도 무리가 없을 시간인 것 같아 백과장
의 휴대폰에 전화를 걸었다.

한참을 기다려도 받지 않았다. 막 끊으려고 할 때 통화 연

걸음이 들렸다.

"미안, 미안. 회의 중이라서. 잠깐만."

주변에 아무도 없는 곳으로 자리를 피하려는 듯했다.

"됐어. 말해, 이제."

백과장이 숨을 헐떡이며 말했다.

"어제 그거 다 봤습니다."

"그래? 뭐 좀 찾아냈어?"

"대단한 건 아닙니다만……."

"역시 이형사야! 내가 사람 하나는 잘 보지. 잠깐만, 불 좀 붙이고."

해가 뜨기 직전까지 영상을 반복하고 또 반복해서 그나마 하나 얻어낸 단서였다.

"혹시 반장님도 그거 보셨습니까?"

"보긴 봤는데 제대로는 못 보겠더라고……."

백과장의 목소리에서 바로 힘이 빠져나갔다. 짐작대로 백과장은 영상을 제대로 보지 않았다. 자기 딸의 문제만 아니었더라도 백과장 같은 빠꼼이가 놓칠 리 없었을 터였다.

"은애는 어디 모텔 같은 곳에 있었어요. 거기서 그걸 찍은 거고요."

"아이, 이 사람아. 우리도 그 정도는 알지. 딱 보면 모르냐."

실망감이 느껴지는 목소리였다. 나는 인내심을 가지고 설명을 재개했다.

"모텔 이름이 뭔지 전부는 몰라요. 하지만 이름에 일과 영이 들어가는 모텔이라는 건 압니다."

"일과 영이라니?"

"숫자 일하고 영 말이에요."

"대체 무슨 말이야, 그게?"

나는 본격적으로 어젯밤 내가 찾은 것에 대한 설명을 시작했다. 은애가 침대 머리맡에 놓인 베개에 등을 기대고 있었을 때 베개를 싸고 있던 흰 천에 어떤 글씨가 프린트되어 있었다. 글씨가 보인 것은 한순간이었다. 곧바로 카메라가 은애의 몸 전체에서 그녀의 벌린 다리 안쪽으로 클로즈업되기 때문에 나도 동영상을 수십 차례나 본 뒤에야 겨우 발견할 수 있었다. 솔직히 몇 번을 보더라도 어쩔 수 없이 은애의 벗은 몸에 먼저 시선이 갔기 때문에 1초쯤 보였다 사라지는 베개의 글씨를 발견하기란 보통 어려운 일이 아니었다.

러브호텔 같은 곳에서 흔히 볼 수 있는 베개였다. 그 베개에 등을 기댄 은애의 양 옆구리 쪽에 글씨가 삐져나와 있었던 것이다. 왼쪽 옆구리 쪽에는 아라비아 숫자 1이 프린트되어 있었다. 한편 은애의 오른쪽 옆구리 쪽은 아라비아 숫자 0이었다. 처음 이 사실을 확인하고 나서는 흥분을 감출 수가 없었다. 재빨리 화면을 정지시킨 다음 분석에 분석을 거듭했다. 하지만 그 이상의 정보는 없었다.

두 글씨의 크기로 봤을 때 은애의 등으로 완전히 가려진 곳에도 숫자나 문자가 몇 개가 더 있을 것 같았다. 아마도 세 개에서 네 개 정도가 아닐까 싶었지만 보이질 않으니 확인할 방도는 없다. 결론적으로 은애가 영상을 찍은 모텔의 이름은 '1????0 모텔'이라는 얘기다. 설명이 끝나자 백과장이 뛸 듯이 기뻐하는 기색이 전화 너머로 고스란히 전해졌다.

"그래, 그거 말 되네! 모텔 홍보용으로 베개에 자기들 상호를 박아놨을 수 있지. 아주 좋아. 당장 알아보겠네."

"그렇게 하십시오."

"역시 믿을 사람은 호진이밖에 없군. 확실히 용현이 같은 애송이하고는 차원이 달라. 정말 고맙다."

자연스럽게 부하의 기를 추켜올리는 백과장의 용인술이 또다시 발동되었다. 나는 코웃음을 치며 답했다.

"그런 말씀은 은애 찾고 하시고요. 어서 조사나 하세요."

"알았어. 그럼 또 연락할게. 노파심에서 또 한 번 말하지만 이 얘기 어디 가서 하지 말고."

백과장은 기어코 당부 한마디를 더 하고 전화를 끊었다.

나도 홀가분한 마음으로 휴대폰을 내려놓았다. 뒷일이야 어찌 됐든 내 일은 모두 끝났다. 나머지는 백과장이 알아서 할 일이다. 겸손을 떠느라 대단치 않은 정보라고 말했지만 사실 전국에서 상호에 1과 0이 들어가는 모텔이 몇 개나 되겠는가. 백과장의 실력이라면 금세 은애를 찾을 수 있을 것이다.

거실로 나가자 온종일 쏟아지는 비에 집 안이 온통 눅눅하게 느껴졌다. 뜨거운 물에 몸을 담그고 싶어졌다. 목욕을 한 지 한 달도 더 됐다는 데 생각이 미치자 아무도 보는 사람이 없는데도 얼굴이 붉어졌다.

뜨거운 물에 잠겨 있자니 온몸이 근질근질했다. 몸속에 쌓인 술 찌꺼기 같은 노폐물들이 천천히 풀어져 가는 느낌이 좋았다. 무심코 콧노래를 부르고 있었다는 걸 깨닫고는 당혹감을 느꼈다. 하지만 기분이 나쁘지는 않았다.

무엇보다 백과장에게 조금이라도 도움을 줄 수 있었다는 사실에 묘한 성취감을 느꼈다. 현장을 떠난 지 4년이지만 내 관찰력이나 끈기가 여전하다는 걸 확인한 것도 만족스런 성과였다.

목욕을 마치고 모처럼 즐겁게 위스키를 따랐다. 꼭 은애를 찾길 기원하며 단숨에 한 잔을 털어 넣었다.

9

또 연락한다던 백과장에게 아무런 연락도 없이 며칠이 흘렀다. 나는 다시 예전의 생활로 돌아갔다. 밤새도록 술을 마시고, 뉴스를 보면서 또 마시고, 예나와 아내가 나오는 DVD를 보며 미친 듯이 퍼마시고, 그러다 지치면 잠이 드는 생활로 말이다.

나흘 만에 처음 울린 전화벨이 백과장이었다. 은애를 찾았는지 내심 궁금했던 터라 인사도 잊은 채 호기심부터 해결했다.

"은애, 찾았습니까?"

묵묵부답이다. 침묵이 길어질수록 실패구나 하는 생각이 들었다.

"아니."

"왜요, 숫자에 맞는 모텔이 없었어요?"

"그래. 인천이랑 서울, 5대 도시, 관광지들 다해서 전국의 3만 개가 넘는 모텔들을 다 들여다봤는데, 1로 시작해서 0으로 끝나는 이름은 없었어. '낭만 25시'나 '스프링 365'처럼 중간에 숫자가 들어가는 모텔은 몇 개 있더군."

백과장이 힘없이 말했다. 그런대로 말이 되는 단서를 찾았다고 생각했는데 의외였다.

"허가 안 받고 영업하는 데도 있지 않을까요?"

"무허가 숙박업소도 알아봤지. 틈틈이 전국 숙박업소 협회랑 각 도시들 시청 건축과, 위생과, 관광과, 귀에서 피가 나도록 전화 돌려봤는데 그런 이름은 없었어."

이 바닥에서 잔뼈가 굵은 베테랑이 몸소 알아본 일이다. 실수 따위가 있을 리 없었다. 백과장이 나직하게 욕을 내뱉고 말했다.

"숫자로 된 모텔 이름이라니…… 쌍팔년도 청량리 588도 아니고 당최 모르겠네."

손이 닿는 곳까지 다가온 은애가 도로 멀어져간 기분에 당혹감을 느끼고 있을 때 백과장이 은근한 말투로 말했다.

"이봐, 호진이. 기왕 이렇게 된 거 부탁 한 번만 더 하자. 이번에는 좀 더 확실한 걸 찾아줘."

"도와주고 싶지 않아서가 아니라 거기에서는 더 이상 아무엇도 못 찾을 것 같은데요."

"아니, 다른 거야. 용현이가 뭐 하나 더 찾은 것 같아. 지금은 좀 그렇고, 이따 밤에 용현이가 전화할 거니까 술 마시지 말고 있어. 알았지?"

엉겁결에 지킬 자신도 없는 약속을 하고 전화를 끊었다. 박용현 형사의 전화는 밤 9시가 넘어서야 걸려왔다. 놀랍게도 나는 그때까지 약속을 지키고 있었다. 멀쩡한 정신으로 그가 찾았다는 새로운 단서에 대해 듣고 싶었던 것이다. 머릿속에서는 한 줌의 이득도 없을 뿐더러 내 삶과도 아무 상관없는 일에 너무 빠져들고 있다는 위험신호를 보내고 있었지만 은애에게 무슨 일이 생겼는지 알고 싶다는 호기심을 도저히 억누를 수 없었다.

"저번에 봤던 사이트에 다른 영상이 떴습니다. 어젯밤에 보자마자 백과장님께 바로 보고드렸습니다."

간단한 인사를 마친 박용현이 호들갑스레 말했다. 신출내기인 자신이 한참 선배들보다 먼저 귀중한 단서를 찾아냈다는 자부심이 느껴지는 목소리였다.

"거기 자주 들어가나 봅니다."

"아니요. 혹시라도 과장님 따님에 대한 단서를 찾을까 싶어서 틈날 때마다 한 번씩 들어가 보는 겁니다."

내 말이 비아냥으로 들렸는지 변명하는 투였다. 만화의 말

풍선처럼 지금 무슨 생각을 하는지가 바로바로 드러나는 친구였다.

"저번 것보다는 도움이 될 것 같습니다. 이번에는 찍은 날짜도 특정이 되거든요. 바로 그저께 밤에 찍은 따끈따끈한 겁니다."

"아, 그렇습니까?"

귀가 번쩍 뜨이는 얘기였다. 지난번 영상은 공간적 정보뿐 아니라 찍은 날짜 등의 시간적 정보도 전무했다. 박용현의 말처럼 어떤 식으로든 은애를 찾는 데 도움이 될 듯해 몸이 달았다.

"나도 들어가 볼 수 있습니까?"

"그럼요. 제가 주소 알려드릴게요. 이름이…… 좀 거시기하네요. 섹스조아 닷컴입니다."

"이름 한 번 참…….."

나는 어이가 없어 헛웃음을 흘렸다. 박용현도 겸연쩍은 듯 따라 웃었다.

"유치하죠. 지금 접속 가능하시죠? 주소 부를게요."

나는 키보드를 두드려 박용현이 불러준 알파벳을 인터넷 주소창에 적었다. 정확한 주소명은 'sexzoa.com'이었다.

섹스조아 닷컴의 첫 페이지에는 가슴이 멜론만 한 나체의 백인 여자가 다리를 벌리고 있었다. 백인 여성의 머리 위에는 온통 현란한 색깔의 글씨로 방문을 환영한다는 얘기가 적혀 있었고, 활짝 벌린 두 다리 사이에 화살표가 그려져 있었다. 박용현이 그 화살표를 클릭하면 메인 페이지로 입장할 수 있다고 가르쳐주었다. 메인 페이지로 들어가 보자 위쪽부터 순서대로 한국, 일본, 미국의 세 카테고리로 나뉜 공간이 펼쳐졌고, 각각의 카테고리마다 영상의 내용을 미리 보여주는 손톱만 한 크기의 썸네일이 화면 전체를 빈틈없이 채우고 있었다.

"은애 영상은 한국 카테고리에서 찾았습니다. 사이트에서 바로 볼 수도 있지만 정식 회원은 다운로드도 받을 수 있거든요. 이형사님은 굳이 가입하실 것 없이 제가 이메일로 보내드릴게요. 용량도 별로 안 커요."

포르노 사이트를 잠시 둘러보다가 창을 닫았다. 곧 박용현이 보내올 영상이 섹스조아에 올라온 것과 동일하다면 굳이 이 정신 사나운 곳에 머무를 필요가 없다. 잠시 후 3년 만에 개인 메일함을 확인해보니 미확인 이메일이 3천 개가 넘게 와 있었다. 대부분 광고나 스팸메일이라 무시하고 가장 최근에 온 박용현의 이메일만 열었다. '증거자료2'라는 제목으로 첨부되어 있는 영상을 받아놓고 주방으로 가서 철홍이 사 놓은 커피를 끓였다.

나는 커피를 가지고 와서 진검승부에 나서는 무사의 마음으로 컴퓨터 앞에 앉았다. 한판싸움에 생사를 건 무사가 봐야 할 것이 고작 포르노라는 사실이 기가 막혔지만 현재 행방이 불분명한 은애에게는 생명이 걸린 문제일 수도 있다. 다시 한 번 진지하게 마음을 가다듬고 재생 버튼을 눌렀다.

지난번과 달리 첫 장면부터 은애가 나왔다. 그녀는 레이스가 달린 흰색 브래지어와 세트인 듯한 흰 팬티만을 걸치고 침대에 무릎을 꿇고 있었다. 침대와 기타 집기들이 지난번 것과 동일해 같은 장소에서 찍은 게 분명해 보였다.

저번처럼 은애의 가냘픈 몸매에 먼저 시선이 가지는 않았다. 그보다는 시선을 화면 구석구석으로 돌려 단서가 될 만한 것들을 찾았다. 나는 특히 베개를 보려 했다. 하지만 이번에는 흰 시트가 걸리적거렸는지 뒤로 치워놓았는데, 하필 그 시트가 베개 위에 덮여져 있었다. 시트만 치우면 1과 0 사이에 숨겨진 모텔 상호가 나올 게 분명한데도 확인할 방도가 없으니 답답하기 짝이 없었다.

속옷 차림의 은애는 자신의 몸을 만지며 쾌락에 빠져 있지 않았다. 그보다는 카메라 화면에 잡히지 않는 정면에 시선을 고정하며 무언가를 열심히 바라보고 있었다. 은애의 시선 각도로 판단컨대 텔레비전일 것 같은데 특별한 소리는 들리지 않았다. 나는 노트북 옆면의 버튼을 눌러 볼륨을 끝까지 키워보았다.

"인천시를 충격과 공포로 몰아넣었던 문학산 수녀 강간사건의 유력한 용의자가 오늘 오전 경찰에 긴급 체포되었습니다."

지직거리는 잡음 속에서 어렴풋이 긴장의 빛이 역력한 남자 앵커의 목소리가 들렸다. 나도 모르게 엄지와 검지로 딱소리를 냈다. 이번 영상은 날짜를 특정할 수 있다고 했던 박용현의 말이 맞았다. 이 사건의 용의자인 60대 남자는 지난주 토요일에 체포되었다. 인천에 사는 은애에게도 남 일이 아니었을 테니 뉴스 속으로 빨려 들어갈 듯이 집중하고 있는 것이다.

갑자기 뉴스 앵커의 목소리가 사라지고 남자의 목소리가 들렸다.

"테레비 그만 보고 빨리 벗어. 애태우지 말고."

아마도 화면 밖의 남자가 텔레비전을 끈 모양이었다. 목이 잠긴 듯 탁한 목소리였다. 영상을 조금 뒤로 돌려 다시 들어봤다. 저번보다 훨씬 나이 들어 보여 다른 남자인가 싶었지만 한두 번 더 들어보니 목 상태 때문에 달라 보인 것에 불과했다.

은애는 고개를 조금 오른쪽으로 돌려 텔레비전에서 남자가 있는 쪽으로 시선을 이동시켰다. 남자의 말을 거부한다는 듯 도리질을 치며 웃는 은애에게 남자는 웅얼대는 것처럼 분명치 않은 발음으로 말을 건넸다.

"장난 그만치고."

터질 듯한 흥분에 남자의 목소리는 떨리고 있었다. 그러나 은애는 집요한 남자의 요구에 살짝 눈을 흘기며 계속 고개를 젓기만 할 뿐이었다.

"오빠, 화낸다."

곧 남자의 손바닥이 카메라 프레임 안으로 들어왔다. 카메라가 거칠게 흔들리더니 위로 들렸다. 한 곳에 고정하고 있던 카메라를 남자가 집어 든 모양이었다. 나는 눈을 치켜뜨며 온 신경을 집중했다.

아마추어가 카메라를 들고 찍으면 멀미가 날 정도로 화면이 요동을 친다. 한동안 뭐가 뭔지 알아볼 수 없는 화면이 이어지다가 불쑥 남자의 왼손이 나타났다. 물론 남은 손으로는 카메라를 들었을 것이다. 카메라를 들고 침대 앞으로 다가간 남자의 왼손이 은애의 가슴께로 뻗쳐갔다. 은애는 훌쩍 침대 밑으로 뛰어 남자의 손을 피했다. 계속 은애를 잡으려 했지만 한 손이 부자유스러워 성공하지 못한 남자가 카메라를 은애가 피한 왼쪽 방향으로 급하게 돌렸다.

잠시 시야에서 사라졌던 은애는 모텔 창문으로 보이는 커다란 유리창 앞에 서 있었다. 유리창에는 형광색의 섬광이 번쩍거려 눈이 부실 만큼 휘황찬란했다. 아마도 모텔 맞은편의 네온사인에서 반사된 불빛으로 보였다.

등 뒤에서 현란한 네온 불빛을 받고 있던 은애가 손을 뒤로 돌려 서서히 브래지어를 벗었다. 브래지어가 떨어지면서 맨 가슴이 보였다. 남자는 그제야 만족스러웠는지 약한 신음 소리를 내며 카메라를 고정시켰다.

은애가 남은 하나를 마저 벗었다. 비처럼 쏟아지는 빛으로 샤워를 하며 당당하게 선 모습이 마치 빛의 여신 같았다. 은애는 잠시 카메라와 남자의 시선을 즐기다가 천천히 침대로 돌아왔다. 카메라 렌즈가 은애의 이동 방향을 따라 같이 움직였다. 은애가 침대에 누워 다리를 벌렸다. 남자의 왼손이 다리 사이로 들어온다. 은애의 다리 사이에서 손장난을 치는 장면이 몇 분쯤 이어지다 화면은 정지됐다.

단 5분 남짓한 영상이 주는 강렬한 충격에 진땀이 흘렀다. 나는 주먹으로 이마를 닦고 한숨을 쉬었다. 내가 알던 은애와 너무 달랐지만 분명히 일어난 현실이었다. 앞으로 얼마나 더 충격적인 것들을 봐야 끝이 날지 암담한 기분이 들었다.

"은애야, 넌 지금 어디에 있냐? 이 젠장 맞을 영상에서 왜 그렇게 방실방실 웃고만 있어?"

답답한 마음에 모니터 속의 은애를 바라보며 혼잣말을 했다. 그런데 말하고 보니 묘한 부분에 생각이 미쳤다. 나는 처음 은애가 포르노에서 발견되었다는 말을 들었을 때 막연하게 납치 등과 같은 범죄를 연상했었다. 그것 말고는 평범한 대학 신입생이 포르노에 나오는 다른 이유를 찾을 수 없었기 때문이었다. 하지만 저번 영상에서도 그랬지만 이번에도 딱히 촬영에 저항하는 기색은 없었다. 아니, 저항은커녕 시종일관 웃으며 적극적으로 촬영에 응하는 모습처럼 보이는 게 사실이었다. 어쩌면 은애는 납치나 생명의 위험 때문이 아니라 자발적으로 영상들을 찍고 있는 게 아닐까?

지금으로서는 아무것도 알 수 없다. 답을 알려면 백과장의 속이 더 썩어 문드러지기 전에 은애를 찾는 방법밖에 없었다. 일단 은애를 찾아야만 이름도 제대로 알 수 없는 모텔에서 대체 어떤 일이 벌어졌는지가 분명해질 것이다.

어쩔 수 없이 동영상을 다시 틀었다. 이쯤 되면 보고 또 보는 수밖에 없었다. 나는 머리도 나쁘고, 요령도 좋지 않고, 눈썰미도 없다. 황소바위라는 별명답게 오직 인내심 하나로 경찰 생활을 해왔다. 내가 이기나, 네가 이기나 끝까지 버티는 놈이 이긴다는 일념으로 모니터에 눈을 처박고 날카롭게 벼린 칼날 같은 시선을 꽂았다.

네 번쯤 보았을 때 커다란 창문을 뒤로 하고 선 은애가 나오는 장면에서 화면을 정지시켰다. 다른 곳은 암만 봐도 소용이 없을 것 같고 그나마 여기가 승부처로 보였다. 목욕탕 거울에 샤워기를 갖다 대면 물방울이 거울에 확 퍼지는 것처럼 길 건너편에서 모텔 유리창으로 반사되어 온 네온 불빛이 예의 유리창에 부딪쳐 산산이 부서졌다. 그 순간을 잘 포착하여 정지시켰지만 빛의 가닥가닥이 온통 뭉개져 어떤 형상인지 알아볼 수는 없었다. 몇 번이고 시도했지만 허사였다. 모텔 맞은편의 네온사인이 어떤 업소, 이를테면 술집이나 동종 숙박업소의 상호를 표시하고 있다면 그 이름을 가진 전국의 모든 업소를 조사해 근처의 모텔을 확인하면 될 터였다. 생각할수록 이 방법밖에 없다는 확신이 들었다.

나는 알아볼 수 없는 네온 불빛과 몇 시간을 더 씨름하다 결국 손을 들고 말았다. 하품을 하자 뻑뻑해진 눈에 눈물이 가득 고였다. 안방으로 건너가기도 귀찮아 그대로 식탁 위에 엎어져 잠이 들었다.

10

몸이 으슬으슬해 잠에서 깼다. 불편한 자세로 잔 탓에 등과 허리가 부서질 듯 아파왔다. 격한 통증에 신음소리를 내며 가만가만히 몸을 일으켰다. 그때까지 켜져 있던 노트북의 시계를 보니 아침 8시였다. 포근한 이불과 베개가 있는 안방 침대가 나를 유혹했지만 참고 휴대폰을 들었다.

"호진이, 아침부터 웬일이야? 하룻밤 만에 뭐 좀 찾은 거야?"

옛날부터 7시면 벌써 경찰서에 나와 있는 양반이다.

"아직 이렇다 하고 말씀드릴 건 없습니다."

말마따나 여전히 짙은 안개 속을 걷는 듯 모호한 상황이었다. 내 말에 끙 하고 앓는 소리를 내는 백과장은 영락없이 잔뜩 부풀었던 풍선의 바람이 빠진 꼴이었다.

"괜찮아. 뜸도 들기 전에 밥부터 먹을 수 있나. 조금 더 시간이 필요하겠지."

"그래서 말입니다."

"응?"

"과장님, 제가 은애 꼭 찾겠습니다."

"뭐!"

백과장은 영상을 한 번 봐주겠다고만 약속한 내가 이렇게 나오자 믿을 수 없다는 기색이었다. 하지만 나는 평생을 살면서 그 어느 때보다 더 진심이었다. 요 며칠 간 나름대로 사명감을 가지고 탐색을 해봤지만 은애에게 곧장 이어지는 연결고리를 찾을 수 없었다. 그게 내 형사로서의 자존심에 상처를 입혔다. 이제는 형사도 뭣도 아닌 일개 폐인 주제에 말도 안 되는 생각을 한다며 나 자신을 비웃었지만 시간이 지날수록 마음속의 열망은 커져만 갔다. 발바닥이 짓무르도록 끈질기게 돌아다니며 탐문과 조사로 날밤을 새는 사냥개, 그게 바로 나였다. 그게 바로 내가 가장 잘하는 일이다. 단한 번만이라도 가슴이 저릿저릿해지는 그 흥분을 다시금 느껴보고 싶었다.

어쩌면 나는 은애 사건을 계기로 회복이 불가능할 만큼 망가졌던 삶을 떨쳐버리고 당당히 다시 일어서는 스스로를 꿈꾸고 있는지도 몰랐다. 아직 나조차도 완벽하게 정리되지 않은 감정이지만 이것만은 분명하다. 나는 은애를 나 아닌 다른 누군가의 손에 넘겨줄 생각이 없었다.

"그냥 가볍게 봐서는 못 찾을 것 같아요. 정식으로 은애 실종사건을 맡겠습니다. 반드시 제가 은애를 찾아서 과장님 앞에 데리고 가겠습니다."

"나야 고마울 따름이지. 진작 자네가 맡아줬으면 했어."

백과장은 진심으로 기뻐하는 듯했다. 통통배를 타고 바다로 나갔다가 어마어마한 파도에 배가 박살나서 바다 위를 떠도는 도중 상어까지 만난 어부가 마침내 구조선을 발견한 것 같은 목소리였다.

"조그마한 단서라도 생기면 바로 저한테 주세요. 어차피 시간도 많은 놈이니까 철저하게 분석해서 몸으로 뛰겠습니다."

"그야 물론이지. 뭐든 찾아내면 곧장 자네한테 넘기겠네."

우리는 매일의 수사 진행비와 은애를 찾았을 때의 보상금 등의 세부사항을 조율하고는 전화를 끝냈다.

백과장과의 용건은 마쳤지만 아직 포근한 이불과 베개가 있는 안방으로 갈 시간은 아니었다. 나는 단축되어 있는 철홍의 휴대폰 번호를 눌렀다. 백과장과 달리 철홍은 신호음이 거의 끝나갈 즈음에 잠이 덕지덕지 묻은 목소리로 전화를 받왔다.

"오늘 지구 망하는 날이냐? 네가 새벽부터 전화를 다하고?"

밤새 유리창에 반사된 네온사인과 씨름했지만 애당초 컴퓨터와 친하지 않은 나로서는 한계가 있었다. 잠이 들기 직전에 철홍을 떠올렸다. 녀석에게 요즘은 사진 작업에 컴퓨터가 필수라는 말을 들은 적이 있었다. 색 보정이나 미세수정, 해상도를 높이는 등의 모든 과정에 컴퓨터를 사용한다는 것이다.

철홍은 모처럼 혀 꼬부라진 말투가 아닌 것만으로도 매우 반가워했다. 나는 컴퓨터 관련해서 물어볼 일이 있으니 일 끝나면 집에 와달라는 부탁을 했고, 철홍은 흔쾌히 승낙했다.

드디어 아침 업무를 마치고 포근한 이불과 베개가 있는 안방으로 가서 이불을 뒤집어썼다. 눅눅한 장마철에 오래 빨지 않아 꿉꿉하고 쉰내가 났지만 예나가 보던 동화 속 잠의 요정이 눈에 잠가루를 솔솔 뿌린 것처럼 즉시 곯아떨어졌다.

오후 3시에 마법에서 깨어났다. 거실로 나가 뜨거운 물을 끓이고 머그컵에 믹스커피 세 봉을 넣었다. 은애를 찾기 전까지는 술을 마시지 않을 작정이라서 뭔가 다른 강한 자극이 필요했다. 세 배로 들척지근해진 커피를 마시며 노트북을 작동시켰다.

인터넷 주소창에 어제 박용현이 안내해준 섹스조아 닷컴의 주소가 고스란히 남아 있었다. 필요한 영상은 이메일로 받았지만 최초 사이트에 올라온 모습도 확인해보고 싶었다. 어제 본 금발 여인의 풍만한 두 다리 사이로 입장했다. 눈이 아플 정도로 현란한 팝업 광고창들을 일일이 끄니 어제처럼 한국, 일본, 미국의 세 카테고리로 나뉜 메인 페이지가 나왔다. 아무래도 이쪽 세계에서는 이 3개국이 선진국인 모양이었다.

다른 곳은 볼 필요도 없었으므로 한국 페이지로 들어갔다. 다시 화면이 바뀌면서 가로 셋, 세로 넷, 도합 열두 개의 동영상 게시물이 배열된 공간이 펼쳐졌다. 맨 위 왼쪽 게시물에 새로 올라왔다는 뜻의 'new' 표시가 붙어 있었는데, 작품명은 무려 '여자 얼굴에 사정'이었다. 그런 식의 낯 뜨거운 제목들이 처음부터 끝까지 이어져 있었다. 은애가 나오는 동영상 제목은 알지 못했기에 일일이 살펴봐야겠다고 생각하다가 게시물이 날짜 순서대로 정렬되어 있는 것을 발견했다. 박용현이 그제 밤에 동영상을 발견했다고 했으니 날짜를 따져보면 7월 22일이었다. 7월 22일에 올라온 게시물은 총 여덟 개였다. '남자 한 명에 여자 두 명' 같은 전혀 상관없는 걸 배제하고 나니 그럴듯한 게 '여대생의 비밀을 파헤친다'였다. 제목 옆에 조회 수가 표시되어 있는데 고작 이틀 만에 3천 건이 넘었다. 소중한 은애의 몸을 벌써 얼굴도 모르는 3천 명의 남자가 봤다는 사실에 묘하게 약이 올랐다.

여대생의 비밀이 궁금했던 남자들처럼 클릭해서 들어가 보니 어제 본 은애의 사진들이 네 장 정도 예고편처럼 올라와 있고, 화면 하단에 '다운로드'와 '영상 감상'이라는 두 가지 선택지가 있었다. 일단 다운로드를 눌러보자 정회원 가입이 필요하다는 안내문이 나왔다. 굳이 가입할 필요는 없어서 영상 감상을 눌렀다. 화면 중앙의 스크린에 이메일로 받은 것과 동일한 내용의 영상이 흘러나왔다.

어제 그토록 보았음에도 처음 보는 것처럼 열중했다. 나는 은애의 얼굴을 뚫어져라 쳐다보며 어떤 느낌이 오기를 기다렸다. 일반인은 이해하기 힘들겠지만 형사들의 세계에서는 그런 것이 있다. 노상 꿈에서라도 잡고 싶은 범죄자의 일거수일투족을 분석하고, 틈날 때마다 놈의 머릿속을 헤아려보며 왜 그런 짓을 저질렀는지 이해하려다 보니 자기도 모르게 상대방과 강렬한 일체감을 느끼는 것이다.

은애가 비록 범죄자는 아니더라도 찾고 싶은 일념은 매한가지라 비슷한 느낌이 올 것도 같았다. 그러나 허사였다. 혼탁한 개울물 속을 들여다보는 것처럼 은애에게서는 아무런 느낌을 받을 수 없었다. 하기야 마흔 살의 중년 남자와 딱

그 절반인 스무 살의 아가씨다. 어떠한 동질감이 있을 구석
도 없다. 차디찬 북극과 열대의 정글처럼 완전히 다른 두 세
계이다.

돈가스를 시켜서 저녁을 때우고 9시 뉴스가 끝나갈 때까지
철홍은 오지 않았다. 전화를 해볼까 생각하는 참에 문을 두
드리는 소리가 들렸다. 문을 열어보니 손에 비닐봉지를 든
철홍이었다.

"그냥 오지 뭘 또 사왔냐?"

"오늘은 내 거다. 밥도 못 먹었어."

철홍이 비닐봉지를 들어 안에 든 라면을 보여주며 말했다.

"오늘따라 이상하게 손님이 많더라."

"손님 많은 게 뭐가 이상한 일이야. 잘된 일이지."

"그런가."

녀석이 피식 웃었다. 잠시 후 철홍이 끓인 라면 냄새가 집
안에 진동했다. 저녁을 먹었음에도 맹렬하게 식욕이 돌았다.
이틀 간 술을 마시지 않았더니 위장이 이때다 싶었던가 보
다. 내친김에 두 개를 더 끓여 돼지 두 마리가 사료통에 고
개를 처박듯이 허겁지겁 먹었다.

"나 왜 오라고 했냐?"

철홍이 배를 두드리며 묻기에 동영상에서 특정한 부분을
확대해 좀 더 자세하게 보는 방법이 있느냐고 물었다.

"고작 그런 것 때문에 불렀냐. 전화로도 충분히 가르쳐줄 수 있는 건데."

철홍이 나를 흘겨보며 말했다.

"덧셈도 못하는 놈이 방정식을 하겠냐. 준비해놓고 있을 테니까 담배 하나 피우고 와."

흡연자인 철홍은 안 그래도 담배가 고팠는지 주섬주섬 담배와 라이터를 챙겨 밖으로 나갔다. 나는 라면을 먹느라 치워놓았던 노트북을 식탁 위로 도로 가져와 박용현이 보내준 동영상 파일을 재생시켰다. 은애가 유리창 앞에서 네온 불빛을 받는 예의 그 장면에서 영상을 일시정지 시키고 철홍을 기다렸다.

"와, 이거 뭐야! 끝내주는데……."

돌아온 철홍이 내 등 뒤에서 실실 웃음을 흘렸다.

"헛소리 말고 이거나 똑바로 봐."

"똑바로 보고 있어. 너무 마른 게 흠인데 섹시하기는 하네."

고개를 뒤로 돌려 철홍을 노려보았다. 뜨끔했는지 살짝 고개를 숙이는 철홍이었다.

"거기 말고, 뒤쪽 유리창 말이야. 유리창에 네온 불빛 반사되는 거 보이지?"

"응, 보인다."

"저게 아무래도 유리창 맞은편 건물의 네온사인 같은 게 반사된 것 같은데 도저히 확인이 안 돼. 너 저거 좀 알아볼 수 있게 못하나?"

"당연히 가능하지."

철홍이 흔쾌히 답했다.

"내가 할게. 비켜봐."

철홍이 의자에 앉고 나는 의자 등받이에 손을 댄 채 철홍이 하는 양을 지켜보았다. 철홍은 일시 정지된 화면을 잠시 지켜보다가 키보드 하나를 탁 누르고는 말했다.

"이게 캡처 키야. 이걸 누르면, 누른 순간의 장면이 사진처럼 딱 저장이 돼. 자, 봐봐."

철홍이 마우스로 조작하자 곧 모니터에 은애가 유리창 앞에 서 있는 사진이 나타났다.

"네가 봐야 할 게 유리창이라면서? 그러면 이렇게 드래그해서 확대를 해보자."

철홍은 마우스를 움직여 유리창에 불빛이 반사된 공간에 사각형의 흰 선을 씌웠다. 마치 요술쟁이가 한 것처럼 유리창의 그 부분만 확대된 또 다른 사진이 나왔다.

"대단한데."

"뭘 이 정도 갖고. 너 형사할 때 해커 같은 놈들은 어떻게 잡았나?"

"그런 거 수사하는 팀은 따로 있어."

그러나 우쭐한 철홍이 무색하게도 유리창에 비친 불빛은 처음보다 더 알아보기 어려웠다. 유리창의 일부분만 너무 키우는 바람에 전반적으로 색이 흐릿해졌고, 네모난 픽셀들이 지나치게 확대되어 의도를 알 수 없는 추상화를 보는 것 같았다.

"이렇게 해놓으니까 알아보기 더 힘들잖아."

"아직 끝난 게 아냐. 이미지 프로그램으로 해상도만 손보면 된다."

몇 분 뒤 철홍이 작업을 마치자 확대된 유리창의 일부분이 처음과는 비교도 할 수 없을 정도로 깨끗해졌다. 나는 철홍에게서 의자를 도로 빼앗고 모니터를 노려보았다. 제법 거리가 떨어진 곳에서 빛이 도착한 듯 노란색의 불빛은 파리했고, 그 형체 또한 작았다. 눈이 아플 정도로 노려보고 나서야 유리창에 비친 형체가 울퉁불퉁한 뿔이 사방으로 뻗쳐 있는 어떤 것이라는 걸 깨달았다. 마치 불가사리 같은 생김새였는데, 맨 위쪽의 뾰족한 뿔에는 동글동글한 원 두 개가 위아래로 붙어 있었다.

"이게 뭐지?"

기묘한 생김새에 무심코 혼잣말을 내뱉었다. 나처럼 생각에 잠겨 있던 철홍이 두 손가락으로 딱 소리를 내며 말했다.

"호진아, 이거 스타 에이트 같은데?"

"그게 뭔데?"

"구월동에 큰 극장 있잖아. 전국에 체인 있는 거."

구월동은 남동 경찰서가 관할하는 지역이다. 하지만 인천 제일의 유흥가라서 극장만 해도 여러 개다. 어느 곳을 지칭하는지 얼른 알아차리기 힘들었다.

"왜 멀티플렉스 있잖아. 상영관 많은 곳."

철홍이 답답하다는 표정으로 말을 계속했다.

"스타 씨어터 몰라? 넌 영화도 안 보냐?"

데이트할 때나 예나를 낳기 전만 해도 아내와 몇 번 극장을 갔지만 그것도 벌써 10년 전이다.

"구월동 로데오 거리 위쪽에 있어. 상영관 여덟 개짜리."

철홍이 키보드에 손을 뻗기에 살짝 비켜줬다. 곧 철홍이 띄워놓은 페이지에서 노랗게 그려진 별이 시선을 잡아끌었다. 화면 왼편에는 우리나라 지도가 표시되어 있었는데, 화살표가 지도의 곳곳을 찌르고 있었다. 철홍이 화살표 중의 한 곳에 마우스를 가져가자 '부산 스타 식스'라는 안내창이 떴다. 안내창 안에 그려진 스타 식스의 로고는 별 위에 아라비아 숫자 6이 붙어 있는 것이었다. 다시 말해 별이 숫자 6을 머리에 이고 있는 형상이었다.

"여기는 상영관 수에 따라서 이름이 붙여져. 부산에는 상영관이 여섯 개니까 스타 식스지."

머리부터 발끝까지 전류와 같은 쾌감이 관통했다. 형사 시절, 결정적인 단서를 잡은 순간에 꼭 이런 짜릿한 느낌이 들곤 했다. 나는 떨리는 목소리로 말했다.

"다른 곳도 보여줘."

철홍은 마우스를 움직여 순식간에 국토를 횡단했다. 광주는 스타 세븐, 대전은 스타 파이브였다. 서울은 가장 많아 여섯 곳이나 있었는데 강남이 스타 식스틴으로 제일 컸다. 이제 인천 차례였다. 팽팽한 긴장감에 꿀꺽 침을 삼켰다. 마침내 숫자 8을 이고 있는 별이 떴다.

철홍의 말대로 인천이 스타 에이트였다. 은애는 다른 지역으로 이동하지 않았다. 은애를 애타게 찾고 있는 부모가 살고 있는 인천을 떠나지 않은 것이다.

## 11

그날 밤, 철홍은 자고 가기로 했다. 둘 다 심하게 몰입을
해서 컴퓨터를 그렇게 오래 주무르고 있었다는 것도 몰랐다.
철홍은 이미 차도 끊겼고, 집에 가봐야 기다리는 사람도 없
으니 차라리 잘됐다는 기색이었다.

잠자리에 들기 전 우리는 스타 에이트에 관해 조금 더 이
야기를 나누었다. 철홍에게 자세한 위치를 들으니 어렴풋이
기억이 났다. 남동경찰서에서도 별로 멀지 않은 인천시청의
남쪽 10분 거리에 극장 건물이 하나 있었던 것 같다. 한두
번 가본 적이 있다는 철홍이 근처 길가에서 모텔들을 제법
봤다고 했다.

안방 침대를 서로 쓰라고 다투다 결국 내가 져서 침대에
누웠다. 그러나 은애를 찾기 직전이라는 설렘에 한참을 누워

있어도 눈이 말똥말똥했다. 유리창에 비친 네온이 스타 에이트의 로고가 아닐 수도 있었지만 왠지 그럴 것 같지는 않았다. 옷가게에서 오래 일한 사람이 들어오는 손님 표정만 보고도 옷을 살 사람인지 아닌지를 판단하는 것처럼 형사도 직업적인 예감이라는 게 있다. 이 사건은 스타 에이트 근처에서 풀린다. 아무 근거도 없지만 내 직감이 그렇게 소리치고 있었다.

"그런데, 호진아. 아까부터 물어보고 싶었던 건데 너 그 유리창 앞에 있던 여자애 찾으려고 그러는 거지?"

침대에서는 잠이 오지 않는다기에 바닥에 깔아준 이불에서 철홍의 목소리가 들려왔다. 나는 백과장과의 비밀 엄수 약속을 떠올리며 아무 대꾸도 하지 않았다.

"너 혹시 형사일 다시 하는 거냐?"

철홍의 말투에 잔뜩 기대가 밴 게 느껴졌다. 나는 이번에도 대답하지 않았다.

"자냐?"

철홍이 고개를 들어 내 상태를 확인하려는지 부스럭거리는 소리가 났다.

"하긴 다시 형사 하는 건 어렵겠지. 사표도 쓰고 나왔는데……."

대꾸 한 마디도 없는데 잘도 대화를 이어가는 녀석이다.

"그래도 불법적인 거, 나쁜 일 하는 거는 아니지?"

철홍의 걱정에 살짝 가슴이 메어왔다. 나와는 다른 이유로 녀석도 잠을 이루지 못했던 것이다.

"불법 아냐. 경찰에서 부탁받은 일이야."

그제야 잘 수 있겠다는 양 철홍이 길게 하품을 했다.

날이 밝자 준비를 하고 집을 나섰다. 아침 7시에 밖에 나온 게 하도 오랜만이라서 공기조차 신선한 것 같았다. 선선한 바람이 7월 날씨가 아니라 가을을 연상시켰다. 길가로 나가서 기다린 지 얼마 되지도 않아 가출한 아들을 잡으러 오듯 빠른 속도로 달려오는 택시를 만났다.

철홍의 사진관이 있는 동인천으로 향했다. 슬슬 출근시간이 시작되고 있어 거리에 버스나 자가용들이 제법 보였다. 서쪽으로 비류대로를 따라가다 송도역 앞에서 우회전하니 곧 인하대학교가 보였다. 은애가 다니는 대학이라서 유심히 살폈지만 아직 대학생들은 술에서 깨기 전인지 지나다니는 사람은 거의 없었다. 그대로 북쪽으로 올라가 인천 FC 축구장이 있는 도원역 쪽에서 좌회전해 5분 정도 더 가자 동인천역이었다. 도합 30분쯤 걸렸다.

일제시대부터 인천의 중심이었던 동인천은 인천의 경제나 주거 환경이 신도심으로 몰리면서 극적으로 몰락했다. 주안에 살던 중고교 시절만 해도 친구들이랑 영화를 보거나 청바지를 살 때, 혹은 여학생들과 미팅이나 몰래 술을 마시러 다닐 때 동인천 이외의 지역은 선택지에 없었다. 모든 산업과 유흥, 문화의 중심지였건만 지난 20여 년 동안 지속적으로 주민과 기업 등이 빠져나가 지금은 완전히 중병에 오늘내일 하는 노인 꼴이었다.

철홍의 '미래사진관'도 동인천의 현재를 보여주는 시금석에 손색이 없었다. 지은 지 40년도 넘어 보이는 낡은 3층 건물의 적색 페인트는 반 이상 벗겨졌고, 위층의 간판에서 흘러내린 녹물까지 번져 영락없이 유령 건물이었다. 철홍이 1층 가게 문을 여느라 낑낑대는 동안 어린 날의 추억이 어려 왠지 마음이 쓰이는 주변을 둘러보았다. 상권이 거의 죽은 상점가답게 아침이 밝았음에도 대부분 '임대 문의'가 적혀 있는 셔터들은 올라갈 생각이 없어 보였다.

가게로 들어가자 코딱지만 한 내부가 청소도 제대로 되어 있지 않아 바닥은 물론이고 심지어 카메라 위에도 먼지가 뿌옇다. 이러고도 손님이 안 온다고 울상이니 답답한 노릇이었다.

"이래서 미래가 있겠냐?"

"난 그냥 미래사진관이라고만 했지 좋은 미래라고 한 적은 없다."

천연덕스럽게 흰소리를 늘어놓던 철홍이 컴퓨터를 켰다.

그러고는 어젯밤에 자기에게 이메일로 보내둔 사진 한 장을 바탕화면에 띄웠다. 은애의 얼굴이 비교적 분명하게 클로즈업된 장면으로 역시 어젯밤에 철홍이 직접 캡처했다.

"금방 출력되니까 저기 잠깐 앉아 있어."

스타 에이트 근처에서 은애를 찾으려면 사진이 필수였다. 예전에 실종자 수색을 할 때도 말로 암만 설명하는 것보다 사진 한 장 보여주는 게 훨씬 간단하고 효과도 높았다. 그렇다고 모르는 사진관을 갈 수는 없었고, 그나마 어젯밤부터 도움을 주고 있는 철홍을 시키는 게 비밀 유지에 도움이 될 듯해서 여기까지 따라온 것이었다.

10분도 안 돼서 사진 다섯 장이 나왔다. 손바닥만 한 사이즈의 보통 사진으로 원본 해상도에 한계가 있어 조금은 흐릿했지만 은애를 한 번이라도 본 사람이라면 알아볼 수는 있을 정도였다. 나는 사진관에 비치된 갈색 마닐라 봉투에 사진을 잘 집어넣고 철홍과 같이 사진관을 나왔다.

우리는 근처 순댓국집에서 국밥을 먹었다. 철홍이 침을 튀겨가며 극찬한 만큼 훌륭한 맛이었다. 별 대화도 없이 식사에 열중하자 어느새 바닥이 보였다. 약소하지만 도움을 준 데 대한 보답으로 계산을 하려 하자 철홍이 부랴부랴 계산대 앞을 막아섰다.

"이 정도로 넘어가려고? 다음에 거하게 쏴라."

국밥집 앞에서 헤어졌다. 대로로 나가자 빈 택시가 한국전쟁 때 피난지의 배급줄 마냥 길게 늘어져 있었다. 제일 앞 차를 타고 구월동 스타에이트를 불렀다. 택시는 도원역 방향으로 되돌아가 제물포역, 도화역, 주안역으로 이어지는 국철 1호선 라인과 평행한 길을 달렸다. 주안역과 간석역 사이에 내가 결혼 전까지 부모와 살았던 단독주택이 있다. 혹시나 싶어 고개를 돌려봤지만 철로 반대편 주거지에 위치해 이 도로에서는 보이지 않았다.

간석역을 지나 우회전하자 시청까지 길게 이어지는 공원이 왼편에 보였다. 길 따라 남쪽으로 쭉 내려가서 시청을 지났다. 목적지에 거의 도착했음을 깨닫자 슬며시 가슴이 두근거렸다.

스타 에이트 맞은편 횡단보도 앞에서 내렸다. 파란 불을 기다리면서 도로 쪽으로 입구가 난 정면의 높은 빌딩을 둘러보았다. 빌딩 꼭대기에 숫자 8을 이고 있는 별 로고가 보였다. 횡단보도를 건너 스타 에이트의 정문 격인 회전문 옆 벽에 붙은 안내판을 보았다. 지하 1층부터 지하 3층까지 대형 할인 마트와 주차장이, 지상은 1층부터 3층은 쇼핑몰, 4층부터 꼭대기인 8층이 스타 에이트라고 표기되어 있었다.

정확한 내 목적지가 이곳은 아니었다. 여기서 빌딩 꼭대기의 별이 보일 만한 위치에 있는 모텔을 찾아야 한다. 그러나 방금 내가 건너온 스타 에이트 서쪽은 인천시청부터 예술회관까지 쭉 이어져 있는 중앙공원뿐 상업시설은 없었다. 나는 잘 관리된 분수와 잔디밭, 나무 벤치 등의 공원에서 고개를 돌리고 빌딩의 남서쪽 모서리로 발길을 옮겼다. 모서리를 돌아 빌딩의 남쪽으로 나오자 철홍이 얘기한 대로 2차선 도로가 펼쳐졌다.

방금 들렀던 동인천과 반대로 구월동은 근 10년 이래 인천에서 시쳇말로 가장 뜬 곳이었다. 특히 백화점 두 개가 근거리에서 경쟁을 벌이는 로데오 거리 일대는 24시간 내내 술과 젊은이, 범죄와 유흥이 넘실대는 우범지대라서 형사 시절 신발 밑창이 닳도록 다녔었다. 하지만 이곳 스타 에이트 근처는 로데오 거리에서 북쪽으로 1킬로미터 이상 떨어져 확실히 한적한 느낌이었다.

화요일 아침답게 사방은 고요했다. 지나가는 이 하나 없는 완벽한 정적을 이따금 깨뜨리는 까치 소리마저 듣기 좋았다. 이런 날, 이런 일을 하고 있다는 것만 빼면 완벽한 아침이었다.

스타 에이트 건물 부지를 벗어나자 삼겹살집이나 대형 중국집 등의 음식점이 입점한 상가들이 길 양편에 늘어서 있었다. 식욕 다음이 성욕인지 그 뒤로 모텔들이 쭉 이어졌다. 스타 에이트 근처에 모텔이 하나도 없으면 어쩌나 걱정했는데 얼핏 봐도 다섯 군데는 넘어 보여 살짝 마음이 놓였다. 분명 이곳의 여러 모텔 중 하나가 은애의 단골 촬영 장소일 터였다. 같은 장소에서 이미 두 편이 나왔다. 하지만 세 번째는 찍지 못할 것이다. 내가 은애를 찾아내서 백과장에게 돌려보낼 테니까. 이런 생각을 하며 걷다 보니 어느새 첫 번째 모텔 앞이었다.

스타 에이트 건물과 동일선상의 길가에 위치한 첫 번째 모텔의 이름은 '퀸'이었다. 여성스런 이름에 걸맞게 새하얀 외벽에 숙박실 유리창마다 화려한 레이스로 장식한 커튼이 돋보였다. 몸을 돌려 300미터쯤 떨어진 스타 에이트 꼭대기의 별과 퀸 모텔을 눈대중으로 맞춰봤다. 스타에이트는 니은(ㄴ) 모양의 길에서 세로변, 퀸은 가로변에 위치해 퀸의 정면 숙박실 창문에서는 별이 보일 수 없었다. 그러나 꼭대기 층인 5층 숙박실의 서쪽에 난 창문이라면 충분히 별이 보일 것 같았다.

퀸 모텔의 길 건너 맞은편은 '오슬로'였다. 북유럽 어디의 수도일 텐데 노르웨이인지 스웨덴인지 분명하게 기억나지 않았다. 이름값을 하려는 듯 붉은 빛이 감도는 나무 재질의 외관이 요즘 유행한다는 스칸디나비아풍이었다. 오슬로 모텔은 길을 건넌 곳에 있어 스타 에이트의 남동쪽 대각선상에 위치했다. 이곳에서도 별이 비칠 수는 있겠지만 영상에서 본 것처럼 온전하게 별 형태가 남아 있을지는 의문이었다. 어차피 여기는 아닐 거라고 생각했기에 빠르게 지나쳤다.

다시 퀸 모텔 쪽으로 건너와서 오른쪽으로 나아가자 세 번째 '피아노' 모텔이었다. 모텔 앞에 2미터는 될 법한 길쭉한 조형물이 놓여 있었다. 건반을 표현하려고 했는지 흰색과 검은색 돌을 섞어 만든 그 조형물은 이집트의 오벨리스크를 본뜬 형태였으며 겉면에 'PIANO'라는 영어 상호가 조각되어 있었다. 나는 고개를 들어 신중하게 피아노 모텔을 살폈다. 비록 중간에 낀 형태의 퀸 모텔이 스타 에이트를 가리고 있었지만 피아노는 7층 건물이다. 퀸 모텔보다 높은 6~7층의 숙박실에서라면 스타 에이트의 별이 서쪽 창문에서 보일 것도 같았다.

피아노의 길 건너 모텔은 '네오'라는 이름이었다. 건물 외벽을 따라 알루미늄으로 된 'NEO MOTEL'이라는 알파벳이 한 글자씩 세로로 붙어 있었다. 미래풍의 이름에 맞춰 검은색의 메탈 계열로 외장을 마감한 건물이었다. 나는 이제 한참 떨어진 스타 에이트를 뒤돌아보았다. 왼편 오슬로에 거의 가려진 데다가 별이 보이기에는 각도도 영 좋지 않았다.

이쯤 되자 마음이 약간 급해졌다. 다시 길을 건너온 나는 걸음을 서둘러 피아노에서 오른쪽으로 더 나아갔다. 눈앞에 '힐튼 모텔'이 나타났다. 세계적으로 유명한 '힐튼 호텔' 체인의 명성을 이용하려는 작명이 노골적이었지만 실제 힐튼 호텔만큼이나 고급스러워 보였다. 지금까지 본 곳 중 건물 밖에서 볼 때 디자인이나 인테리어가 가장 그럴싸했다. 하지만 나에겐 이곳이 5성급인지, 4성급인지는 전혀 문제되지 않았다. 옆으로 널찍한 5층 건물인 탓에 더 높은 피아노에 가려져 전혀 별이 보일 성 싶지 않았던 것이다.

재빨리 길을 건너 힐튼 모텔의 건너편으로 향했다. 마지막 모텔인 '크루즈'였다. 유람선을 흉내 낸 듯한 유선형의 하얀 건물이 멋스러웠다. 그러나 모양이야 어떻든 이곳도 확실히 아니었다. 유람선 느낌을 내느라 건물이 낮아 별은커녕 스타 에이트 빌딩조차 아예 보이지 않았다.

기대가 컸던 만큼 당혹감에 휩싸였다. 구월동 모텔 거리를 끝에서 끝까지 둘러봤지만 1과 0이 들어가는 모텔은 존재하지 않았다. 이미 백과장이 인천 시내에 그런 모텔이 없다는 걸 확인했다지만 사람 일에는 늘 실수가 따르기 마련이다. 나는 스타 에이트 근처를 내 눈으로 직접 확인해보면 백과장이 놓친 1과 0의 모텔을 찾을 수 있을 거라고 확신했던 것이다.

첫 번째 모텔인 퀸 쪽으로 다시 돌아갔다. 그러고는 크루즈까지 왔던 길을 되짚어봤다. 한 시간 동안 열 번을 넘게 왕복했지만 없는 모텔이 갑자기 생겨날 리는 없었다.

도돌이표를 찍기라도 한 듯 열한 번째 되돌아온 퀸 모텔 앞에서 생각을 정리했다. 가능성이 제일 높은 곳은 스타 에이트에서도 가깝고 별도 충분히 보일 만한 위치의 퀸이었다. 그 다음이 피아노의 6~7층이다. 이 두 곳을 제외한 모텔들의 가능성은 현저히 떨어진다.

하지만 퀸이나 피아노나 이름에 1과 0은 들어가지 않는다. 나는 이제 거리를 좁혀 퀸과 피아노만을 수십 번 왔다 갔다 하면서 생각을 거듭했다. 필사적으로 고심해봤지만 이렇다 할 해답은 조금도 떠오르지 않았다.

다리가 슬슬 무지근해져 잠시 쉴까 하고 피아노의 조형물 앞에서 멈췄다. 그리고 마침내 나는 답을 깨달았다.

12

아침 내내 수십 번을 지나쳤어도 눈치채지 못했던 것을 하필 지금 이 순간 떠올린 건 천운에 가까웠다. 나는 무심코 올려다봤던 조형물의 'PIANO'라는 영어 단어에서 1과 0을 꼭 닮은 문자를 우연히 보았던 것이다.

첫 번째 알파벳 'P'는 세로로 된 길쭉한 선 오른편에 동그라미가 붙은 모양이다. 그런데 만약 은애의 벗은 몸이 'P'의 동그라미 부분을 절묘하게 가리고 있었다면? 당연히 숫자 1처럼 생긴 세로 선만 보일 것이다. 뿐만 아니라 은애의 몸은 'P'의 동그라미와 아울러 'IAN' 부분도 가리고 있었다. 다행히 은애의 몸을 벗어난 'O'만 그대로 보인 셈이다. 즉, 내가 영상에서 본 모델의 베개에는 1과 0이라는 숫자가 아니라 알파벳 'P'와 'O'가 새겨져 있었다.

말도 안 되는 오해로 'PIANO'라는 영단어를 '1??0'로 찾았으니 백과장이 아무리 들쑤시고 다녀도 허탕을 칠 수밖에 없었던 것이다. 은애의 몸이 조금만 더 통통했다면 1과 0으로 보였던 글자도 가려져 버렸을 거라는 생각에 헛웃음이 나왔다. 반대로 더 날씬했더라면 'P'나 다른 알파벳이 더 확실하게 보였을 테지만 성인 여성이 은애보다 더 마르기는 어려울 테니 참으로 기가 막힌 우연이었다.

나는 피아노 모텔의 정문으로 향했다. 커다란 바닥돌이 깔려 있어 하나하나 지르밟으며 걸음을 옮겼다. 문으로 가는 길 양옆으로 멋들어지게 가지를 단장한 나무들이 배치되어 있어 마치 소풍 길을 걷는 기분이 들었다. 숫자 1과 0의 비밀을 풀었다는 쾌감이 아직 전신을 휘감고 있었지만 실제로 은애를 만난 건 아니었다. 섣부른 기대감을 억지로 내리누르고 유리문을 밀어 모텔 로비로 들어갔다.

정면 로비 끝에 제법 큰 소사나무 분재가 놓여 있었다. 분재 뒤의 검은 대리석 카운터에 앉아 있던 남자는 내가 다가오는 걸 못 본 척하며 스마트폰만 들여다보았다. 카운터 상판에 박아놓은 'MOTEL PIANO'라는 금박 명판을 내려다보며 말없이 응대를 기다렸다. 10초쯤 더 버티던 카운터 남자가 요란한 게임 화면이 보이는 스마트폰을 내려놓고 멋쩍은 웃음을 흘렸다. 여드름으로 볼이 빨간 얼굴이 생각보다 훨씬 어려 아르바이트생 같았다.

"죄송합니다. 방 예약하시게요?"

"잠깐 쉬다 가려고요."

"대실은 다섯 시간에 3만 원입니다."

"여기서 스타 에이트 꼭대기의 별이 보이는 방이 어떻게 됩니까?"

아르바이트생은 상대성이론에 대한 질문이라도 들은 양 눈을 크게 뜨며 당황했다. 자기 일에 아무런 책임도 보이지 않는 녀석에겐 과분한 질문인 듯했다. 아르바이트생이 서류꽂이에서 층별 평면도를 수록한 폴더를 꺼내 내 쪽으로 돌려주기에 찬찬히 살펴보았다. 밖에서 본 대로 건물 서쪽 면의 6층 내지 7층 숙박실이라면 가능할 것 같았는데, 해당되는 방은 6층의 601호와 602호, 7층의 701호와 702호였다.

되도록 높은 층일수록 별이 더 잘 보일 것 같아 701호를 고르고 카드 키를 받았다. 엘리베이터로 가려다가 뒷주머니에 꽂아 넣고 있던 종이봉투 생각이 났다. 나는 봉투를 열어 은애의 사진을 꺼냈다.

"한 가지만 더 물어봅시다."

게임의 세계로 돌아가고 싶어 안달복달하던 아르바이트생은 노골적으로 불만 섞인 표정을 지었다. 나는 신경 쓰지 않고 은애의 사진을 코앞에 들이밀었다.

"이 사진 자세히 봐요."

매사에 흥미 없어 보이던 아르바이트생은 막상 매력적인 여성의 얼굴이 눈앞에 펼쳐지자 눈알을 뒤룩뒤룩 굴리며 집중했다. 하지만 이내 힘없이 고개를 젓는 모습에 맥이 풀렸다.

"저 어제부터 나왔어요. 알바거든요."

"이틀 동안 이 여자 못 봤습니까?"

"네. 여기 별로 손님도 안 많아서 오신 분들은 대충 얼굴 기억하거든요. 이런 미인이라면 모를 리가 없죠."

녀석의 너스레를 무시하고 다시 물었다.

"사장은 언제 나옵니까?"

"1시에 출근하실 거예요."

"그럼 701호에 가 있을게요. 사장 오면 전화 좀 부탁합니다."

엘리베이터로 7층에서 내리자 동서로 복도가 펼쳐져 있었다. 오전 11시가 조금 넘었지만 이곳만큼은 밤이었다. 어떻게든 달콤한 밤의 쾌락을 연장하고 싶어서일까. 불조차 켜지 않은 복도는 괴괴했다. 숙박실의 문은 모두 굳게 닫혀 있었고 조그마한 소리도 들려오지 않았다.

복도 서쪽 끝의 위아래로 마주 있는 두 방 중 위의 것이 701호였다. 나는 몸을 오른쪽으로 돌려 701호 문 앞에서 잠깐 심호흡을 하고 카드 키를 갖다 댔다. 문을 열고 들어가 보자 비교적 널찍한 객실이었다. 문에서 왼쪽에 욕실이 있었고, 안쪽으로 들어가면 가장 먼저 커다란 침대가 보였다. 침대 정면 벽에는 벽걸이 텔레비전이 걸려 있었고, 침대 오른쪽에는 유리로 된 사이드테이블과 의자 두 개가 놓여 있었다. 침대 왼편이 벽 전체를 차지한 통창이었다.

침대 위에는 티 하나 없이 새하얀 시트가 깔렸고, 침대 머리맡에는 베개 두 개가 나란히 놓여 있었다. 전체적으로 깔끔했지만 따뜻하거나 포근한 느낌은 없는 방이었다.

나는 시선을 옆으로 돌려 창밖을 바라보았다. 예상대로 창밖에는 커다란 별이 하나 떠 있었다. 지금은 오전이라 네온불빛을 켜지 않아 빛은 나지 않았지만 분명히 숫자 8을 머리에 인 별이 거기 있었다. 확실하게 하기 위해 침대 머리맡으로 다가갔다. 베개에 'PIANO'라는 영단어가 프린트되어 있었다. 나는 잠시 멈춰 서서 무엇과도 바꿀 수 없는 쾌감에 몸을 떨었다. 금세라도 끊어질 듯 연약한, 실낱같은 단서 하나로 사건의 핵심에 도달했을 때의 기분은 형사가 아닌 사람은 죽었다 깨어나도 알 수 없을 것이다.

최대한 코를 넓혀 방안의 냄새를 빨아들였다. 혹시라도 은애의 냄새를 맡을 수 있을까 해서였다. 이 방이 아닐 수도 있고, 또 만약 같은 방이라 해도 그녀의 냄새가 남아 있을

리가 없었지만 나는 그렇게 했다. 은애에게 한 발이라도 가깝게 다가가기 위한 바보 같은 몸부림이었다.

수없이 봐서 모양도 색깔도 낯익은 베개에 머리를 대고 침대에 누워봤다. 역시 은애와의 일체감을 느껴보고 싶어서였다. 푹신푹신하니 꽤나 고급 침대인 것 같았다. 모텔에서 가장 신경 써야 할 것이 침대일 테니 당연하려나 생각하며 누워 있는 도중에 서서히 졸음이 몰려왔다.

깜박 잠이 들었다고 생각한 순간 전화벨 소리가 들려 튕기듯이 일어났다. 사이드테이블 위의 전화를 받아보니 아르바이트생이었다.

"저기 손님, 사장님 나오셨습니다."

1층 로비로 내려가자 카운터에 보라색 시스루 원피스를 입은 중년 여자가 앉아 있었다. 아르바이트생은 그새 돌아갔는지 눈에 띄지 않았다. 나는 사장으로 짐작되는 여자에게 다가갔다. 머리를 샛노랗게 염색해 언뜻 보면 내 또래로 보였지만 눈가의 주름이나 기미 등에서 50대 초반의 나이를 엿볼 수 있었다.

"뭐 좀 물어보려고 왔습니다."

"물어보세요."

"가출한 딸을 찾고 있습니다."

"이런 데 올 만큼 큰 딸이 있을 연배는 아닌 것 같은데요."

제대로 쳐다보지도 않고 느물느물 답하는 폼이 산전수전 다 겪은 느낌이었다. 살짝 기가 죽었지만 얕보이지 않기 위해 배에 힘을 주며 말했다.

"내 딸이라고 한 적 없습니다. 아는 사람 딸입니다."

나는 사진을 사장에게 건넸다. 사장은 보는 둥 마는 둥했지만 눈치가 보통은 넘을 듯한 타입이라 전에 은애를 본 적이 있다면 알아봤을 거라고 확신했다.

"여기 온 적 있죠?"

"아니요. 본 적 없어요."

사장은 눈가의 주름 하나도 찡그리지 않고 천연덕스럽게 답했다.

"거짓말 말아요. 여기 있었다는 것 다 알고 왔습니다."

"안 왔다니까요. 도대체 무슨 권리로 이러시는 거예요? 경찰이라도 돼요?"

경찰 운운에 할 말이 궁해졌다. 말이야 바른 말인 게 내게는 사장을 몰아세울 어떤 권리도 없었다. 내가 멀뚱히 서 있자 승기를 잡았다 싶은 사장이 기세 좋게 밀어붙였다.

"그 여자애 여기 없어요. 온 적도 없고요. 더 귀찮게 하면 영업방해로 경찰 부를 테니까 그런 줄 아세요."

사장의 역공에 카운터에서 물러났다. 더 이상 수사권이 없는 아마추어 조사꾼 따위가 할 수 있는 일은 없었다. 나는 정문을 열고 모텔에서 나와 내가 가진 최고의 패를 쓰기로 마음먹었다. 설마 남동구에서 모텔 하면서 남동서 형사과장을 무시할 만큼 간 큰 사장이 있을 리 없을 테니까.

"어, 호진이. 미안해, 좀 바빠서. 자네도 알지, 수녀 성폭행 잡힌 거? 그것 때문에 인천 경찰 전체가 비상이야."

신호음이 한참 울리고 나서야 전화를 받은 백과장이 변명을 주워섬겼다.

"지금 구월동입니다. 은애가 있었던 곳을 찾았어요."

"뭐야, 정말이야!"

"네, 피아노라는 모텔인데 여기가 확실해요. 증거도 있습니다."

"구월동 피아노라고……."

백과장은 피아노라는 모텔에 관한 기억을 더듬어보는 눈치였다. 침묵이 답답해 먼저 나섰다.

"스타 에이트 근처 모텔촌 있잖아요. 거기 중 하나예요."

"젠장, 지 애비 얼굴에 똥칠을 해도 유분수지. 하필 우리서 관내에서 그 짓을 했다니."

백과장이 혀를 끌끌 찼다.

"그게 중요한 건 아니고, 은애는? 지금 그 모텔에 있어?"

"모르겠어요. 여사장이 좀 독한 사람이 아니에요. 온 적 없다고 딱 잡아떼고 안 가르쳐줍니다. 제가 이제 경찰도 아니고 제 선에서는 더 해볼 게 없어요. 아무래도 과장님이랑 한 번 통화를 해야 될 것 같습니다. 과장님이 한 마디만 해주시면……."

"야, 이 사람아! 안 된다고 몇 번을 말했어! 소문 안 나게 몰래 찾아달라고 했잖아!"

갑자기 백과장이 소리를 버럭 질러 나도 짜증이 솟구쳤다.

"아니, 과장님. 은애 안 찾으실 겁니까? 과장님이 푸시 한 번 넣어주시면 바로 은애 행방을 알 수 있는데 왜 그걸 안 해요? 참 나, 이상한 양반이네."

"자네 말이 무슨 말인지는 알겠는데 그러기 곤란해. 소문 나면 우리 은애 인생 망가진다니까. 야, 록(rock). 대체 왜 그러는 거야? 그 정도 재주도 없었어? 내가 사람 잘못 본 거야? 돈 더 필요하면 얼마든지 줄 테니까 잘 좀 해봐. 부탁한다고. 난 자네만 믿잖아."

살살 달래는 백과장의 태도를 이해할 수 없었다. 예나를 잃어본 나로서는 딸만 찾을 수 있다면 그깟 소문 따위는 아무렇지 않을 것 같은데, 막상 성인이 될 때까지 키워보면 다른 생각이 드는 걸까.

"과장님이 전화 안 하는 건 좋은데, 그러다 은애 못 찾아도 나는 모릅니다."

쏘아붙이고 대답도 듣지 않은 채 끊어버렸다. 정말 어떻게 해야 할지 나도 모르겠다.

별 수 없이 피아노 로비로 돌아왔다. 갔다고 생각했던 귀찮은 놈이 다시 왔으니 사장의 표정이 좋을 리 없었다. 나는 머릿속으로 할 말을 정리했다. 은애가 현직 형사과장의 딸이라는 것을 숨기고 두루뭉술하게 얘기하는 수밖에 없었다.

"그 여자애는 어떤 남자랑 여기 왔어요. 걔네들이 뭐했는지 아십니까? 여기서 비디오를 찍었어요. 홀딱 벗고 아주 신선놀음을 합디다. 그 비디오에 피아노 모텔 이름 다 나왔어요. 그거 보고 제가 찾아온 겁니다."

아무러한 사장도 이 얘기에는 미간을 찌푸렸다. 잠시 아무 말이 없던 여자가 딱딱하게 굳은 얼굴로 말했다.

"그래서요? 그게 어쨌다는 거죠? 저희 모텔에서 몰카 찍은 것도 아니고, 저희로서는 문제될 이유가 없는데요."

어떤 공을 던져도 막힘없이 받아친다. 쉽게 이길 수 있는 상대가 아니었다.

"그 아이, 이제 스무 살입니다. 사장님도 그 또래 조카나 막냇동생이 있을 수 있잖아요. 좀 도와주십시오."

나는 전략을 바꿔보았다. 예전에도 자백을 거부하는 피의자를 윽박지르기보다 피해자나 유가족에 대한 죄책감을 들먹이며 인정에 호소하는 수단을 자주 썼었다. 내 인상이 나쁘지는 않았는지 진지하게 설득할 경우 대부분 먹혔는데 이번에는 사람이 사람인지라 결과를 예측할 수 없었다.

"이제 스무 살이에요. 아직 인생 끝난 게 아닙니다. 어려서 실수한 걸 수도 있으니까 더 잘못되기 전에 우리 같은 어른들이 바로잡아줘야 합니다. 그럴 수 있게 도와주세요. 장사도 좋지만 사람이 사람 돕고 사는 것도 중요하잖아요."

열변을 토하며 똑바로 응시한 사장의 눈이 살짝 흔들렸다.

"저도 스무 살 먹은 딸이 있어요."

지루하게 느껴질 정도로 오랜만에 입을 연 사장의 말에 기대감이 들었다. 나는 고개를 끄덕여 다음 말을 재촉했다.

"근데 걔가 남자친구랑 그런 걸 찍었다고 쳐요. 오케이, 난 상관없어요. 어차피 자기 인생이니까. 스무 살쯤 됐으면 자기 인생은 자기가 책임지는 거죠. 어미라고 언제까지 챙겨줘요. 또 요즘은 그런 시대도 아니고. 지들이 좋아서 즐긴다는데 그걸 다른 사람이 왜 신경 써."

"그래도……."

"아, 됐어요. 경찰 불러서 영장 갖고 올 거 아니면 나가요. 안 그러면 내가 신고할 테니까."

협상은 완전 결렬이었다.

13

피아노 모텔에서 협조를 얻는 데 실패했다고 포기할 내가 아니었다. 여러 번 본 것처럼 피아노의 맞은편 네오 모텔과 그 왼편에 자리 잡은 오슬로 모텔 사이의 좁은 길에는 남쪽으로 은행나무가 점점이 박혀 있었다.

길을 건너 네오와 오슬로 사이의 좁은 길로 향했다. 약 20미터의 간격을 두고 이어지는 가로수들 밑동에는 사방으로 둘러앉을 수 있는 나무 벤치가 설치되어 있었다. 피아노 모텔을 바라보는 북쪽 방향으로 앉아봤다. 한여름답게 녹음이 우거진 덕분에 그늘이 내 모습을 적당히 숨겨주었다. 얼마간 떨어진 길 건너편 피아노에서 얼핏 보는 정도로는 나를 알아보지 못할 게 분명했다. 물론 은애가 몇 년 전에 한두 번 본 나를 기억할 것 같지는 않았지만 신중해서 나쁠 일은 없다.

나는 스타 에이트와 모텔촌 사이의 상점가로 달려가 편의점에서 1.5리터 물 한 병과 빵, 초콜릿 바 등을 사왔다. 미리 봐둔 자리를 빼앗길까 봐 서둘렀지만 비어 있었다.

바로 그 순간부터 모텔 피아노의 정문을 바라보며 잠복을 개시했다. 모텔 안에서 사장이 협조하지 않는다면 밖에서 은애를 낚아채는 수밖에 없다. 여기서 은애가 모습을 드러낼 때까지 며칠이고 버틸 작정이었다.

팔자에도 없는 실종자 수색에 참여한 것도 어이가 없는데, 잠복까지 다시 해야 한다니 완전히 4년 전으로 돌아간 기분이었다. 그렇게 싫어서 떠난 형사 짓을 끝내 벗어나지 못하는 걸 보면 내 인생도 솔잎 먹는 송충이 신세와 다를 바가 없다.

7월 중순의 한낮 열기는 엄청났다. 처음에는 그나마 잎사귀 그늘이 땀을 좀 식혀주었지만 2시가 넘어가자 그늘이고 뭐고 소용이 없었다. 땀으로 줄줄 흘러나가는 수분을 보충하기 위해 틈틈이 물을 마셨다. 그새 페트병이 달궈져 컵라면에 바로 부어도 될 것 같았다.

나는 손으로 부채질을 하며 네오 모텔을 부러운 시선으로 쳐다봤다. 피아노의 맞은편인 네오 모텔의 1층이나 2층 객실에서 유리창으로 밖을 감시한다면 이 살인적인 더위로부터 해방될 수 있었다. 하지만 객실에서 뛰쳐나와 피아노의 정문까지 달려가는 동안 은애는 모텔 안으로 넉넉히 들어갈 터였다. 지금처럼 여사장이 비협조적으로 나온다면 코앞에서 은애를 놓칠 게 뻔했다. 결국 짧은 길 하나만 건너면 곧장 은애에게 닿을 수 있는 이 벤치가 유일한 잠복 포인트였다.

황소바위라는 별명 그대로 잠복은 내가 가진 유일한 무기였다. 원래 그다지 재미도 없는 성격이고, 상상력이 풍부한 사람도 아니기에 다른 형사들처럼 지겨워서 몸을 뒤틀거나 하는 일도 없었다. 특별하게 인내심이 필요하지도 않았다. 그저 아무 생각 없이 지켜보고만 있으면 끝이었다.

8시가 돼서야 겨우 어둠이 깔렸다. 땀으로 흠뻑 젖다시피 한 티셔츠에 조금 선선한 바람이 들어오니 살 것 같았다. 나는 크림빵으로 저녁을 때우면서 피아노 정문에 시선을 고정했다. 몇 시간에 한 번 꼴로 상점가 화장실을 다녀올 때를 제외하고는 미동도 없는 내 주변을 이따금 손을 잡은 남녀가 지나갔는데, 9시가 넘어가자 확연히 그 수가 늘어났다. 지금이 모텔업계의 대목 시간인 것 같아 더욱 집중하며 긴장을 유지했다.

자정이 지나 수요일로 넘어갈 즈음에는 커플들의 행렬도 거의 끊겼다. 낮에 봤던 아르바이트생이 사장과 교대를 해주러 정문에 나타난 시간은 1시경이었다. 이쯤 되자 주변에 인적이 완전히 끊겨 더 머물러봐야 의미가 없을 것 같았다. 나

는 하루치의 잠복을 끝내기로 정하고 비닐봉지에 내가 생산
한 쓰레기들을 담았다. 벤치에서 일어날 때 예전에도 자주
느껴봤던 두려움이 찾아들었다. 혹시 내가 자리를 뜨자마자
범인이 나타나지 않을까 하는 두려움 말이다. 신참 때는 왠
지 꼭 그런 일이 벌어질 것만 같아 차마 자리를 뜨지 못하고
한 시간만 더, 한 시간만 더 하면서 잠복을 연장했었다. 하
지만 연차가 어느 정도 쌓이고 나서는 적당한 시점에 포기하
는 법을 배웠다. 어차피 24시간 내내 일할 수 없는 게 사람
의 몸이다. 범인을 잡을 때까지 줄기차게 그 짓을 해야 하는
데, 하루에 너무 무리하면 결국 탈이 나서 오히려 범인을 놓
치기 십상이다.

스타 에이트 쪽으로 나가자 큰길가에 늦은 영화를 보고 귀
가하는 사람들을 노리는 택시가 줄을 서 있었다. 앞차를 타
고 집으로 돌아왔다. 얼굴과 손발만 씻고 침대에 눕자마자
깊은 잠에 빠져들었다. 모처럼 악몽이 없는 밤을 보냈다.

그 후로 사흘간 매일 아침에 출근해 저녁에 귀가하는 사람
들처럼 규칙적으로 살았다. 아침 7시부터 새벽 1시까지 벤치
에 앉아서 세 끼를 해결하며 부득이한 순간을 제외하고는 피
아노 정문에서 시선을 떼지 않았다. 매미들이 나 심심하지
말라고 하루 종일 노래를 불러준 덕분에 낮이고 밤이고 귀에
서 윙윙거리는 소리가 떠나지 않았다. 점차 육체적, 정신적

으로 한계가 닥쳐오고 있었으나 은애가 나타나기 전까지는 스스로를 돌로 빚은 조각상이다 생각하고 벤치를 지킬 수밖에 없는 노릇이었다.

그러나 금요일인 오늘 오전 10시에는 조각상이 벤치에서 일어나는 기현상이 벌어지고 말았다. 아침부터 굵은 빗방울이 나뭇잎사귀 천장을 뚫고 줄기차게 쏟아진 탓에 도저히 버틸 수가 없었던 것이다. 몇 시간 동안 맞은 비에 흠뻑 젖어버린 옷에서는 물이 뚝뚝 흘렀고, 차디차게 식은 몸이 부들부들 떨리기까지 했다. 나는 방금 인천 앞바다에서 떠오른 시체 같은 몰골로 오슬로 모텔로 향했다.

오슬로 모텔 1층에 커피숍이 있다는 건 첫날에 파악하고 있었다. 하지만 피아노 정문에서 남서쪽 방향에 위치해 각도의 문제가 있는데다, 예의 기동성 때문에 애초부터 실내는 배제했다. 지금도 혹시 모를 불안감에 발길이 잘 떨어지지 않았지만 억수 같이 쏟아지는 빗속에서 언제 올지도 모르는 사람을 마냥 기다리는 건 사람이 할 짓이 아니었다.

모텔에서 직접 운영하는지 커피숍 이름도 '오슬로'였다. 문을 열고 들어서자 바닥에 빗물이 후드득 떨어졌다. 근처에 있던 20대의 남자 직원이 젖어도 너무 젖은 나를 보고 눈을 휘둥그레 뜨며 말했다.

"잠시만요. 타월 갖다드릴게요."

직원이 가져다준 종이타월 뭉치로 얼굴과 팔 등 드러나는 부위를 대충 닦고 피아노 정문이 보일 만한 자리로 걸음을 서둘렀다. 가게 맨 오른쪽 자리의 의자를 대각선으로 틀어보자 그런대로 시야가 확보되었다. 얼굴까지 알아볼 정도로 썩 분명하지는 못해도 은애 또래의 여자가 접근한다면 놓치지는 않을 듯했다. 나는 커피를 주문했다.

무수히 많은 빗방울이 카페의 통유리에 흘러내리는 모습은 마치 길쭉한 애벌레들이 누가 먼저 밑으로 내려오는지 경주라도 하는 것 같았다. 마음속으로 응원하고 있는 물방울 하나를 애타게 바라보고 있을 때 주문한 커피가 나왔다. 김이 모락모락 나는 커피를 들고 비 내리는 거리를 바라보는 건 꽤 운치 있는 일이었다. 중년 커플 한 팀뿐 다른 손님도 없어서 한결 더 고즈넉한 분위기의 카페에 흐르는 재즈가 가슴 한편에 묻어두었던 감성을 툭툭 건드렸다.

갑자기 술 생각이 났다. 비록 은애를 찾기 전까지는 금주를 다짐했건만 비만 한 술안주가 어디 있으랴. 한참을 고민하다가 직원을 불렀다. 술을 팔지 않으면 깨끗이 포기하려 했으나 버번위스키가 있다는 대답에 항복했다. 직원이 가져온 와일드 터키라는 술을 온더록스로 마시자 가슴속 깊이 꽉 막혀 있던 무언가가 단번에 뚫리는 느낌이었다. 또다시 유혹에 굴복하고 말았다는 술꾼 특유의 자괴감은 좋은 술을 만났을 때 술꾼이 으레 느끼는 만족감으로 금세 변질되었다.

한 잔만 마시자던 것이 어느덧 다섯 잔이 되었고, 나는 기분 좋게 취해 있었다. 잠복하면서 술을 마셔본 건 처음이라 나 못지않은 술꾼인 예전 파트너 서균이 이 사실을 알면 배가 아플 거라는 생각이 들었다. 나도 모르게 빙긋이 웃으며 서균을 떠올렸다.

예전처럼 서균의 SUV에 같이 박혀 있었다면 이까짓 비에 우왕좌왕할 일도 없을 테고, 혼자서 무료하게 시간을 보낼 일도 없었을 것이다. 백과장조차 경찰 때려치우고 코미디언 시험을 보라고 했을 정도로 입만 열면 농담에 범죄자들 흉내도 기가 막히게 잘 내는 서균이 보고 싶어졌다. 그리고 정호 형도…….

대학 신입생 때부터 사진이라는 확고한 꿈이 있던 철홍과 달리 나에겐 특별한 꿈이 없었다. 딱히 되고 싶었던 것도 없고, 앞으로 무엇을 하면서 먹고 살지 아득하기만 했다. 성적에 맞춰 진학한 영문과 공부에도 그다지 열의가 없었다. 고등학교 때처럼 학교에 왜 가는지도 모르면서 안 가면 꼭 해야 할 일을 빼먹은 듯한 기분 때문에 출석을 할 따름이었다.

군대를 갔다 와서도 여전히 꿈의 답보 상태였다. 그렇게 의미 없이 3학년을 다니던 어느 날, 철홍의 집 근처인 간석동에서 둘이 술을 마시다 버스 막차가 임박한 시간에 자리를 떴다. 택시비가 여유로운 나이가 아닌지라 정류장에 빨리 도착하려고 걸음을 서둘렀다. 그런데 얼마나 취해 있었는지 비틀거리다 넘어지던 통에 그만 길가에 세워둔 벤츠와 부딪치고 말았다. 딱 하는 소리와 함께 왼편 사이드 미러가 부러져 땅바닥에 떨어졌고, 당황한 나는 어찌할 바를 모르고 주변만 둘러보았다. 그때 맞은편 옷가게의 유리문이 벌컥 열리더니 두 남자가 튀어나왔다. 날티 나는 옷을 입은 두 40대 남자는 나중에 알고 보니 형제였다. 형인지 동생인지 알 수 없는 사람이 내 뒤로 돌아가 나를 붙잡았고, 남은 사람이 나의 배에 주먹을 꽂았다. 갑자기 명치를 맞아 숨도 못 쉴 만큼 괴로워 땅바닥을 뒹굴고 있을 때 형제는 쉴 틈 없이 발로 나를 걷어찼다.

옷가게 주인이 가게 앞에서 소란이 계속되자 경찰에 신고를 했고, 약 10분 넘게 맞느라 지친 나와 약 10분 넘게 발길질을 해대느라 숨이 턱까지 차오른 형제는 경찰차에 타야 했다. 내가 경찰차 조수석에 타고 뒷좌석에 형제가 앉았는데, 경찰차 앞좌석과 뒷좌석은 혹시 모를 불상사를 예방하기 위해 철망으로 사이가 막혀 있었다.

그제야 억울함과 분이 솟아오른 나는 뒷자리 형제에게 마구 욕을 퍼부었고, 그들은 평생 한 번도 들어보지 못한 다채로운 욕으로 응수했다. 내가 욕 한 마디를 하면 형제는 순식간에 다섯 마디를 할 정도였다. 이럴 때 입이 두 개였다면 얼마나 좋을까 생각하던 찰나에 제복 순경이 고함을 빽 질렀다. 우리는 회초리를 들고 온 엄마를 본 아이처럼 조용해졌다.

경찰차는 남동경찰서 앞마당에 멈췄고, 순경의 인솔 하에 경찰서 건물 안으로 들어갔다. 난생처음 가본 남동경찰서에서 형사 일을 했고, 그곳에서 경찰 생활을 마감했으니 무슨 인연이 그렇게 고약한가 싶다. 지금도 생생히 기억나는 지저분한 계단을 올라 형사과에 들어서자 형사들의 눈이 일제히 우리에게 쏠렸다.

형사과는 정신없고 부산스러워 보이는 곳이었다. 마치 초등학교 교실의 분단처럼 줄지어 늘어선 책상에 각양각색의 복장을 입은 형사들이 앉아 있었다. 잡아놓은 경범을 취조하는 형사도 있었고, 컴퓨터 화면이 쪼개져라 바라보고 있는 형사, 정신없이 키보드를 두들겨 대는 형사, 모여서 수다 떨고 있는 형사 등 미래의 내 모습들이 다채롭게 펼쳐지고 있었다. 지금 생각해보면 나는 당시 생동감 넘치는 형사과의 모습에 묘한 감동을 받은 것 같다.

30대로 보이는 투박한 생김새의 형사가 나와 형제에게 다가왔다. 형사가 순경에게 무슨 일이냐고 묻자 폭행이요, 하는 짧은 답변이 이어졌다. 형사가 내게 다가와 물었다.

"너 뭐하는 놈이냐?"

"대학생인데요."

"요즘 대학생 놈의 새끼들이 하라는 공부는 안 하고 말썽은 다 일으키고 다닌다니까."

형사는 옆자리 빈 책상 위에 놓여 있던 파란색 표지의 파일을 들어 내 머리를 내리쳤다.

"다들 들어보내."

순경이 우리를 형사과 한쪽 끝에 있는 유치장 안으로 집어넣었다. 감옥처럼 쇠창살이 쳐진 유치장 바닥은 나무로 되어 있었는데 얼마나 많은 사람들이 앉아 있다 갔는지 반질반질했다. 우리를 제외하고는 단 한 명의 선객만이 누워 있었다. 나와 형제는 옆으로 벽을 보고 누운 남자 옆에 앉았다. 시계를 보니 이미 1시였다. 부모님이 걱정하실 거라는 생각이 들자 나를 싸움에 휘말려 들게 한 형제가 원망스러웠다. 나직이 그들에게 말했다.

"비겁하게 두 명이서 다구리를 칩니까. 나가면 정식으로 한 판 뜹시다."

내 선전포고에 형제는 물러서지 않고 받아쳤다. 우리는 아까 경찰차 안보다는 훨씬 소곤소곤 욕을 교환했다. 한 30분쯤 지났을까. 문이 열리고 풍채가 단단한 형사들이 우리처럼 유치장에서 1박을 예약한 사람들을 우르르 몰고 들어왔다.

그중 한 건장한 남자가 나름대로 거물인지 옆으로 누운 남자의 등을 발로 내지르며 깨웠다. 술값 낼 테니까 깨우지 말라면서 등을 맞은 남자가 버텼지만 거물이 계속 발로 차자 어쩔 수 없이 일어났다. 중년에서 노인으로 접어드는 단계의 얼굴을 한 주정뱅이는 한 마디의 불평도 하지 못하고 벽에 기대 앉아 다시 눈을 감았다. 나와 형제는 새로 들어온 손님들의 박력에 압도되어 조용히 고개를 수그렸다. 방금 전처럼 욕을 하기는커녕 숨소리도 한 번 걸러 조용히 낼 정도였다.

3시쯤 되자 졸리고 피곤해서 견디기 힘들었고, 술이 깨서 맞은 부위도 욱신욱신 쑤시기 시작했다. 형제 중 한 명이 큰 소리로 말했다.

"저기, 저 전화 한 통만 하겠습니다. 금방이면 됩니다."

유치장 바로 앞 책상에 앉은 중년 형사의 대답은 상상을 초월한 욕으로 이뤄졌다. 창의성과 걸쭉함에서 아까 형제가 했던 욕의 세 차원쯤은 윗길이었다. 형제는 끽소리도 못하고 입을 다물었고, 나는 그 꼴이 우스워 킥킥 웃었다.

시간이 더 흘렀고, 나는 앉은 채로 침까지 흘리며 졸고 있었다. 갑자기 노크 비슷한 똑똑 소리가 들려 눈을 떠보니 건장한 남자 한 명이 쇠창살 너머에서 쭈그리고 앉아 나를 보며 웃고 있었다. 남자가 창살을 두드려 낸 소리 같았다. 언제부터 나를 보고 있었는지 몰라 당황하는 차에 이상하게 왼쪽 어깨가 무거웠다. 돌아보니 형제 중 하나가 내 어깨에 기대어 자고 있었다. 잽싸게 어깨를 털어내자 다른 한 명처럼 바닥에 풀썩 쓰러져버렸다. 주위를 둘러보니 초토화였다. 유치장에 폭탄이라도 떨어진 것처럼 사람들이 널브러져 있었다.

나를 보고 웃던 남자가 철문을 열어 나를 밖으로 불러냈다. 아직 젊음이 남아 있는 얼굴의 그 남자는 키도 컸고 또렷한 눈코입이 다 잘생겼다. 이렇게 잘생긴 남자가 싸움도 그렇게 잘해서 별명이 '정배달'이었다. 어떤 조폭들하고 일대일로 붙어도 진 적이 없었고, 아예 스치는 주먹 한 대라도 맞는 걸 본 사람이 없을 정도였다. 이 남자가 정호 형사로 성이 정이고 이름이 호, 외자였다. 나는 훗날 정호 형사를 정호 형이라 부를 정도로 가까워질 수 있었다. 단 한 번 그렇게 부를 수 있었지만 말이다.

정호 형사는 나를 자기 책상으로 데려가서 쇠로 된 파이프 의자에 앉혔다. 정호 형사가 내 뒤에서 큼지막한 손으로 어깨를 주물러주었다.

"피곤하지?"

뜻하지 않은 친절에 어쩔 줄을 몰라 몸을 이리저리 빼자 가만있으라는 듯 더욱 세게 주물렀다. 정호 형사는 주무르는 걸 마치고 자신의 책상에 앉았다. 핸섬한 얼굴에 시원한 웃음이 감돌고 있었다. 정호 형사는 나에게 왜 이곳에 오게 됐는가를 자세히 말해보라고 했다. 그는 내가 입을 열 때마다 크게 고개를 끄덕이며 조서를 작성했다. 한참 내 이야기에 열중하던 그가 말했다.

"너, 일어나 봐."

나는 주뼛주뼛 일어났다.

"팬티 벗어 봐."

여기서는 정말 크게 놀랐다. 불현듯 아까 주물러주던 손짓도 예사롭게 느껴지지 않았다. 내가 우물쭈물하자 정호 형사가 걱정스런 투로 말했다.

"그렇게 무차별적으로 맞다가 잘못하면 불알 터져. 안 다쳤는지 봐줄게."

나는 형사의 채근에 어쩔 수 없이 바지를 벗었고 한참을 망설이다 팬티까지 벗었다. 정호 형사는 나의 그것을 세심하게 관찰했다. 처음에는 부끄러워 죽는 줄 알았지만 그의 얼굴을 보고 곧 마음이 편해지는 것을 느꼈다. 정호 형사는 일체의 장난기도 보이지 않는 진지한 표정으로 혹시 중요한 곳에 상처라도 입지 않았는지 살펴봐주고 있었던 것이다. 다행히 그곳에 상처는 없었다. 사실 형제의 폭행은 보기에만 요란했지 외상은 터진 입술과 머리에 난 그리 크지 않은 혹 정도밖에 없었다.

"알아봤는데 저 졸부 형제 유명하더라. 동네에서 물어보는 사람들마다 질이 낮다고 그러대. 뒷일은 내가 알아서 해줄 테니까 이만 돌아가라. 부모님 걱정하시겠다."

나는 정호 형사에게 인사하고 출입문 쪽으로 향했다. 나가는 길에 형제에게 가운데 손가락을 들어 인사하는 것도 빼먹지 않았다. 내가 득의양양하게 먼저 나가자 그들은 그제야 불안한 시선을 교환했다.

경찰서를 나온 후에야 집에 갈 방법이 없다는 것을 깨달았다. 새벽 4시가 넘었는데 택시비가 없었던 것이다. 걸어가기에는 조금 먼 거리였고, 무엇보다 피곤해서 견딜 수가 없었다. 정호 형사에게 돌아가자 그는 너털웃음을 지으며 만 원을 빌려주었다. 나중에라도 그 돈을 갚을 기회는 오지 않았다.

며칠 후 형제에게 합의금 조로 70만 원을 받았고, 그 귀한 벤츠는 형제가 자비 수리하기로 합의를 보았다. 경찰서에 다시 갈 필요도 없이 전부 정호 형사가 알아서 처리해주었다. 유치장에 있을 당시에는 1분 1초가 길게 느껴졌지만 불과 하룻밤에 있었던 일이다. 그중에서도 지금까지 내 마음속에 깊이 남아 있는 정호 형사와의 대화는 채 30분도 걸리지 않았다.

내 졸업 예정일은 2004년 봄이었다. 2003년 겨울부터 여러

회사에 원서를 내밀었지만 이렇다 할 재능도 없고 성적도 그저 그런 놈이 쉽게 취업이 되는 게 오히려 이상한 상황이었다. 수십 장의 원서가 대답 없는 메아리로 허망하게 사라지고 난 후에 비로소 형사에 대해 생각해보았다. 특별한 계기가 있었던 건 아니고 그냥 정호 형사의 얼굴이 떠올랐다. 가족이나 친척들 중에 경찰 일을 하거나, 했던 사람들도 없고 남달리 정의감이 투철한 것도 아니었지만 정호 형사 같은 형사가 되는 것이라면 해볼 만하다는 생각이 들었다. 짧은 시간이었지만 정호라는 형사의 듬직함과 따뜻함이 나의 미래를 결정하는 나침반 역할을 해준 셈이다.

경찰도 공무원이라 정년까지 비교적 안정적인 직장 생활이 보장된다는 것 또한 빼놓을 수는 없는 장점이었다. 물론 그때는 경찰공무원 임명장을 받게 되는 순간부터 안정적인 생활과는 영원히 안녕이라는 사실을 알지 못했다.

나는 2005년 가을에 필기시험, 신체검사, 면접 등을 포괄한 인천 지역 경찰공무원 임용시험에 최종 합격하였고, 연수를 마친 2006년 봄부터 연수지구대에서 순경으로 경찰 생활의 첫 발을 내딛었다.

그로부터 2년 뒤에 남동경찰서 형사과로 배속되면서 정호 형사를 만날 생각에 괜스레 들떴다. 형사과 책상에 짐을 풀자마자 정호 형사에 대해 물었다. 남동서에서는 그의 매끈한 얼굴과 그보다 훨씬 매서운 싸움 솜씨를 모르는 사람이 없어 금방 소식을 들을 수 있었다. 워낙 탐내는 윗분들이 많아 서울로 차출을 갔다는 애기에 그와 일할 것을 기대했던 나는 몹시 실망하고 말았다.

나중에 정호 형사가 휴가 중에 남동서로 인사를 와서 결국 다시 한 번 만날 수 있었다. 나는 경찰서 근처 막소주집에서 정호 형사의 옆에 앉아 옛 기억을 불러일으켰다. 그는 처음에는 나를 기억 못했지만 한참 만에 나를 생각해냈다. 당시에는 1팀장이었던 백과장과 우리 팀원들은 정호 형사와 함께 5차까지 가는 혈투 끝에 모조리 전사했다. 다음 날 해장국집에서 아침을 먹고 돌아가는 그에게 나는 형이라고 불러도 좋겠느냐고 물었다. 그는 호쾌하게 웃으며 허락해주었다.

"정호 형, 잘 가요."

그 뒤로 다시는 정호 형을 부를 수 없었다. 그로부터 딱 20일 만에 그가 죽었던 것이다. 제 아무리 날고 기는 싸움꾼도 손끝 하나 건드릴 수 없을 만큼 날아다녔던 정호 형이 어이없게도 과로사로 간 것이다. 그 허망한 소식에 남동서 전체가 우울해질 정도였다. 나는 그때 처음으로 형사가 된 것을 후회했다.

당시 관내 대표적인 유흥가인 간석5거리 유흥주점에서 호스티스 두 명이 피살된 사건을 수사하기 위해 3개 팀이 바쁘게 돌아가고 있을 때라 백과장을 제외하고는 아무도 문상조차 가지 못했다. 형사가 된 것을 두 번째로 후회한 순간이었다.

그러나 어쩌면 그 당시의 후회는 지금 매 순간마다 느끼는 후회에 비하면 후회라고 할 수 없을지도 모르겠다. 깨어 있는 순간이면 늘 후회하고 있으니까.

아내와는 고모의 주선으로 만났다. 고모 친구 분의 딸로 조그만 무역회사에 다니던 사람이었다. 만약 내가 형사가 아닌 제약회사의 사원이라고 했더라도 고모는 친구의 딸을 내게 소개시켜주었을 테고, 그렇다면 형사의 딸로 태어나지 않은 예나는 지금까지 살아남아 내 곁에서 웃고 울고 떠들고 있었을 것이다. 예나에게로 생각이 닿자 심장이 터질 정도로 답답해졌다. 술을 마시면 이 답답함이 가실까 싶어 단숨에 술잔을 털어 넣었다. 답답증은 조금도 가지지 않고 한숨만 나왔다.

정호 형 같이 선한 사람도, 사랑하는 예나도 모두 형사와 관련된 이유로 죽었다. 자신이 형사였기 때문에, 또는 형사의 딸이었기 때문에. 형사라는 건 그런 직업인지. 늘 곁을 떠도는 죽음의 손길을 달게 받아들여야만 하는 그런 직업인지.

이제 곧 나도 죽을 것이다. 한때 형사였기 때문에.

죄 많은 형사였기 때문에…….

## 14

커피숍에 쿵 하는 소리가 울려 퍼짐과 동시에 오른쪽 반신
에 둔탁한 충격이 찾아왔다. 화들짝 놀라 눈을 떴더니 테이
블 밑바닥이 올려다보였다. 어이없게도 깜빡 졸다 의자에서
굴러 떨어진 모양이었다. 급히 다가온 남자 직원이 말했다.
"손님, 술은 그만 드시는 게 좋겠습니다."
나는 고개를 끄덕이고 의자에 앉았다. 어깨를 주물러 뼈까
지 시큰한 통증을 풀어주며 자책감에 입술을 세게 깨물었다.
며칠 동안 제대로 못 잔 데다가, 된통 맞은 비를 피해 안락
한 실내로 들어오자 잠이 몰려온 것이다. 더구나 간만에 술
까지 마셔댔으니 별 볼일 없는 과거나 회상하다 볼썽사나운
꼴을 보이는 것도 당연했다.
피아노에 손님이라도 많이 왕래하면 집중력을 유지했을 테

지만 이건 완전히 파리만 날리는 상태였다. 꼭 오늘뿐만이 아니라 며칠씩 이렇게 투숙객이 적어서야 임대료나 낼 수 있을까 생각하다가 문득 기묘한 위화감이 들었다. 위화감의 정체가 무엇인지는 깨닫지 못했지만 확실히 무언가를 놓치고 있는 기분이었다. 나는 안타까운 심정으로 여전히 빗발이 쏟아지는 피아노의 정문을 노려보았다. 한참을 고심해도 잡힐 듯 말 듯 사람을 애태우기만 할 뿐 명확한 결론은 떠오르지 않았다.

나는 기억을 조금 뒤로 돌려 어젯밤의 모텔 풍경을 떠올려 봤다. 밤이 깊어갈수록 수십 여 개의 객실 불빛이 하나둘씩 꺼져가던 모습을……. 그러고 보니 어젯밤에는 적어도 모텔 객실의 60퍼센트 정도는 차 있었던 것 같았다. 하지만 오늘 아침부터 정오가 가까워지는 지금까지 내 눈으로 직접 목격한 바로는 정문으로 투숙객들이 거의 드나들지 않았다. 설마 어젯밤의 그 모든 사람이 장기투숙일 리는 없을 테니 도저히 숫자가 맞지 않는다.

그 순간, 내가 얼마나 심하게 멍청했는가를 깨달았다. 튕기듯 자리에서 일어나 커피숍 문으로 향했다. 카운터 뒤의 직원에게 계산을 부탁하고 지갑에서 잡히는 대로 지폐를 꺼내 건넸다. 거스름돈 받아가라는 소리를 무시하고 비가 쏟아지는 거리로 나갔다. 나는 세찬 비에서 달아나려는 사람처럼 무서운 속도로 뛰었다. 길을 건너자마자 퀸 모텔과 피아노 모텔 사이의 좁은 길로 들어가 피아노의 뒤편으로 빙 돌아갔다. 가슴이 방망이질을 쳤다. 마침내 피아노의 뒤편에 선 나는 그대로 주저앉고 싶은 기분이었다. 피아노 뒤편에는 두껍고 새까만 천으로 안을 가린 주차장이 있었다. 천을 손으로 걷고 주차장 안으로 들어갔다. 20여 대가 넘는 차가 주차되어 있었는데, 차들의 번호판은 전부 나무판자로 가려놓았다. 주차장 안쪽 깊숙한 곳에 피아노의 뒷문이 보였다.

연애시절에 아내가 자취를 해서 이런 러브모텔에는 딱 한 번 가본 게 전부였다. 덕분에 멍청하게 눈치채지 못했지만 생각할수록 분명한 일이었다. 사람들의 눈을 피해 즐기러 온 불륜 커플이 당당하게 정문으로 들어올 리가 없었다. 물론 별다른 문제가 없는 커플도 우리나라같이 남의 시선에 민감한 풍토에서는 자연스레 뒷문을 선호할 터였다. 자동차가 있는 커플은 당연히 피아노 뒤편 주차장에 차를 주차시키고 뒷문으로 들어올 테고, 자동차가 없는 커플이라도 주차장 쪽으로 돌아와서 드리워진 천을 치우고 뒷문으로 드나들 확률이 높았다. 어떤 경우든 뒷문이었다. 이러니 나흘간 그 고생을 하며 정문을 지켜봤어도 투숙객을 거의 볼 수 없었던 것이다.

물론 형사 노릇을 하면서 지방 출장이나 모텔에 투숙한 용의자를 체포하러 간 적은 부지기수였다. 그런데도 이 뻔한 사실을 기억해내지 못한 내가 너무 한심했다. 5년간의 방탕한 생활이 몸뿐 아니라 정신조차 송두리째 갉아 먹은 모양이었다. 나는 천하의 멍청이인 스스로를 자책하며 뒷문으로 달려갔다. 내가 잠복이랍시고 눈 뜬 봉사 노릇을 나흘이나 했던 기간 동안 은애가 왔을 수도 있었다. 복도를 가로질러 로비로 나왔다. 여드름 아르바이트생이 카운터 뒤에서 스마트폰에 고개를 처박고 있다가 맹렬한 발소리에 놀라 고개를 들었다.

"야, 저번에 보여줬던 그 애 왔지?"

절박한 상황이라 고운 말이 나가지 않았다. 당찬 여사장이라면 곧바로 받아쳤을 테지만 아직 어린 아르바이트생은 대답도 못하고 우물우물 대기만 했다.

"빨리 말해! 왔지?"

먹살이라도 붙잡을 기세로 카운터 깊숙이 몸을 들이밀었다. 아르바이트는 움찔 뒤로 물러났다. 핏발 선 눈에 분노를 가득 담아 압박하자 아르바이트가 힘겹게 고개를 끄덕였다.

"어제…… 어젯밤에 오긴 왔어요."

"지금은? 지금도 있어?"

"체크아웃 아직 안 했어요."

은애가 왔을지도 모른다는 예상이 맞아떨어졌다는 게 확인되자 목에 쓴물이 넘어오는 것 같았다. 그나마 아직 모텔에 남아 있으니 최악의 상황은 아니라고 애써 마음을 달랬다.

"방은 어디야?"

"안 돼요…… 사장님이 말하지 말랬어요."

아르바이트가 모기만 한 소리로 주절거렸다. 나는 끓어오르는 화를 참고 차분하게 말했다.

"걔 네 또래야. 그 방에서 무슨 일이 벌어졌는지 알면 너도 마음이 좋지 않을 걸. 젊은 사람들끼리 돕고 살자. 나 형사야. 절대 걔한테 나쁜 일 없을 테니까 딱 한 번만 도와줘."

이 시간에 술 냄새 풀풀 풍기는 형사라니 말도 안 되는 얘기지만 아르바이트는 진지하게 들었다. 한참을 침묵하던 아르바이트가 나직이 말했다.

"701호요."

아르바이트생의 대답에 정신이 아득해졌다. 며칠 전, 내가 들어갔었던 바로 그 방이었다. 4분의 1의 확률이 맞아떨어진 게 확인됐음에도 기분이 좋기는커녕 욕지기가 저절로 나왔다.

마스터 카드 키를 내미는 아르바이트에게 고개를 끄덕여주고 엘리베이터로 뛰었다. 마침 1층에 멎어 있던 엘리베이터에 타자마자 7을 눌렀다. 청소용품을 든 중년 여자가 엘리베이터로 다가왔지만 닫힘 버튼을 눌러버렸다.

한없이 길게 느껴지는 엘리베이터 안에서의 고문을 견디고 7층에 도착했다. 7층 중앙의 엘리베이터 홀을 나와 서쪽 복도로 돌았다. 복도 끝 701호 문 바로 앞에 검은 야구 모자를 쓴 키 큰 남자가 서 있었다. 내가 달려오는 소리에 야구 모자가 고개를 오른쪽으로 살짝 돌리고 나를 쳐다보았다.

"여기……."

내가 말을 채 끝맺기도 전이었다. 어느새 나와 마주 선 남자의 오른손에서 둥그렇게 생긴 금속 물체가 바닥을 향해 주르륵 내려가더니 불시에 내 쪽을 향해 휙 다가왔다. 그 순간, 별이 반짝였고 이마가 깨질 듯한 충격이 찾아왔다. 상상조차 못한 타격을 당한 이마에서 피가 주르륵 흘렀고, 끈이 달린 금속 물체는 남자의 손으로 부드럽게 되돌아갔다. 끈으로 던지고 회수하는 걸 보니 어렸을 때 나도 갖고 놀았던 '요요' 같았다.

야구 모자는 피가 눈에 들어가서 허우적거리는 나를 홱 밀치고 내가 달려왔던 복도 쪽으로 뛰었다. 정신을 차리고 남자를 뒤쫓았다. 남자는 엘리베이터 옆의 계단실 문을 열고 후다닥 아래쪽으로 달려 내려갔다. 계속 뒤쫓을까 하다가 은애 생각이 났다. 은애의 안부를 확인하는 게 먼저였다.

황급히 701호로 되돌아가 마스터 카드 키로 문을 열었다.

나는 정신없이 은애의 이름을 부르며 방 안으로 쏟아져 들어 갔다.

"은애야, 은애야!"

은애는 대답 없이 천장을 보는 자세로 침대에 얌전히 누워 있었다. 목욕용 흰 가운 전체에 물들어 있는 붉은색을 보자 가슴이 덜컹 내려앉는 기분이었다. 나는 떨리는 손으로 배 부근의 끈을 풀고 조심스레 가운을 양편으로 젖혔다.

속옷조차 입지 않은 은애의 새하얀 피부 곳곳이 온통 피투 성이었다. 날카로운 칼 등의 날붙이로 짐작되는 자상에서 흘 러나온 피는 가운에 흡수되어 말라붙었는지 더 이상 흐르지 않았다. 코밑에 손을 갖다 대보니 호흡도 전혀 없었다. 생명 활동이 완전히 정지된 모습이었다.

기대와는 다른 참혹한 장면에 다리에 힘이 스르르 풀려 엉 덩방아를 찧고 말았다. 침대 옆 통창에 몸을 기대고 숨을 몰 아쉬던 나는 점차 의식이 멀어져가고 있다는 것을 느꼈다.

15

은애가 죽고 한 달이 흘렀다. 나는 시체의 최초 발견자로
서 매일같이 전 동료들에게 시달렸다. 강도 높은 조사를 받
느라 심지어 은애의 장례식에도 못 가봤지만 억울하다는 생
각은 들지 않았다. 내가 봐도 나는 수상한 놈이었다. 직업
도, 가정도 없는 알코올중독자가 스무 살 아가씨의 시체와
한 방에서 몇 시간을 같이 있었으니 의심을 안 하는 수사관
이 직무 유기다.

나는 은애의 시체 곁에서 세 시간 넘게 기절해 있었다. 은
애의 죽음을 목도한 정신적인 충격이 반, 요요에 맞아 골이
진탕 흔들린 육체적인 충격이 반이었을 것이다. 정신을 차리
자마자 은애에게로 자꾸 쏠리는 시선을 다잡고 익숙한 방을
수색했다. 은애의 목전까지 고작 며칠 차이였다는 게 새삼

입맛이 썼다.

시체를 건드리지 않도록 조심하면서 곳곳을 살폈지만 이렇다 할 증거나 단서는 찾지 못했다. 포기하고 휴대폰으로 경찰에 신고하자 20분 만인 오후 4시경에 처음 보는 두 순경이 도착했다. 그들은 피범벅이 된 은애의 시체와 내 이마에 말라붙은 피를 번갈아 쳐다보더니 즉시 나를 체포했다. 대충 이마의 상처를 모텔 수건으로 둘둘 감고 남동서로 이송되면서 금의환향은 고사하고 이게 무슨 꼴인가 싶어 어깨가 축 늘어졌다. 서균을 비롯한 남동서 동료들을 떠올린 지 불과 몇 시간 만에 그들을 직접 대면하게 될 줄이야…….

형사과에 구금되어 조사를 받는 동안 알고 지냈던 모든 사람이 한 번씩 다 구경을 와서 마치 내가 전갈 꼬리가 달린 원숭이가 된 기분이었다. 호기심은 당연하고, 언젠간 네가 그럴 줄 알았다는 득의양양함, 타인의 몰락을 본 순수한 기쁨 등 나를 향한 다양한 눈빛 속에서 가장 최악은 백과장의 것이었다. 은애의 죽음으로 이어진 내 실패를 최종적으로 확인한 백과장의 작은 눈에서는 완벽한 절망, 그 이외의 어떤 것도 보이지 않았다. 나는 모텔방에서 발견된 시체가 내 것이었다면 얼마나 좋았을까 생각하면서 백과장의 처절한 눈빛을 피했다.

사건과 관련해 내가 알고 있던 전부를 털어놓고 백과장의 보증도 더해져 이틀 후에 귀가 조치를 받았다. 다만 날마다 참고인 조사가 이뤄져서 완전한 자유를 되찾은 날은 며칠 되지 않았다. 점차 혐의가 벗겨지자 전 동료들은 수사에 크게 지장이 가지 않는 선에서 내 질문에도 대답해주었다.

목을 깊게 벤 상처가 치명상이었다. 상처의 방향이 왼쪽에서 오른쪽으로 나 있어 범인은 오른손잡이로 추정되었다. 그 밖에도 몸통 전체에 서른 군데가 넘는 베거나 찔린 상처가 있었는데, 특히 외음부와 질 내부에 가장 많은 자상이 발견되었다. 흉기는 길이 10센티미터, 폭 2센티미터 정도의 날을 가진 칼로 추정되며, 가정에서 쓰는 일반적인 식칼보다는 조금 작은 종류라고 했다.

주저하지 않고 단번에 목을 반으로 가른 단호함도 그렇고, 은애의 죽음이 분명해진 후에도 광기에 가깝게 난자를 한 걸 보면 보통 잔인한 놈이 아니었다. 더구나 생식기 쪽에 상처가 집중된 것으로 판단컨대 은애에게 강한 원한이 있었던 걸로 보인다는 게 수사진의 대체적인 의견이었다.

사망 시각은 내가 12시경에 현장으로 들어간 덕분에 상당히 축소되어 오전 10시부터 12시까지의 두 시간 사이로 추정되었다. 무엇보다 분통 터지는 일은 모텔 내 CCTV가 작동하지 않았다는 것이었다. 각 층마다는 고사하고 딱 한 대만 정문 근처에 놓여 있었는데, 그나마도 고장 난 지 오래라서 단

한 장면도 녹화된 게 없었다. 그렇게 당찼던 여사장은 CCTV에 관해 추궁받자 장사가 안 돼 그런 것까지 신경 쓸 여력이 없었다며 눈물을 찍어냈다고 한다. 다른 모텔들처럼 어느 정도 녹화 설비만 갖추고 있었더라도 당장 범인이 잡혔을 터라서 나를 비롯해 사건을 담당한 형사들이 두고두고 아쉬워했다.

사망 추정시각에 근무 중이었던 여드름 아르바이트생도 몇 번이나 불려왔다. 주로 은애와 나, 그리고 최유력 용의자인 요요 남자의 행적에 관한 질문을 받았는데, 해가 뜨고 달이 지는 일반 세상보다 6.2인치 속 세상에 더 관심이 많은 녀석이라서 눈만 뜨고 있었지 실상 제대로 본 게 없었다. 특히 계단으로 달려 내려간 요요 남자를 1층에서 목격했을 확률이 높아 집중 추궁을 받았지만 뒷문으로 달음질쳐 도망가는 뒷모습만 보았을 따름이었다. 당시 내 성화에 못 이겨 마스터 카드 키를 전달한 아르바이트생은 곧 근무 교대를 하러 온 사장에게 혼날까 봐 내가 701호로 쳐들어간 사실을 고하지도 않고 아닌 보살을 떨다가 집으로 돌아갔다. 그 바람에 내가 정신을 차릴 때까지 아무도 방에 찾아오지 않았던 것이다.

본격적으로 수사가 진행될수록 수사진의 관심은 요요 남자에게로 모아졌다. 현장에 남자 두 명이 얼쩡거렸다. 그중 한 명인 내가 범인이 아니라면 당연히 문 앞에 딱 붙어 서 있던 요요 남자가 범인일 수밖에 없지 않은가. 아무래도 요요 남자가 살인을 저지르고 막 701호를 나서는 순간에 나와 마주친 것 같다는 게 수사진의 생각이었다.

나 또한 다른 어떤 내용보다 요요 남자에 대해 많은 질문을 받았다. 하지만 검은 야구 모자를 깊게 눌러 쓴 데다 갑작스럽게 공격을 당한 탓에 형사들이 아무리 다그쳐도 마땅히 떠오르는 기억이 없었다. 176센티미터인 나보다 훌쩍 큰 것 같았으니 180센티미터 이상의 장신, 갸름한 얼굴의 대략적인 윤곽과 달리던 모습에서 어렴풋이 느껴지는 젊은 기운, 그 정도가 내가 받은 인상의 전부였다.

"야, 아무리 운동이랑 담 쌓고 살았대도 어떻게 형사가 요요 맞고 뻗냐?"

고개를 절레절레 내젓는 서균의 말은 내가 생각해봐도 어이가 없었다. 그나마 변명을 하자면 플라스틱이나 알루미늄 같은 장난감이 아니라 강철로 만든 제대로 된 무기였다. 돌팔매로 골리앗이 무너졌듯 아무리 시시하게 보이는 물건이라도 회전운동에서 나오는 힘이 더해지면 상상 못할 파괴력이 생기는 법이다.

지난 한 달간 남동서의 역량 전체가 은애 사건에 집중되었다. 경찰이 사건에 경중을 두는 일은 없지만 다른 누구도 아닌 경찰 가족의 일이다. 솔직히 탐문 한 번이라도 더 나가고, 조서 한 번이라도 더 보게 된다. 그러나 아무리 수사를 거듭해도 은애에게 무슨 일이 벌어졌는지 확실하게 말할 수 있는 사람은 아무도 없었고, 요요 남자의 정체나 행방도 전혀 밝혀지지 않았다. 허무하게도 백과장이 그토록 걱정했던 뒷말만 무성하게 퍼져 심지어 8년 전에 대구로 이사 간 옛 동료가 나한테까지 전화를 걸어왔다.

식탁에 앉아 지금까지 있었던 일을 되짚어보고 있을 때 전화가 걸려왔다. 호랑이도 제 말 하면 온다고 백과장이었다. 딸의 장례 및 사건 진두지휘 등으로 따로 통화할 시간이 없어 오랜만에 들어보는 목소리였다.

"안녕하세요."

"내가 안녕할 리가 있겠냐?"

이어지는 백과장의 깊은 한숨에 죄책감을 느꼈다.

"죄송합니다. 제가 조금만 더 일을……."

"됐어. 누가 너한테 뭐라고 하겠냐. 다 개 팔자지."

"수사는 진척이 좀 있습니까?"

"별로다. 까딱하다 미제 되지 않을까 싶어."

통상 살인사건은 한 달 안에 범인을 잡지 못하면 미제사건으로 끝나는 경우가 많다. 그때까지 대략의 얼개가 잡히지 않으면 너무 많은 용의자와 너무 많은 단서, 너무 많은 합리적 의심 속에서 사건이라는 배는 표류하고, 입 가진 형사들이 한 마디씩 다 거들고 나서면서 결과적으로 배가 산 위에 올라간다.

"인원도 많이 뺐어. 내 일이라고 되지도 않는 일에 애들 다 투입시키면 안 되지."

백과장의 힘없는 말투에 참을까 하다가 끝내 마음속의 얘기를 털어놓고 말았다.

"그러게 그때 왜 거절하셨어요? 피아노 사장한테 한 마디만 했으면……."

"아이, 지난 일을 자꾸 얘기하네. 됐으니까 이제 그만하자."

노기가 역력히 섞인 말에 입을 다물었지만 아쉬움은 여전했다. 백과장이 피아노 사장에게 내 신원을 보증하고 협조만 요청했더라면 은애가 모텔에 다시 왔을 때 내가 먼저 낚아챌 수 있었다. 만약 그랬다면 백과장이 딸의 장례식을 가는 일도 없었을 것이다. 딸의 장례식을 가본 선배로서 나는 그 고통을 안다. 가슴이 온통 무너져 내리는, 그 형언할 수 없는 고통을 백과장만은 겪지 않기를 바랐는데 이젠 다 허사가 되어버렸다.

"그동안 수고했다. 못난 선배 돕겠다고 열심히 뛰어줘서. 내 평생 잊지 않을게."

"한 것도 없습니다."

"계좌나 불러. 저번에 약속한 거 보내줄게."

"제가 뭘 했다고 돈을 받아요?"

"지랄하지 말고 빨리 말해. 여기저기 다니느라 돈도 많이 썼을 것 아냐."

나는 또박또박 계좌번호를 불러주었다.

"그래, 잘 지내고 있어. 조만간 직접 만나서 인사할게. 그때 술 한 잔 하자. 몸 생각해서 술 좀 적당히 마시고."

술 한 잔 하자면서 술 적당히 마시라는 모순된 인사가 백 과장다웠다. 전화를 끊고 술 대신 커피를 끓였다. 비록 은애를 찾기 전까지 금주하겠다는 다짐은 깨어진 지 오래지만 당분간 술을 마실 생각은 없었다. 내겐 새로이 또 하나의 다짐이 생겼다. 은애를 죽인 범인을 찾기 전까지 금주하겠다는 다짐이 바로 그것이었다.

수사비를 정산하면서 백과장과 맺은 계약은 모두 끝났다. 그러나 나는 나만의 수사를 끝낼 계획이 전혀 없었다.

내가 은애를 죽였다. 기껏 피아노 모텔을 찾아놓고도 며칠간 엉뚱한 방향만 보고 있었다.

내가 은애를 죽였다. 은애가 살해당하던 바로 그 시간에 괜한 우울감에 젖어 술이나 퍼마시고 있었다.

내가 은애를 죽였다. 현장을 떠나는 범인과 마주쳤음에도 요요 따위의 시시한 장난감에 가격당해 놈을 잡지 못했다.

결국 은애는 칠칠치 못한 나 때문에 죽은 것이다. 야무지지 못한 나 때문에 죽은 것이다.

나는 은애의 죽음을 막지는 못했지만 범인만은 죽어도 다시 놓치지 않겠다는 결의를 굳혔다. 어떤 역경이 닥쳐오더라도 반드시 놈을 잡아 은애의 영전 앞에 무릎 꿇릴 계획이었다.

백과장이 준 돈은 그동안의 수사비가 아니라 앞으로의 수사비로 쓸 예정이었다. 물론 이미 참담하게 실패한 내가, 수사권도 없는 내가 독자적으로 수사를 재개한다는 사실을 백과장이 알게 된다면 반대하고 나설 게 뻔하니 당분간은 비밀에 붙여야 하리라. 하지만 막상 내가 범인의 목덜미를 잡아 질질 끌고 오면 백과장도 뭐라 하지는 못할 것이다. 아니, 마침내 딸애의 한을 풀었다며 길길이 날뛰겠지. 이번만큼은 내가 기필코 그렇게 만들 것이다.

휴대폰을 보니 밤 9시, 적당한 시간이었다. 나는 문을 열고 아파트 복도로 나갔다. 복도 난간에 기대 아래쪽을 내려다보니 예상대로 소각장 부근에 작은 불빛이 반짝였다. 나는 엘리베이터를 타고 1층으로 내려갔다.

소각장 쪽으로 천천히 걸어가다 마침 이쪽으로 다가오는 박병학을 만났다. 교복에서 담배 냄새가 풀풀 풍기는 박병학은 움찔 놀라는 기색이었다.

"맛있게 피웠냐?"

대답 없이 씩 웃기만 하던 박병학이 검지를 입술에 붙이며 비밀로 해달라는 시늉을 했다.

"네가 뼈가 삭든 폐가 썩든 상관 안 한다니까. 그보다 잠깐 얘기 좀 하자."

"왜요, 또 컴퓨터 빌려드려요?"

나는 고개를 젓고 박병학을 우리가 처음 대화를 나눈 정자로 데려갔다. 영문을 모르는 박병학은 주뼛거리면서도 지은 죄가 있는지라 고분고분 따라왔다. 녀석을 정자에 앉히고 나도 곁에 앉았다.

"너, 포르노 보지?"

"네? 야동 말하는 거예요?"

박병학은 진심으로 놀란 기색이었다. 아들뻘에 가까운 자신에게 대체 왜 이런 걸 묻나 싶었을 것이다.

"봐, 안 봐?"

"보죠……."

"많이 보냐?"

"다른 애들이랑 비슷하게 보는데요."

나도 10대를 거쳐왔지만 그 무렵만큼 이성의 몸이나 섹스에 관심 많은 시절이 없다. 분명 박병학도 눈만 뜨면 야한 상상, 짬만 나면 야한 영상에 몰두하고 있을 터였다.

"너 아르바이트 좀 해라."

"알바요?"

눈을 끔벅거리는 박병학에게 구체적인 설명을 시작했다.

"일단 올해 나온 우리나라 포르노를 다 찾아봐. 서양이나 일본 것 말고. 보다가 오른손 손목 안쪽에 별 모양의 문신이 있는 놈 찾으면 나한테 알려줘. 나이는 대충 20대."

701호 문 앞에서 남자에게 요요로 공격당하던 순간, 별이 반짝였다. 흔히 머리를 세게 맞으면 별이 반짝인다고 하는데, 그런 뜻도 있지만 문자 그대로 별이 반짝이기도 했다. 나는 요요를 뻗는 남자의 오른 손목 안쪽에서 별 문신을 똑똑히 보았다. 정확히는 군용 단도가 별을 관통하고 있는 모양의 그 문신에 대해 백과장이나 형사들에겐 일절 말하지 않았다. 이미 마음속으로 나만의 수사를 결심하고 있었기에 히든카드로 삼으려 했던 것이다.

조사를 받는 틈틈이 은애가 나온 영상 두 편을 물리도록 돌려보았다. 첫 번째는 남자의 목소리만 나왔고, 두 번째 영상에 은애의 몸을 마구 희롱하는 남자의 손이 나왔다. 하지만 남자는 주로 오른손을 쓰는 오른손잡이인지 더 조작이 어려운 카메라를 오른손으로 잡았고, 왼손으로 은애의 몸을 만졌다. 아쉽게도 왼손에는 문신이 없어 요요 남자가 영상 속의 그 남자와 동일인인지 확인할 방법은 없었다.

요요 남자가 은애와 영상을 두 차례나 찍은 걸로 짐작컨대 놈은 촬영을 꽤나 즐기는 것 같았다. 어쩌면 박용현 형사가 못 찾은 은애의 영상이 또 있을지도 모르고, 아예 다른 여자와 찍은 걸 발견할 가능성도 있었다. 나는 별도의 수사를 진행해야 해서 일일이 찾아볼 시간이 없으니 공부와는 담 쌓은 듯한 박병학을 이용하는 게 계획의 골자였다.

"얼마 주실 건데요?"

"담배 다섯 보루 값이면 되겠어?"

어차피 매일 보는 야동으로 돈까지 번다 싶자 박병학의 입이 찢어졌다. 나는 박병학의 어깨를 툭툭 두드려주고 자리에서 일어났다.

16

9월 3일, 본격적인 재수사의 첫날이었다. 일찌감치 일어나서 베란다로 나가 창문을 열었다. 여름의 열기가 여전한 볕을 받으며 잠시 눈을 감고 서 있자 생기가 차오르는 기분이었다. 실종에서 살인으로 사건의 성격도 변했고, 내막이 밝혀진 부분도 전혀 없었지만 기초부터 철저하게 다시 조사하다 보면 뭔가가 나올 것이다.

이미 나는 그전의 수사에서 기본적인 것을 소홀히 했었던 전과가 있었다. 포르노 동영상이라는 눈에 보이는 자극적인 증거에만 몰두해 정작 피해자가 어떤 사람이었는지, 어떤 지인을 곁에 두었는지, 어떤 고민을 가지고 있었는지 등에 대해서는 눈을 돌리고 있었다. 이제는 달라져야 한다. 그동안의 선입견은 모두 버리고 새로운 시각으로 한때 세상에 존재

했던 은애라는 여자를 총체적으로 들여다보도록 하자.

새로운 수사의 시작점을 찾아가기 위해 옷장을 들여다보았다. 365일 걸치는 군청색 점퍼에 청바지는 예의에 맞지 않는 것 같았다. 나는 옷장 깊숙한 곳에서 언제 입었는지 기억도 나지 않는 회색 양복을 꺼냈다. 아무리 전 직장상사의 집에 가는 것이라도 미색 셔츠 위에 넥타이까지는 도저히 맬 수 없었다. 옷을 다 차려입고 식탁에 앉아 커피 한 잔을 마셨다.

큰길가로 나가 택시를 잡고 백과장의 아파트가 있는 송도신도시로 향했다. 아무래도 노상 경찰서에 나와 있는 백과장보다는 어머니가 은애와 훨씬 가까울 것이다. 찾아가서 생전 은애에 대한 이런저런 이야기도 들어보고, 가능하다면 은애의 방도 한 번 살펴보고 싶었다.

택시는 송도신도시로 이어지는 8차선 경원대로를 기운차게 달려 나갔다. 막 출근시간이 끝나 도로 양 방향에서 차는 거의 보이지 않았다. 원래도 15분이면 갈 거리인데 잘만 하면 10분도 안 걸릴 것 같았다.

인천의 남쪽 끝 바닷가를 매립한 송도신도시는 아내가 이사 가고 싶다고 노래를 부르던 곳이다. 외국 자본이 수십 조 들어와 병원이니 학교니 일터니 전부 서울 못지않아질 테니 이런 곳에서 예나를 키워야 하지 않겠느냐고 귀에 못이 박히

도록 들었다.

그러나 신도시가 조성된 지 10년쯤 지난 지금 냉정히 살펴보면 아내 말처럼 지상낙원은커녕 여느 대규모 아파트 단지와 크게 다를 바가 없는 모습이었다. 아파트 단지라는 것은 전부 공장에서 같은 모양으로 생산되어 나오는지 여기나 서울이나 일산이나 천안이나 별반 차이가 없다. 단지 사이사이에 구색을 맞추기 위해 공원이라 이름 붙인 녹지대가 들어가고 화단에는 늘 감나무나 은행나무가 심어져 있다.

그래도 예전에는 이런 국화빵틀에서 찍어낸 것 같은 아파트에 입주하기 위해 월급을 쪼개 저축을 했었다. 먹고 싶은 거 못 먹고, 입고 싶은 거 멀리하며 아내는 돈을 모았다. 일정한 노선을 생각 없이 달리기만 하면 잘 살아지는 줄 알았던 그때, 하고 싶었던 것을 전부 해보는 게 차라리 나았을 것이다. 하지만 그때만 해도 우리 부부는 어리고 어리석어서 인생살이의 곳곳에 탈선의 위험이 도사리고 있다는 사실을 몰랐다.

목적지인 P아파트에 도착해 택시에서 내리자 10여 동의 높다란 아파트가 나를 포위하고 있었다. 여기는 송도신도시에서 시범지역으로 가장 먼저 삽을 뜬 2공구의 아파트라 더 뒤에 지은 고급 아파트들보다는 평범한 편인데도 정치인들이 으레 남발하는 장밋빛 전망의 영향을 받아 집값이 꽤 만만치 않았다. 당시 백과장이 어찌나 무리를 했던지 이사 이후 1년 넘게 팀원들에게 국밥 한 그릇 산 적이 없었다.

나는 오래전 집들이 때 이후 처음 와보는 214동으로 걸음을 옮겼다. 가는 길에 상가가 보여 홍삼 음료 한 박스를 샀다. 백과장에게 집을 방문할 거라고 미리 언질을 주면 수상하게 생각할 듯해 어디까지나 우연을 가장할 생각이었다.

엘리베이터를 타고 15층에서 내리자 좌우로 문이 있었다. 왼쪽이 1501호, 오른쪽이 1502호다. 약속을 잡고 온 게 아니라서 사모가 집에 없을지도 몰랐지만 어차피 남는 게 시간이니 근처에서 버티다 몇 번이고 다시 오면 된다. 1502호의 벨을 누르자 다행히 금세 인터폰에서 응대가 있었다.

"저 백과장님 밑에 있었던 이호진입니다. 기억하시죠?"

"아, 호진 씨……."

당황하는 기색과 함께 문이 한 뼘쯤 열리고 사모의 얼굴이 삐죽 나왔다. 내 얼굴을 확인한 사모가 문을 마저 열고 나왔다. 사모는 허리 라인에 레이스가 달린 흰색 긴팔 티셔츠에 감청색 치마를 입고 있었다.

"안녕하십니까?"

고개를 숙여 인사했지만 백과장 말마따나 그들 부부가 전혀 안녕할 리 없었다.

"네. 호진씨도 잘 지내죠?"

내 몰골을 보면 잘 지내고 있을 리가 없다는 걸 사모도 깨달았을 것이다. 한국 사람들 예의 차리는 버릇은 도무지 어쩔 수 없는 모양이다.

"그이는 출근했는데…… 여긴 어쩐 일이세요?"

"은애…… 그…… 장례식에도 못 가봐서 죄송했는데 마침 근처 올 일이 있어서요."

"아유, 안 오셔도 되는데…… 얼른 들어오세요."

애써 웃으며 말했지만 수척한 얼굴에 눈 밑이 까만 게 죽은 사람과 진배없는 꼴이었다. 나는 사모의 안내를 받아 집 안으로 들어갔다. 구두를 벗고 거실로 올라가면서 사모에게 음료수 박스를 건넸다. 그냥 오지 뭘 이런 걸 사왔느냐는 타박을 건성으로 들으며 재빨리 집 안을 훑었다. 어렴풋이 예전에 왔을 때 봤던 집 구조가 기억이 나는 것 같았다.

거실 오른쪽에 안개처럼 흰 페인트로 칠한 문이 있다. 이 문이 바로 은애의 방이었다. 집들이 때 선배 형사가 무심코 들어갔다가 숙녀 방에 함부로 들어간다고 백과장이 나무랐던 일이 있었다. 거실 중앙에는 베이지색 4인용 가죽 소파가 놓여 있고, 그 정면에 50인치가 넘어 보이는 텔레비전이 있었다. 텔레비전 위에 장식 액자를 씌운 가족사진이 걸려 있었다. 백과장을 제외하고는 인물이 좋은 집안이라 연예인 가족을 보는 듯했다. 뻣뻣하게 굳은 백과장과 자연스럽게 미소

짓는 사모는 의자에 나란히 앉아 있고, 그 뒤에 고등학교 교복을 입은 은애가 서 있었다. 왠지 뾰로통해 보이는 은애의 얼굴을 한참 바라보고 있자 사모가 뒤에서 입을 열었다.

"가족사진 찍는데 새 옷 안 사준다고 심통을 부리더니 교복 입고 찍었어요. 1학년 때."

"잘 나왔는데요."

"여드름 생겼을 때 찍었다고 두고두고 싫어했어요. 나중에 꼭 다시 찍자고 했는데……."

사모는 거실 바닥에 놓인 나무 탁자 위에서 성경책을 밑으로 치우더니 방석 하나를 가져다놓았다.

"여기 앉으세요. 마실 거라도 내올게요."

"아니, 괜찮습니다."

"잠깐만 앉아 계세요."

사모가 거실을 가로질러 주방으로 갔다. 안 쓰는 방 하나를 터서 다른 집보다 두 배는 넓은 거실과 대리석 식탁, 가스레인지, 싱크대 주변에 잡티 하나 보이지 않고, 식기나 접시 등도 완벽하게 정리된 모습에서 살림 솜씨를 알 만했다. 거실 끝 좌우로 마주 보는 두 방 중 왼쪽이 안방이고, 오른쪽이 백과장이 집에서 일을 볼 때 사용하는 서재였다. 원래도 42평 아파트는 세 식구 살기에 운동장이었는데, 이제 두 식구만 남았으니 집 전체에 황량한 느낌마저 감돌았다.

방석에 앉아 잠시 기다리자 사모가 쟁반을 들고 왔다. 쟁반 위에는 커피 두 잔이 김을 모락모락 내뿜었고, 쿠키가 담긴 접시도 놓여 있었다. 사모가 탁자 위에 커피와 쿠키를 내려놓는 걸 거들고는 말없이 커피 한 모금을 마셨다.

"뜨겁지 않으세요?"

"괜찮습니다."

사모와 마주 앉아 커피를 마시며 새삼 그녀의 얼굴을 바라보았다. 몇 년 전에 비해 안색이 좋아 보이지 않는 것은 은애의 죽음 때문일 것이다. 하지만 푸석푸석해진 피부와 생기 없이 축 늘어진 파마머리조차도 그녀의 유명했던 미모만큼은 숨기지 못했다.

인천에서 경찰에 몸담은 사람치고 백과장과 사모 강일화의 로맨스를 모르는 이가 없었다. 처녀시절에 사모가 운영했던 꽃집에 강도가 들었다. 그때 막 순경 딱지를 뗀 백과장은 수사를 나갔다가 그만 사모에게 홀딱 반하고 말았다. 강도는 금방 잡았지만 백과장은 꽃집에 발길을 끊지 않았다. 일곱 살이나 많은 백과장의 구애를 단칼에 사모가 거절했음에도 비가 오나 눈이 오나 날마다 찾아가 장미꽃 한 다발을 샀고, 백 번째 꽃다발을 샀던 날 사모는 수줍게 고개를 끄덕여 교제를 허락했다. 결혼식 날에는 단춧구멍 눈에 난쟁이 똥자루 형사가 황신혜 버금가는 미인을 잡았다고 경찰들이 어찌나 구경을 왔는지 예식장이 터져나갈 지경이었다고 한다.

"아직도 많이 힘들죠?"

"……그래도 많이 나아졌습니다."

사모는 이 상황에서도 먼저 내 안부부터 묻는 사람이었다.

"제가 호진 씨 입장이 되고 보니 알겠더라고요. 호진 씨가 얼마나 힘들었을지……."

사모의 슬픔에 공감하지 못하는 바는 아니었지만 예나의 얘기를 듣고 싶지 않았다. 나는 사모의 얘기를 끊고 물었다.

"사건은 어떻게 좀 진전이 있습니까?"

"글쎄, 그이가 통 말을 안 해줘서요. 빨리 범인 잡아야죠. 그래야 은애한테 무슨 일이 있었는지 똑똑히 알 수 있을 테니까."

사모의 벌게진 눈에 단호함이 실렸다. 나는 이때다 싶어 질문을 이어갔다.

"제가 봐도 정말 그럴 애가 아닌데, 대체 은애한테 무슨 일이 생겼던 걸까요? 혹시 은애가 언제 처음 집에 안 돌아왔는지는 기억나세요?"

"제가 날짜도 안 잊어먹어요. 6월 21일이예요. 기말고사 다 마치고 여름방학 시작되는 날이었는데, 애가 밤늦게까지 전화도 없이 안 들어오는 거예요. 그날도 남편은 야근이라 저만 밤새 뜬눈으로 기다렸죠."

"휴대폰은요?"

"웬걸요. 암만 걸어봐야 꺼져 있었어요. 걔가…… 그렇게 발견될 때까지 하루에 몇 번씩 전화를 계속했어요. 근데도 한 번도 켜져 있는 날이 없더라고요. 남편 일 때문에 실종신 고도 못하고 속만 끓였죠. 대체 어디서 뭘 하고 있나 궁금해 죽을 것 같았는데, 그런 이상한 거나 찍고 있었다니…… 혹시 납치당해서 억지로 찍은 게 아닐까요?"

느닷없는 질문에 당황했다. 백과장의 말대로 사모는 은애의 죽음이 공식화된 이후에 포르노 동영상에 대해 처음 들었고, 아직껏 실물을 보지도 못한 듯했다. 내가 직접 본 바로는 납치나 강제로 찍은 징후 등은 거의 느끼지 못했지만 사모의 얘기를 마냥 무시할 수만도 없었다. 남모르는 약점 같은 것을 잡혀 어쩔 수 없이 촬영에 응한 것인지도 모르고, 마약이나 성적 흥분을 유발하는 최음제를 몰래 먹이고 촬영을 시켰다는 가능성도 존재했다.

"은애가 대학 들어가서 좀 달라진 게 있었나요?"

"모르겠어요. 대학 들어가고는 은애하고 통 대화를 해본 적이 없네요."

사모가 고개를 저으며 말했다. 내 대학 생활을 떠올려보니 이해가 갔다. 대학에 처음 입학하고 나면 몇 달간은 정말 정신이 하나도 없다. 공부만 파던 고등학교와 대학의 문화는 하나에서 열까지 모두 다르기 때문이다. 처음 등교하던 날, 나에게 담뱃불을 빌려달라던 남학생이 있었다. 그때나 지금이나 담배를 피우지 않기에 불을 빌려줄 수는 없었지만 고교때는 숨어서 피워야만 했던 담배를 눈치 보지 않고 피울 수 있다는 사실을 처음으로 깨닫고 신선한 충격을 받았다. 얼른 시들해지기 마련이지만 대학 생활 초반에는 낯선 문화를 따라잡기 위해 많은 노력이 필요한 법이다. 또한 태어나서 처음으로 주어지는 많은 자유와 시간들을 즐기느라 집은 거의 잠자는 곳의 역할만 할 뿐이다. 은애 역시 분명히 그랬을 테니 어머니와 대화할 시간 따위는 잠시도 내기 힘들었을 것이다.

"우울해 보이거나 뭔가 고민하는 눈치는 못 채셨어요?"

"얼굴을 보여줘야지 그런 걸 알죠."

당연한 대답이었다. 그 뒤로 몇 마디를 더 섞어봤지만 사모를 통해서는 더 이상 나올 게 없어 보였다. 나는 조심스레 은애의 방을 봐도 되겠냐고 물었다. 아무리 죽고 없는 딸이라도 외간남자에게 방을 함부로 보여주기 뭐한지 사모는 난처한 표정이었다.

"아직 그대로이긴 한데……."

"저도 형사였잖아요. 한 번 둘러보고 뭐라도 찾으면 수사에 도움이 될 수도 있습니다."

사모는 말없이 고개를 끄덕이고는 나를 주인 잃은 방 앞으로 안내했다. 사모가 문을 열고 들어가자 나도 따라 들어갔다. 두 달이 넘게 비어 있었지만 사모가 자주 청소했는지 깔끔한 방이었다. 책상과 침대, 화장대, 미니 오디오가 가구의 거의 전부였고, 방 끝에 좁은 발코니로 통하는 유리 미닫이문이 보였다. 침대 맞은편 벽이 약간 튀어나와 있어 살펴보니 양쪽으로 여는 나무문이 붙어 있었다.

"거긴 옷장이에요. 그럼 천천히 살펴보세요."

사모는 고개를 살짝 숙이고 밖으로 나갔다. 나는 주의 깊게 방을 둘러보았지만 기대보다 살림살이가 너무 적어 뭐가 나올 것 같지도 않았다. 방의 대부분을 차지하는 침대 위에는 노란 여름 이불이 잘 개어져 있고, 그 위에 한 쌍으로 보이는 노란 베개가 올려져 있었다. 가을로 향해가는 시기에 여름 이불이 괜스레 차갑게 느껴졌다. 침대 옆면 하단에는 침대 길이에 맞춰 두 개의 긴 서랍이 들어 있었다. 침대 밑의 자투리 공간을 효율적으로 활용하는 그 서랍들을 열어보자 브래지어와 양말, 스타킹 등의 내의가 차곡차곡 정리되어 있었다. 어쩌다 보니 은애의 몸 구석구석을 보게 되었지만 주인 없는 아가씨의 속옷을 볼 권리는 없다. 나는 재빨리 서랍을 닫았다.

몸을 일으켜 책상 앞에 섰다. 평범한 나무 책상 깊숙이 바퀴가 달린 의자가 들어가 있었다. 책상 위쪽에는 주석으로 만든 십자가 예수상이 걸려 있었다. 종교를 믿지 않는 사람임에도 내 손바닥보다 작은 예수에게 범인을 찾을 수 있는 지혜를 내려달라고 빌었다. 책꽂이에는 <漢國 文學의 理解(한국 문학의 이해)>와 <국문학 100년사> 등의 두툼한 전공 서적들이 꽂혀 있었고, <데미안>이나 <노인과 바다> 류의 청소년 필독서도 보였다. 혹시 짧은 메모라도 있지 않을까 해서 전공 서적을 몇 권 꺼내 훑어보았더니 줄 하나 그어져 있지 않았다. 책꽂이 아래에 덩그러니 놓여 있는 필통을 열어보았지만 화려한 색깔의 필기구들 외에 특별한 것은 눈에 띄지 않았다. 필통 옆의 묵주를 들어 살펴보았다. 역시 나무로 깎은 십자가와 구슬이 달린 평범한 물건이었다.

책상 밑단에 서랍 세 칸이 있었다. 위의 두 칸은 같은 크기이고, 마지막 칸은 위의 두 칸을 합친 것 만한 크기였다. 위의 서랍을 열어보았더니 알록달록 예쁜 모양의 종이상자가 서랍 전체를 채우고 있었다. 뚜껑을 열자 편지가 가득 들어 있었다. 제일 위에 놓인 편지를 꺼내 읽어보았다. 내심 중요한 정보가 실려 있을지도 모른다고 기대했지만 단순한 고교 시절의 우정 편지에 불과했다. 다른 편지들을 차근차근 살펴보았다. 디자이너가 작업한 것 같이 예쁜 글씨의 편지를 비롯해 꽃이나 긴 머리의 여인을 그려놓은 편지도 보였다. 그러나 불여우의 눈을 한 담임 선생을 만화체로 그려놓은 편지 등 전부 평범한 여고 친구들과 주고받은 것뿐이었다.

두 번째 서랍에는 머리핀과 같은 액세서리들이 가득 들어 있었다. 과일이나 만화 캐릭터 모양 등 조금은 어린 여학생의 취향에 가까운 것으로 봐서 주로 대학 입학 전에 썼던 것으로 보였다. 아마도 더 이상 쓰지 않게 됐기 때문에 서랍에 처박아둔 것 같다.

가장 커다란 마지막 서랍에서는 이렇다 할 만한 게 나오지 않을까 제법 기대를 걸었다. 서랍 속에는 시디가 가득 들어 있었다. 어쩌면 촬영해둔 포르노 동영상을 시디에 넣어놓은 게 아닐까 싶어 가슴이 뛰었다. 하지만 한 장, 한 장 확인해 보니 전부 우리나라 남자 아이돌 그룹의 정식 음반이었다. 케이스를 열고 겉표지와 속에 든 시디를 살펴보니 딱 맞는 한 세트일 뿐 전혀 이상한 점을 찾을 수 없었다. 은애가 음악을 좋아한다는 평범한 사실만 확인할 수 있을 따름이었다. 이렇게 음반이 많은 걸 보니 은애는 고등학교 시절 용돈을 대부분 음반 구입에 투자한 것 같았다. 음반들을 한 번 더 훑어보았다. 그 많은 음반 중에 내가 아는 팀은 단 하나도 없었다.

나는 책상 왼쪽의 화장대로 향했다. 둥그런 거울이 붙은 나무 화장대에는 의자가 들어갈 자리가 비어 있었다. 아무래

도 화장을 할 때는 옆 책상의 바퀴 의자를 굴려 화장대로 가
는 것 같았다. 거울 아래 공간에 몇 가지 화장품이 놓여 있
었는데 유리병에 든 크림과 로션, 립스틱, 향수 같은 것들이
몇 개 있을 뿐 그다지 많은 양은 아니었다. 더 나이를 먹으
면 모를까 찍어 바르지 않아도 화사할 나이에 무슨 화장품이
그리 필요하겠는가.

화장품 옆에는 화려한 색깔로 채색된 코끼리 장식품이 놓
여 있었다. 은애는 인형이나 장식품을 좋아하는 성격이 아닌
지 십자가를 제외하면 방에 그런 것들이 일절 없었는데, 코
끼리라니 어쩐지 어울리지 않는다는 생각이 들었다. 사기로
상당히 정교하게 만들어진 코끼리는 코를 하늘 위로 당당히
치켜들었고, 머리와 등에는 붉은색 모자와 천을 걸치고 있었
다. 들어보니 뜻밖에 묵직한 코끼리의 허연 아랫배 쪽을 무
심코 봤다가 가슴이 먹먹해졌다.

'2017년 크리스마스 아빠, 엄마랑 파타야에서.'

검은색 펜으로 쓴 글귀였다. 작년 겨울, 은애 가족은 은애
의 대학 입학을 축하하기 위해 태국에서 크리스마스를 함께
보낸 듯하다. 다시는 셋이서 오순도순 떠날 수 없는, 백과장
일가의 마지막 가족 여행의 전리품을 조심스레 제자리에 돌
려놓았다.

코끼리 옆의 나무 바구니에도 머리끈과 핀 등의 액세서리

가 들어 있었다. 서랍 속의 것들보다는 확실히 성인 취향이라 이게 요즘 쓰는 것들인가 싶었다. 화장대 위에는 화장품, 코끼리 장식품, 액세서리 바구니가 전부였다. 여기에는 서랍도 없다.

이제 방에서 조사해볼 곳은 침대 맞은편 벽 속의 옷장밖에 남지 않았다. 양쪽으로 문을 잡아당겨 옷장 안을 보았다. 옷장 위쪽을 가로지르는 금속 봉 아래에 옷걸이에 걸린 옷들이 주르르 매달려 있었다.

주로 겨울 외투와 정장풍의 옷들이 걸려 있어 주머니를 확인해봤지만 나오는 것은 동전 한 개가 전부였다. 옷장 바닥에는 잘 개어놓은 티셔츠와 바지들이 차곡차곡 쌓여 있었다. 바지들 역시 주머니를 확인했지만 아무것도 없었다. 개어둔 옷 옆에는 여성용 백이나 백팩 등이 정리되어 있었다. 제일 위에 놓인 직사각형 클러치백을 꺼내보니 나 같은 문외한이 봐도 다른 가방들보다는 훨씬 고급품 같았다. 검은색 가죽으로 된 클러치백 중앙에는 둥그런 형태의 도금 버클이 달려 있었는데, 버클 안에 새겨진 제조사 로고가 특이했다. 날름거리는 혓바닥과 비늘까지 정교하게 묘사된 뱀 두 마리가 십자로 교차되는 형태의 로고가 확실히 애들 물건은 아니었다. 나는 검은색과 금색으로만 이루어진 클러치백의 자석 버클을 열고 안까지 꼼꼼히 살펴보았다. 가방 안은 텅 비어 있었다.

옷장 문을 닫고 발코니로 통하는 미닫이문 쪽에 다가갔다. 미닫이를 열고 나가보자 커다란 교자상이나 스케이트보드 모양의 다리미판, 아령 같은 덩치 크고 당장 쓰이지 않는 물건들이 정리되어 있는 창고에 다름 아니었다.

다시 방 안으로 돌아오니 한숨밖에 안 나왔다. 거의 한 시간을 허비했지만 찾은 것이 없었다. 형사의 눈으로 보면 뭔가 실마리가 나올 거라는 근거 없는 희망이 완전한 참패로 끝난 것이다.

나는 은애의 방에서 거실로 나갔다. 나무 탁자에 손을 얹고 무릎을 꿇은 사모가 기도를 하고 있었다.

"주님의 딸 레아의 평온한 잠을 기도드립니다."

나는 기도를 방해하지 않기 위해 조용히 서 있었다. 기도가 끝나려면 시간이 필요할 것 같아 은애의 방 맞은편의 화장실에 들어갔다. 소변을 보고 손을 닦다가 화장실 거울 위에도 묵주가 걸려 있는 걸 보았다. 화장실에도 천주교의 성물이 걸려 있는 걸 보니 보통 독실한 가톨릭 집안이 아닌 듯했다. 레아라는 낯선 이름은 아마도 은애의 세례명이 아닐까 싶었다.

화장실에서 나오자 사모는 '아멘' 소리와 함께 눈을 뜨고 나를 보았다. 사모가 자리에서 일어났다.

"어떻게 좀 찾은 게 있나요?"

사모의 물음에 대답하기 난처했다. 내 표정을 보고 대충 짐작이 가는지 사모의 얼굴빛 역시 좋지 않았다.

"죄송합니다. 은애 방에서 특별한 건 못 찾았어요. 너무 실망하진 마세요. 저보다 훨씬 뛰어난 형사들이 조만간에 꼭 범인 잡을 겁니다."

나는 사모의 배웅을 받으며 아파트 문을 나섰다. 인사를 마치고 고개를 들었을 때 사모는 입술을 앙다물고 울음을 참는 표정이었다. 내가 가자마자 참았던 울음을 토해낼 것이라는 생각이 들었다.

## 17

아파트를 나와서 큰길로 향했다. 다음 행선지는 이미 은애가 다녔던 대학교로 정해놓았다. 내가 오늘을 재수사 개시일로 잡은 것도 오늘이 바로 인하대학교의 2학기 개강 첫날이었기 때문이다. 모든 일은 은애가 대학에 입학한 다음에 벌어졌다. 직접 그곳에 가보지 않고서는 문제의 핵심을 파고들 수 없을 거라고 내 직감이 속삭이고 있었다.

택시를 타려다 생전 은애가 타고 다녔을 지하철을 선택했다. 대로를 따라 동쪽으로 10여 분쯤 걷자 인천지하철 1호선 캠퍼스타운역이 나왔다. 주변에 아파트 단지밖에 없는데 어디가 캠퍼스타운인지 모를 일이었다. 지하철을 타고 세 정거장을 가서 원인재역에서 수인선으로 환승했다. 여기서도 세 정거장을 더 가면 인하대역이다. 11시경의 지하철 칸은 나

말고 승객이 두 명에 불과했다. 나는 은애의 평소 등굣길을 차분히 둘러보며 난관을 타개할 아이디어를 기대했지만 앉자마자 일어난 격이라 그럴 새도 없었다.

대학생으로 보이는 아이들을 따라 5번 출구로 나와보니 운동장으로 통하는 길이 뻗어 있었다. 이 운동장 너머에 목적지인 5호관 건물이 위치했다.

인하대는 1950년대에 설립되어 역사도 깊고, 예전부터 특히 공대가 유명했다. 인천에서 성적이 어지간한 고등학생은 대개 이곳으로 진학하니 인천의 직업 현장 곳곳에 동문도 많다. 고등학교 시절 반에서 5등쯤 했던 나도 웬만하면 인하대를 가겠거니 했는데, 대기자로 걸어놓은 서울의 중위권 대학에서 연락을 받는 바람에 이곳과는 인연이 없었다. 그때가 1998년이니 벌써 20년 전 일이다. 새삼 내가 늙었다는 사실을 절감하며 운동장을 가로질렀다.

막 개강한 캠퍼스답게 이곳저곳에 생기가 가득했다. 방학도 처음 며칠이나 좋지 매일 집에만 있으면 금방 답답해진다. 방학 내내 못 만났던 친구들과 모처럼 재회한 학생들은 남녀를 불문하고 참새 떼처럼 시끄러웠다. 운동장에서 학부 건물로 나란히 향해 가면서, 또는 아예 멈춰 서서 쉴 새 없이 재잘댔다. 학생들이 와자지껄 웃는 소리를 뒤로하고 운동장 계단을 오르자 5호관 앞의 잔디밭이었다. 그곳의 벤치에도 판을 깔고 도시락을 먹는 학생들 천지였다. 집에서 싸온 도시락도 아니고 편의점에서 파는 플라스틱 용기 도시락에 불과했지만 학생들은 산해진미나 되는 것처럼 정신없이 음식을 빨아들였다. 애들이 맛나게 음식을 먹는 모습만 봐도 그저 흐뭇하니 내가 정말 늙긴 한 모양이다.

어젯밤 인터넷으로 찾아본 5호관은 중앙의 네모난 공터에 녹지를 조성한 거대한 미음(ㅁ)자 형의 건물이었다. 동서남북의 4면으로 이뤄진 이 건물의 남쪽 2층에 은애가 다녔던 한국어문학과의 사무실이 있었다. 5호관 정문 앞의 경비실을 지나 훤히 개방된 정문을 통과했다. 중앙의 계단통에서 양옆으로 갈라져 위층으로 이어지는 구조의 계단을 바삐 오르내리는 학생들과 부딪쳐가며 2층으로 올라갔다. 날듯이 계단을 오르는 학생들과 숨을 헐떡이며 계단을 오르는 나는 인간의 노화 과정을 고스란히 보여주는 비교 자료였다.

과 사무실 앞에 전 학년 시간표가 붙어 있었다. 마침 12시가 1학년 전공필수 과목인 '한국 문학의 이해' 수업이 끝나는 시간이었다. 한 층을 더 올라 명패를 일일이 확인해가며 강의실을 찾았다. 건물 서쪽 면 401번 강의실에 도착해보니 안에서 마이크 소리가 새어 나왔다. 나는 강의실 앞문에 잡상인처럼 멀거니 서서 수업이 끝나기를 기다렸다.

30분 동안 하품을 서른 번쯤 했더니 수업이 끝나는 분위기였다. 교수가 채 강의실을 나가지도 않았건만 교실 안에서 웅성거림이 커지는 걸로 봐서 오늘은 어디서 뭘 하고 시간을 때울 것인지가 세상에서 가장 중요한 문제라도 되는 양 격렬하게 토론하는 모양이었다. 이윽고 앞문이 열리고 백발의 노교수가 나왔다. 나도 모르게 꾸벅 인사하자 교수가 인사를 받았다. 교수가 조금씩 멀어짐과 동시에 학생들이 쏟아져 나왔다.

나오는 학생들을 유심히 지켜보았다. 학생들은 대체로 그룹을 지어서 나왔는데 여학생들은 쌍쌍으로 다니는 경우가 많았다. 그중 유독 혼자 강의실을 빠져나와 나를 지나쳐 복도 저편으로 터덜터덜 걸어가는 여학생이 있었다. 왠지 조용하고 수줍음이 많아 보이는 그 여학생의 뒤를 쫓아갔다. 아무래도 은애가 여자이다 보니 처음부터 여학생을 찾고 있었다. 학생들이 거의 보이지 않는 복도 끝에서 재빨리 여학생의 앞을 가로막고 말을 붙였다.

"이봐요, 학생. 뭣 좀 물읍시다."

"네?"

눈에 띄게 당황하고 있다. 마치 알코올중독자 흉물에게 난데없이 사귀자는 말이라도 들은 표정이었다. 아직 앳된 티가 남은 얼굴에 병아리를 그린 티셔츠, 청바지를 입은 수수한 인상의 여학생이었는데 아버지를 제외한 중년 남자와는 별로 말을 섞어본 적이 없는 듯했다.

"학생, 백은애라고 알죠?"

"……네."

"은애, 얼마 전에…… 그렇게 된 것도 알아요?"

"네, 들었어요."

처음 보는 남자가, 그것도 인상도 과히 좋지 않은 중년 남자가 죽은 과 동기에 대해 묻는데도 주섬주섬 대답을 한다. 이 아이는 아직 청소년의 옷을 벗지 못했다. 어른이 물어보면 무조건 대답해야 하는 걸로 철석같이 믿고 있다.

"난 은애 삼촌이야. 아, 나도 모르게 반말했네요. 편하게 말해도 될까요?"

"네."

"은애 삼촌인데, 우리 은애한테 무슨 일이 일어났는지 부모님이 너무 답답해 하셔서 알아보러 온 거야."

"죄송해요. 장례식 갔어야 했는데……."

여학생이 붉어진 얼굴로 모기 소리만큼 작게 말했다.

"괜찮아. 바쁘면 못 올 수도 있지. 은애랑 친하게 지냈니?"

"……아니요."

장례식도 안 왔을 정도면 굳이 물어볼 필요도 없었는데 역시 그랬다.

"사실 저 은애 잘 몰라요. 친하지도 않았고요."

내가 받은 인상으로는 은애뿐 아니라 누구와도 그다지 친하지 않을 것 같은 아이였다.

"그럼 은애가 누구랑 친했니?"

"글쎄요. 지난 학기 때 거의 한 마디도 안 해봐서…… 삼공주랑 같이 다니는 거 몇 번 보긴 했는데요."

"삼공주?"

내가 되묻자 여학생은 순식간에 홍시처럼 상기된 얼굴로 말을 이었다.

"별명이에요. 그렇게 부르면 안 되는데…… 우리 과에서 제일 유명한 여자애들이에요."

"뭐로 유명한데?"

"그냥……."

"아저씨한테 편하게 말해봐."

전혀 편하지 않은 듯 여학생은 한참을 망설였다.

"저도 잘 모르는데요."

"아는 만큼만 얘기해줘."

"과에서 제일 잘 나가는 애들이에요. 리더가 지현인데."

"지현이? 잠깐만."

무심코 주머니를 뒤적였다. 예전 같으면 늘 휴대하고 다니던 다이어리에 메모를 적었을 텐데 지금은 그런 걸 안 키운다. 아무리 이제 형사가 아니라지만 나도 참 준비성이 없는 놈이다. 그때 여학생이 눈치 빠르게 가방을 열어 노란 포스트잇을 꺼냈다. 포스트잇을 한 장 주기에 펜도 부탁했다.

"성이 뭐야?"

"김이요. 김지현. 명혜경, 김혜진, 그리고 이선태가 은애랑 같이 다니는 멤버였어요."

펜을 바쁘게 놀려 이름을 다 받아 적었다.

"걔들 평판은 어떠니?"

대답이 없다. 망설이는 눈치라서 작게 고개를 끄덕여 뒷말을 재촉했다.

"글쎄요. 별로 안 좋아요. 집도 잘 살고, 잘 나가는 애들만 모여서요."

"공주 과라 이거야? 아, 그래서 삼공주구나."

"……네. 좀 못 살고 별로 못 생긴 애들은 무시하고 그래요."

어떤 애들인지 대강 알 만했다. 고등학생도 아니고 대학생이 이렇게 철이 없나 싶어 우선 놀랐고, 은애가 그런 애들이랑 친했다는 사실에는 두 배 더 놀랐다. 적어도 내가 아는 은애와는 물과 기름처럼 판이하게 다른 애들 같았지만 곁에서 은애를 지켜본 것도 아니니까 확신할 수는 없었다.

"삼공주는 어디 가면 볼 수 있을까?"

"아마 아직 '펑거팁'에 있을 거예요. 아까 중간 쉬는 시간에 남은 수업 안 듣고 펑거팁으로 밥 먹으러 간다고 들었어요."

"펑거팁은 어디 있는데?"

"후문으로 나가시면 술집하고 밥집들 쭉 있거든요. 큰길 따라서 쭉 가시면 보일 거예요."

더 이상 물어볼 것은 없어 보였다. 나는 시간을 내줘서 고맙고, 시간을 빼앗아서 미안하다는 인사를 남겼다.

"저기…… 다시 한 번 사과드릴게요. 꼭 갔어야 했는데……."

미안함을 아는 여학생은 고개를 꾸벅하고는 달음질쳐 사라졌다. 꼭 교무실에서 교사와 불편한 면담을 끝내고 서둘러 교실로 돌아가는 여고생 같았다.

## 18

1층으로 내려왔다. 지나가는 짧은 머리의 남학생에게 후문 가는 길을 묻고, 5호관 건물을 반 바퀴 돌아 북쪽의 문밖으로 나왔다. 같은 방향으로 조금 걷자 후문 식당가로 나가는 쪽문이 담장 한 켠에 뚫려 있었다. 수많은 학생들과 함께 쪽문을 나서자 바로 횡단보도 앞이었다. 길 저쪽에 커피숍과 음식점, 술집 등이 빼곡히 들어선 상가 건물들이 빈틈없이 거리를 채우고 있었다.

학생들 틈에서 잠시 파란색 신호를 기다리는데 갑자기 학생들이 우르르 건너기 시작했다. 무심코 따라 건너려다 보니 신호등이 아직 빨간색이다. 몇 초 후 신호등에 파란색 불이 들어왔다. 젊음이란 기다리는 것을 잠시도 참을 수 없는 것이리라. 나도 저 나이 때는 저랬던 것 같다. 기다리는 건 정말 싫었다. 무조건 빨리, 내 앞에 다가올 인생을 확인하고 싶었다. 내가 맞이한 건 죽음과도 같은 어두운 결말이나 다름없었지만 저 학생들만큼은 다르길 진심으로 빌었다.

인하대를 다니지는 않았어도 인천에서 40년을 살았고, 여기 후문가에서 마신 술만 해도 수영장 하나는 가득 채운다. 헤매지 않고 후문가의 주도로인 큰길로 나갔다. 명색이 대학가인데도 서점이나 기타 공부하는 것에 관계된 상점은 단 하나도 보이지 않았다. 대부분 주점과 음식점이었다. 계속 상호를 확인하며 큰길을 북쪽으로 올라갔다. 제법 걸었다고 생각할 때 거리 분위기가 살짝 변했다는 것을 감지했다. 지나쳤던 곳들이 대개 학생들 주머니 사정에 걸맞은 느낌이었다면 지금 보이는 곳들은 외부 인테리어나 건물 치장 등이 훨씬 세련되게 보였다. 아무래도 후문에서 멀어질수록 비싸고 고급스러운 가게들이 많아지는 모양이었다.

핑거팁은 흰 목재로 외벽을 장식하고, 담쟁이덩굴이 벽면 가득 늘어진 2층 건물의 2층에 있었다. 건물 안으로 들어가 계단을 올라 핑거팁의 문 앞에 섰다. 문을 열고 들어가자 문에 붙어 있던 종에서 맑은 소리가 났다. 실내에는 곳곳에 담쟁이 화분이 놓여 있었고, 테이블과 의자는 전부 흰색이라 지친 눈에 시원하게 다가왔다. 카운터 앞에서 유럽풍의 고풍스런 프릴과 레이스가 달린 옷을 입은 20대 웨이트리스가 눈웃음을 치며 인사했다. 나는 아르바이트로 보이는 웨이트리스가 귀찮게 할까 봐 선수를 쳤다.

"사람 좀 찾겠습니다."

"아, 일행 있으세요?"

일행은커녕 불청객에 가깝지만 말없이 고개를 끄덕이고 메모지를 꺼내 이름을 확인했다. 김지현이라는 이름을 대자 알프스에서 막 도착한 듯한 웨이트리스는 잠시 기다려달라는 말을 남기고 안쪽으로 들어갔다. 잠시 후에 돌아온 웨이트리스를 따라 테이블이 배치된 중앙 공간 너머로 깊숙이 들어갔다. 점심시간임에도 학생들이 오기에는 부담스러운 가격인 듯 자리는 거의 비어 있었고, 맨 안쪽 창가에 놓인 4인용 테이블의 여대생 세 명이 유일한 손님이었다.

한쪽에 두 명, 맞은편에 한 명이 앉은 테이블 위에는 커피잔 세 개가 놓여 있었고, 물이 담긴 유리컵과 크림을 담은 작은 주전자도 보였다. 알프스 소녀는 그 테이블 앞에서 뒤로 돌아 나를 보았다.

"이분이 김지현 씨예요."

혼자 창가 쪽으로 들어가 앉은 여학생이 김지현이었다. 내가 고맙다고 하자 알프스 아가씨는 좋은 시간 보내라는 인사를 남기고 카운터로 돌아갔다. 이 모든 과정을 김지현은 표정 없이 바라보고 있을 뿐이었다. 나는 여전히 김지현의 곁에 선 채로 말했다.

"너희들이 은애 친구라며? 난 은애 삼촌인데, 은애 일 때문에 왔어."

김지현은 바퀴벌레라도 본 양 눈살을 찌푸리며 입을 열었다.

"누가 반말하래요?"

눈초리만큼이나 싸늘한 말투였다.

"은애랑 제일 친한 친구들이라고 해서……."

"그래서 누가 반말하랬냐고요?"

은애의 삼촌을 가장한 터라 편하게 접근하려다 역효과를 낸 셈이었다. 나는 아무 말도 하지 않고 김지현을 탐색했다. 갈색으로 염색한 머리가 어깨 밑까지 치렁치렁한 예쁜 아이였다. 자연스럽게 웨이브 진 머리가 돋보였지만, 그 머리를 만드는 데는 자연스럽지 않은 과정이 필요했을 것이다. 그 또래의 청순하고 단정한 여대생 같은 어여쁨이 아닌 어딘가 차가운 느낌이 도는 미모의 소유자인 김지현은 소매가 없는 검은색 블라우스와 같은 색의 치마를 입고 있었다.

"허락 없이 반말한 건 미안해요. 조카 친구들이라기에 나도 모르게……."

"아저씨, 우리 귀찮게 하지 말고 그냥 가지."

시원스럽게 큰 입에서 나오는 말치고는 내용이 좋지 않았다. 은애가 이렇게 무례한 아이와 친구였다는 사실을 믿기 힘들었다.

"몇 가지만 물어볼게. 네가 김지현이지?"

어차피 저쪽도 반말이니 나만 손해 볼 수는 없었다. 나는 김지현 맞은편에 앉은 두 여학생에게 물었다.

"누가 명혜경이고, 누가 김혜진이니?"

나와 가까운 여학생이 잠시 망설이다가 답했다.

"제가 명혜경인데요."

명혜경 역시 눈에 띄는 외모였다. 곧게 편 머리가 찰랑찰랑 윤기를 발했고, 눈이 몹시 컸다. 그녀는 쥐색 계통의 치마 정장을 입고 있었다. 명혜경 옆 창가 쪽의 김혜진은 김지현이나 명혜경 정도의 미모는 아니었고 귀여운 느낌이 도는 얼굴이었다. 눈이 작은 게 흠이라면 흠이었지만 귀여운 인상을 완성시키는 데는 나름대로 한몫을 하고 있었다. 김혜진은 노란 재킷에 줄무늬 티셔츠를 받쳐 입었고, 하의는 노란색 치마를 입었다. 잘은 몰라도 세 여학생이 입은 옷은 전부 명품 같았다. 가난하고 못난 학생들을 무시한다더니 예쁜데다 잘 차려입기까지 한 세 여학생에 은애까지 같이 다닌다면 시선을 꽤나 받을 듯했다.

"잠깐 앉아도 될까?"

유일하게 비어 있는 김지현의 옆 의자에는 낯익은 클러치백이 놓여 있었다. 검은색 가죽에 혀를 날름거리는 뱀 두 마리가 새겨진 도금 버클, 은애의 방에서 봤던 것과 같은 물건이었다. 한나절도 안 돼서 똑같은 클러치백을 두 번 봤다. 아마도 요즘 여대생들 사이에서 가장 유행하는 가방인 모양이다.

"아저씨, 좋게 말할 때 그냥 가."

가방을 치워줄 생각이 전혀 없는 듯 가만히 나를 노려보던 김지현이 말했다. 노기로 붉게 충혈된 두 눈동자가 붉은 보석을 박아 넣은 클러치백 버클의 세모 꼴 뱀 눈과 판박이였다.

"은애 이야기만 들으면 가지 말래도 갈 거다."

내가 세게 나가자 명혜경과 김혜진은 안절부절못하는 눈치였지만 김지현은 눈 하나 깜빡하지 않았다. 보통내기가 아니었다.

"그래서 뭘 물어볼 건데?"

"은애가 집에 안 들어왔을 때 은애한테 따로 연락받은 적 없어?"

"없는데. 너희들은 있니?"

김지현의 질문에 명혜경과 김혜진이 동시에 도리질을 했다.

"은애는 방학하는 날 사라졌지. 방학 직전에 은애한테 뭔가 달라진 점은 없었어? 뭔가 고민하는 것 같았다든지. 친구들이니까 느낌이 있었을 거 아냐?"

"아우, 몰라. 솔직히 걔 우리 친구도 아냐. 원래 우리하고 같이 어울릴 수준도 아니고. 안 죽었어도 어차피 2학기 때는 멤버에서 제명시킬 생각이었어."

"아무리 친구가 아니었어도 같은 학과 동기가 그렇게 됐는데 꼭 말을 그렇게 해야 되겠어?"

인상을 팍 구기며 노골적으로 짜증을 드러내는 김지현에게 기분이 상했다. 그러나 내 나무람에도 김지현은 별 반응을 보이지 않으며 심드렁하게 말했다.

"그러니까 귀찮게 하지 말랬잖아. 누가 나하고 말하래."

억지로 화를 삭인 다음 다시 물었다.

"좋아, 너희들은 은애의 친구가 아니었다…… 그럼 은애하고 친한 사람은 누구였니?"

그 순간, 김지현의 눈에서 불이 번쩍이는 걸 보았다.

"아, 진짜 웃기는 사람이네. 내가 은애 엄마야? 누구하고 친한지 내가 어떻게 알아. 귀찮게 하지 말고 꺼지라니까 말되게 안 듣네. 아저씨, 그러다 다쳐. 에이, 우리가 일어나자."

마지막은 명혜경과 김혜진에게 하는 말이었는데, 두 사람은 지시가 떨어지기 무섭게 자리에서 일어났다. 바깥쪽에 앉은 명혜경이 얼른 일어서서 김지현의 클러치백을 집어 들었다. 은애도 두 여학생처럼 김지현의 시녀 노릇을 하고 있었을까 생각하니 마음이 무거워졌다. 도대체 김지현의 무엇이 아이들을 저토록 위축되게 만들었을까?

나는 카운터 쪽으로 향하는 세 여학생의 뒤를 쫓으며 말했다.

"가기 전에 이선태 연락처나 알려줘. 개도 너희랑 같은 멤버라면서."

"참 나, 이선태가 멤버란다. 개도 백은애랑 똑같은 짝퉁이야. 그런 애가 감히 우리 같은 진짜랑……."

"밀라노에 있어요."

원하는 답을 줘서 빨리 쫓아버리고 싶었는지 명혜경이 나섰다. 그러자 김지현은 눈을 부라리며 윽박지르기 시작했다.

"야, 이 병신아! 네가 감히 내 말을 잘라!"

명혜경은 고개만 푹 숙이고 아무 대꾸도 하지 못했고, 어지간히 굴욕적이었는지 눈에서는 눈물이 반짝였다. 내가 빨리 사라져야 명혜경과 김혜진이 구박을 받지 않을 듯했다. 나는 그 아이들보다 먼저 펑거팁을 나섰다. 문을 나가면서 살짝 보니 김지현은 여전히 명혜경을 혼내고 있었고, 김혜진은 카드로 계산을 하고 있었다.

## 19

다행히 진짜 이탈리아의 밀라노는 아니었다. 핑거팁을 나오자마자 맞은편 거리에서 조금 위로 올라간 곳에 'Milano Cafeteria'라는 간판이 붙은 1층 건물이 보였다. 밀라노는 적당히 세월의 흔적이 묻은 붉은색 벽돌로 외관을 치장한 건물이었고, 통유리창 안에 몇 개의 테이블이 들여다보였다. 밖에서 봐도 대학가치고는 고급스러워 보였다. 문 옆에는 백묵으로 무언가를 적어둔 칠판이 바닥에 놓여 있었고, 다가가서 자세히 보니 'Mon~Sat / AM 12:00~PM 11:00'라는 안내가 두 줄로 적혀 있었다.

이선태가 이곳에서 밥을 먹는 모양이라고 생각하며 잠시 숨을 가다듬었다. 그나마 은애와 친했다는 멤버들 중 마지막이다. 여기서는 꼭 그럴싸한 정보를 얻어내야 했는데, 방금 전 김지현 일당과의 대화를 생각해보면 걱정이 앞설 따름이 었다.

어딜 봐서도 은애와 어울리지 않을 것 같은 아이들일뿐더러 같이 놀기에 돈도 많이 드는 녀석들이었다. 백과장의 월급도 뻔한 터에 은애에게 사치스러운 옷을 사주거나 용돈을 두둑하게 줄 수도 없었을 것이다. 도무지 뭐가 뭔지 알 수가 없었다.

이선태가 내 의문을 속 시원히 풀어주길 기대하면서 밀라노의 유리문을 밀고 들어갔다. 은은한 조명 아래 세련된 디자인의 검은 테이블이 일정한 간격으로 놓여 있었다. 가게 안쪽 끝에는 칸막이가 된 조리실이 있어 요리사가 어떻게 작업을 하는지 훤히 보였다. 조리실 안에 흰 요리모를 쓴 요리사가 피자 도우를 한 손으로 돌리고 있었다.

벽에 붙어 있는 시계를 보니 어느새 1시가 가까워져 있었다. 점심시간이 얼추 끝나는 시간대라 테이블은 대개 비었고, 세 테이블에만 대학생으로 보이는 아이들이 앉아 있었다. 세 개의 테이블에 놓인 접시 모두에 조각 피자가 보였다. 피자에 토핑한 치즈를 길게 늘여가며 먹는 남학생의 모습에 배가 고파졌다. 아직까지 커피 두 잔 외에는 아무것도 먹은 게 없어 여기서 요기를 해야겠다는 생각으로 구석 빈자리에 앉았다. 앉은 채로 세 테이블을 살펴보며 누가 이선태인지 추측해보았다. 내 위치는 가게의 대각선 구석이라서 내부가 훤히 들여다보였다. 한참을 보다 보니 짐작 가는 녀석이 하나 있었다. 한눈에도 비싸 보이는 밝은 회색 정장을 입은 남학생이 두 여학생과 앉아 있었다.

내가 자리에 앉자 앞치마를 입은 남자 종업원이 다가왔다. 메뉴판을 주기에 흘깃 보고 해물 피자 세 조각과 콜라를 시켰다. 늦여름의 무더위에 시달린 터라 맥주 한 잔이 간절했지만 이까짓 걸로 금주 결심을 깰 수는 없었다. 종업원이 사라지고 다시 주변을 둘러보았다. 벽에는 내가 알아볼 수 없는 이탈리아어로 쓰인 졸업장 비슷한 종이와 상품 전단지, 신문 등이 붙어 있었다. 주인장이 이탈리아에서 요리를 배워왔다는 증거로 쓰는 모양이었다.

그때 회색 정장을 입은 남학생 쪽 테이블에서 웅성대는 소리가 들려왔다. 나가는 분위기라 괜히 시켰다고 후회하면서 그들을 따라 일어섰다. 계산을 하고 문으로 나가려는 회색 정장 남학생의 팔을 붙잡았다.

"학생, 이름이 혹시 이선태 아닌가?"

느닷없이 아저씨가 팔을 붙잡자 당황한 남학생이 고개를 빠르게 저었다.

"정말 이선태 아냐?"

"아닌데요. 저는 김광일인데요."

일행인 여학생 둘도 합세해 남학생이 이선태가 아님을 증명했다. 한동안 그러고 있는데 뒤에서 '저기요' 하는 목소리가 들렸다. 몸을 돌려보니 방금 주문을 받은 종업원이었다.

"제가 이선태인데요."

깜짝 놀랐다. 김지현의 남자 버전쯤 되는 날티 나는 아이를 찾았는데, 뿔테 안경에 티셔츠, 청바지 차림의 수수한 종업원이 이선태였다. 진짜 이선태가 나타나자 회색 정장 일행은 안심한 얼굴로 나갔다.

"학생이 이선태 맞아요?"

"그런데요."

"나 은애 삼촌이에요. 일부러 찾아왔어. 잠깐 이야기 좀 합시다."

그때 조리실 안에서 그를 부르는 소리가 들려왔다. 이선태는 '잠깐만요' 하더니 안쪽으로 갔다. 내가 자리로 돌아가 앉자 이선태가 쟁반에 피자 세 조각이 담긴 둥근 철판을 가져왔다. 그는 한 번 더 조리실 쪽으로 가서 냉장고를 열고 콜라 한 병을 가져왔다.

"잠깐 앉아봐요."

"허락받고요."

조리실로 간 이선태는 잠시 후 자리로 돌아와 내 앞에 앉왔다.

"무슨 일이세요?"

조심스러운 말투다. 일면식도 없는 초라한 행색의 40대가 찾아왔으니 놀라기도 했을 것이다.

"은애 부모님이 은애가 왜 그렇게 됐는지 너무 궁금해 해서. 내가 은애 친구들 한 번 만나보러 온 거야."

이선태는 알겠다는 듯 '아하' 하는 감탄사를 내뱉고 고개를 주억거렸다. 나는 마주 앉은 이선태를 요모조모 뜯어보았다. 검게 탄 얼굴의 이선태는 뾰족한 턱과 감정이 잘 느껴지지 않는 딱딱한 표정이 다소 어두운 인상을 만들고 있었다. 정중앙에서 가르마를 타서 반으로 가른 머리도 평범하기 그지없어 아무리 봐도 화려한 외모를 자랑하는 김지현 패거리의 멤버로 보이지 않았다.

"은애 범인 아직도 안 잡힌 거 알지?"

역시 고개만 끄덕이는 게 과묵한 성격인 것 같았다.

"자네도 은애 친구니까 많이 슬펐을 거야. 그러니까 아는 대로 솔직히 말해줬으면 좋겠어."

"네. 근데 저 은애랑 그렇게 친하진 않은데요."

이선태도 김지현과 마찬가지로 은애와의 친분을 부정한다. 그럼 은애와 친한 사람은 대체 누구란 말인가.

"학생이랑 김지현이랑 명혜경, 김혜진, 이런 애들이랑 다

같이 친했다고 들었는데?"

지금까지 무표정하던 이선태의 얼굴에 처음으로 표정이라 부를 수 있는 것이 잡혔다. 다만 냉소에 가까운 표정이었다.

"제가 걔네들이랑 친하대요?"

"난 그렇게 들었는데."

이선태 얼굴에 비친 냉소가 더욱 짙어졌다.

"다른 애들이 보기엔 그렇게 보일 수도 있겠네요. 만날 같이 다니니까."

"친하지도 않은데 왜 같이 다녀?"

"제가 걔네들 심부름꾼이니까 그렇죠."

또다시 이해 못할 얘기였다. 대학을 졸업한 지 10여 년이 넘어 요즘 대학생들은 전부 이렇게 특이한 건지, 애들만 이런 건지 도통 알 수가 없었다.

"대학생이 무슨 심부름꾼이 있어?"

"혹시 걔네들 보셨으면 알 거 아닙니까. 얼마나 싸가지 없는 애들인지 보셨을 거 아니에요."

물론 톡톡히 보았다. 특히 리더 김지현은 꿈에서라도 다시 만날까 두려울 정도였다.

"무슨 심부름을 한다는 거지?"

"뭐 짐도 들어주고, 콘서트 예매 같은 것도 해주고요. 놀러갈 때 자동차 운전도 해줘요."

대학판 심부름꾼이 하는 일은 보통 이 정도인 모양이다. 들을수록 어이가 없었다.

"그런 일은 얼마나 받고 하는 거야?"

"그냥 뭐, 가끔 밥값이나 던져주고 그 정도예요."

흥미로운 정보에 집중하는 도중 안타깝게도 조리실에서 이선태를 부르는 소리가 들렸다. 이선태는 바로 일어나 조리실로 향했다.

"죄송합니다. 부르시네요."

아직 본론은 꺼내지도 못했는데 여기서 그칠 수는 없었다. 이선태는 조리실 칸막이 안의 요리사에게 지시를 듣고 있었다. 연신 고개를 끄덕이던 이선태가 조리실 근처를 벗어나 왼쪽 벽에 난 세 개의 문 중 가장 안쪽의 것을 열고 들어갔다. 나는 식어가는 피자를 한 입 베어 물고 콜라도 한 모금 마신 다음 자리에서 일어났다. 조리실 왼쪽 벽에 난 첫 번째 문은 남자 화장실 표시가 붙어 있었고, 두 번째는 여자 화장실, 이선태가 들어간 세 번째 문에는 아무 표시도 없었다. 마침 다른 테이블 손님 하나가 피클을 더 달라면서 조리실 앞을 막고 있었기 때문에 내 모습이 잘 보이지 않을 것 같았다. 기회를 봐서 재빨리 세 번째 문을 열고 들어갔다.

표시 없는 문은 창고였다. 박스들이 벽에 차곡차곡 쌓여 있었고, 커다란 냉장고도 보였다. 벽 한쪽에 와인 냉장고로 보이는 전자 제품도 있었다. 그러고 보니 메뉴에서 와인도 본 것 같았다. 문제의 이선태는 창고 한복판에서 목욕탕에서 흔히 볼 수 있는 앉은뱅이 의자에 앉아 감자 껍질을 까고 있었다. 양옆에 감자 박스와 껍질 깐 감자를 담는 양동이를 놓은 이선태가 박스에서 감자를 꺼내 강판으로 껍질을 깎자 비라도 내리듯 껍질 부스러기가 감자 박스 속으로 우수수 떨어졌다. 일에 열중한 그에게 천천히 다가가자 기척을 느꼈는지 뒤를 돌아보고는 소스라치게 놀란다.

"여기 들어오시면 안 돼요!"

질겁하는 이선태에게 두 손을 들어 안심하라는 포즈를 취했다.

"아까 못한 이야기 조금만 더 하고 나갈게."

"뭔데요?"

"은애 때문에 왔는데 정작 은애 얘기는 하나도 못했잖아. 혹시 은애에 관해 뭐 아는 거 없어? 들은 얘기가 있다든지, 우연히 봤다든지 뭐라도 있을 거 아냐?"

이선태는 얼른 대답을 못하고 난감한 표정만 지었다.

"지푸라기라도 잡는 심정이니까 신경 쓰지 말고 은애에 대해 아는 건 다 얘기해봐. 무슨 얘기를 해도 뭐라고 안 할 테니까."

"……방학하기 한 달쯤 전에 나이트에서 어떤 남자를 만났는데 그 남자하고 뜨거운 사이인 것 같았어요."

직감적으로 요요 남자가 떠올랐다. 방학하기 한 달쯤 전에 나이트클럽에서 그를 만나 조금씩 사이가 깊어졌다가 방학을 맞아 아예 가출을 했다면 시간적으로도 무리가 없다. 흥미가 동해 더 얘기해보라고 재촉했다.

"은애가 전화할 때 옆에서 조금 들은 게 다예요. 그나마 명혜경이 착해서 둘만 있을 때 물어보니까 나이트에서 은애 한테 번호 딴 남자인데 요즘 뜨겁다고 하더라고요."

"뭐하는 남자래? 나이는 몇 살이고?"

"그거 말고 진짜 아무것도 몰라요. 정말이에요. 아까 말 씀드렸다시피 제가 뭐 그렇게 그 여자애들이랑 친한 사이도 아니고요."

"아까부터 궁금했던 건데 걔네들 심부름은 왜 해주는 거 야? 돈을 받는 것도 아니라면서."

이선태는 입을 꾹 닫고 고개만 저었다. 오늘은 하루 종일 시원스럽게 입을 여는 사람을 단 한 명도 만나지 못한 것 같 다.

"뭔데 말을 못해? 부담 갖지 말고 말해봐. 나만 알고 있 을게."

여전히 대답이 없었다.

"혹시 말하면 안 되는 일이야? 법에 걸린다든지……."

"아뇨. 그런 건 아니고요."

"그럼 말해봐."

그래도 한참을 망설이던 이선태가 큰 결심을 했다는 듯 어렵사리 말을 꺼냈다.

"김지현네 아버지가 인천 최고의 거물이라서요."

"거물이라니?"

"깡패 같은 거 있잖아요. 인천에서 제일 잘 나간대요."

부친이 깡패라니. 그래서 김지현이 그렇게 안하무인이었던 걸까. 말문이 트인 이선태가 계속 주절거렸다.

"저도 본 적 있어요. 주안에 보스 나이트클럽이라고 있잖아요?"

"응."

"거기가 애들 아지트거든요. 거의 매일 출근 도장 찍어요. 그런데 김지현을 보고 정문 앞에서 깡패 같은 사람들이 일제히 인사하더라고요."

"보스 나이트에서 김지현을 보고 기도들이 인사를 했다고?"

"완전 90도로요."

김지현의 아버지가 누군지 감이 왔다. 인천에서 경찰을 했던 사람, 지금도 하는 사람이라면 모를 수가 없는 이름이었다. 보스 나이트 사장이면 김천권이 분명했다. 물론 본명보다는 '철권'이라는 별명으로 더 유명했지만.

"그래서 너는 김지현이 아버지가 무서워서 어쩔 수 없이 따라다니는 거냐?"

"……네."

이선태가 고개를 푹 숙였다. 솔직히 나도 김철권이 두려운데 이 어린 녀석이 오죽하랴 싶었다.

"다른 애들은? 다 깡패 자식들이야?"

"아니요. 명혜경은 아버지가 은행장이예요. 김혜진 아버지는 무슨 공장 사장이고요."

"은애네 집은 그렇게 부자가 아닌데……."

"그래서 김지현이 은애를 대놓고 무시했죠. 저렇게 싫어하면서 왜 같이 다니나 싶더라니까요."

"그러고 보니 아까도 짝퉁 어쩌고 하면서 은애를 무시하더라."

이선태는 내 말에 피식 웃었다.

"김지현 눈에는 짝퉁으로 보일 수도 있겠죠."

"무슨 소리야?"

"김지현은 중학교 때부터 진짜 놀던 애인데요. 은애는 뭐랄까…… 대학 와서 급하게 따라 잡으려고 하는 느낌?"

"뭘 따라잡아?"

"원래 공부만 하던 애가 대학 와서 갑자기 놀아본다고 발

버둥치는 거 있잖아요. 어울리지도 않게. 진짜 놀던 애가 보면 얼마나 허접하게 보이겠어요. 그래서 은애한테 짝퉁이라고 한 거 아닐까 싶은데요."

"네가 봐도 은애가 그랬어?"

"아주 목숨 걸었죠. 양주 글라스로 막 원 샷 하고, 나이트 가서 윗옷 벗고 브라만 입고 춤추고. 제가 말려도 들은 척도 안 하더라고요."

예상보다 훨씬 센 내용에 충격을 받았다. 내가 집들이 때 본 모습하고도, 오늘 사모에게 들은 얘기하고도 완전히 상반되는 얘기였다.

"저기 아저씨, 이제 그만 나가시죠. 저 걸리면 혼나거든요."

고맙다는 인사를 하고 창고를 나섰다. 이선태에게서 꽤 많은 정보를 얻었지만 진정한 의문은 조금도 풀리지 않았다.

은애는 어떤 아이였을까? 누가 본 얼굴이 은애의 진짜 얼굴이었을까?

## 20

계산을 마치고 밀라노를 나왔다. 밀라노에서 길을 따라 조
금만 더 올라가면 상점가가 끝나고 주택가가 나온다. 주택가
입구에 놀이터가 보여 그곳으로 걸어갔다. 노란 페인트로 채
색된 놀이터 나무 벤치에 앉으니 대각선 아래쪽으로 밀라노
의 정문이 보였다.

벤치에서 오늘 얻은 정보를 정리하려 했지만 머릿속의 실
타래는 갈수록 엉켜갈 뿐이었다. 나는 휴대폰을 꺼내 백과장
의 번호를 눌렀다.

"어, 호진이. 그렇지 않아도 전화하려고 했는데. 너, 우
리 집에 왔었다면서? 집사람이 전화해서 알려줬어. 무슨 바
람이 불어서 우리 집까지 왔어?"

"그냥 근처 갈 일이 있었어요. 오랜만에 인사도 한 번 드

리고요. 그보다 궁금한 게 있어서 전화했는데요."

"뭔데?"

"과장님, 혹시 요즘 김철권 소식 아십니까?"

"김철권이 왜? 주변에 걔한테 당한 사람이라도 있어?"

"아니요. 그냥 궁금해서요."

"정치한다고 깝치고 있지. 나 참, 깡패 새끼가 내후년에 국회의원 나간대요. 나라가 어떻게 되려고 그러는지⋯⋯."

그 순간, 김지현의 '멤버'가 결성된 사정을 깨달았다. 아무래도 김철권의 입김도 제법 있을 터였다. 밤의 세계에서 재력과 권력을 한 손에 쥔 그가 세력을 더욱 공고히 하겠다는 의도로 정치에도 손을 뻗을 결심을 했고, 마침 대학생이 된 딸을 역시 돈과 힘이 있는 자들의 자녀와 어울리게 했다면? 현역 은행장과 공장 사장이라면 김철권의 출마에 분명 보탬이 된다. 하지만 평범한 경찰 가족인 은애는 김철권을 도울 게 마땅치 않을 텐데⋯⋯.

아니다. 나는 잠시 김철권의 진짜 직업을 잊고 있었다. 명혜경이나 김혜진의 아버지처럼 돈과 관련된 힘을 보태줄 수는 없겠지만, 김철권이 원래 하는 일을 생각해보면 오히려 백동표 과장이 해줄 수 있는 일이 훨씬 많았다. 그제야 김지현이 은애를 그렇게 싫어하면서도 같이 다닌 이유를 알 것 같았다. 아버지의 명령 때문에 억지로 은애와 친분을 유지했으니 자기 입맛에 맞았을 리가 없던 것이다.

"전화해놓고 왜 말이 없어? 나 바빠. 끊어야 돼."

"잠깐만요. 김철권 가족사항 혹시 아세요?"

"내가 걔 뒷조사 하는 사람이냐."

"모르세요?"

"예전에 그 새끼 달고 싶어서 3년 넘게 쫓았거든. 그때 하도 달달 외워서 모르는 게 없다. 아들 하나, 딸 하나야."

"아들 하나, 딸 하나요?"

"아들은 본처한테 난 건데 후계자로 키우는 것 같아. 아직 전면에 나서지는 않고 있지만 요주의 인물이지. 딸은 다른 여자한테서 난 거 같아. 배다른 남매지, 그러니까. 아마 오빠하고 나이 차이도 좀 날 걸."

보스 나이트에서 조폭들한테 인사를 받은 것도 그렇고, 배다른 딸이 김지현인 게 확실해 보였다.

"김철권이 매춘도 관여합니까?"

"그런 장사는 안 해. 알잖아."

사실이었다. 김철권은 약한 여자는 괴롭히지 않는다는 철칙이 있어 매춘에는 손을 대지 않기로 유명했다.

"그런데 왜 자꾸 김철권이를 물어?"

궁금해 하는 백과장에게 나중에 자세히 알려주겠다고 답하며 전화를 끊었다. 김지현 패거리에 대해서는 어느 정도 의

문이 풀렸지만 막상 은애의 죽음과 관련된 수사는 제자리였다. 그나마 방학 한 달 전 나이트에서 만났다는 남자와 뜨거운 사이였다는 것, 그리고 은애가 내 생각보다 훨씬 막 나가고 있었다는 걸 확인한 게 성과라면 성과일까.

세 시간 넘게 벤치에서 생각에 골몰하고 나서야 기다리던 사람이 보였다. 나는 서둘러 자리에서 일어나 밀라노 방향으로 뛰기 시작했다. 이선태는 젊은이답게 걸음이 상당히 빨랐지만 놓치지 않고 따라잡을 수 있었다.

"아직 질문이 남았어. 조금만 더 시간을 내줘."

당황한 그의 팔을 잡고 막무가내로 잡아끌었다. 방금 전까지 있었던 벤치로 데려가는데 지나가는 학생들이 이상하게 보는 눈치였다. 하긴 스무 살 차이 나는 두 남자가 손목을 붙잡고 씨름을 하고 있으니 좀 볼썽사나운 풍경이긴 했다. 나는 엉덩이 쪽이 뜨끈해진 자리에 다시 앉고, 옆에 이선태를 앉혔다.

"네 이야기는 잘 들었어. 그렇지만 한 가지 의문이 있어서 다시 부른 거야."

"뭐가요? 아는 대로 다 말했는데요."

"다 말하지 않았잖아."

"네?"

"네가 김지현의 심부름꾼이 된 이유가 알고 싶어."

"아까 말씀드렸잖아요."

"그게 전부가 아니잖아. 너 아까 김지현 아버지가 깡패인 것 때문에 무서워서 심부름꾼이 됐다고 했지?"

"네."

"아무리 생각해봐도 이상해. 김지현이 굳이 너를 지목해서 심부름꾼으로 삼은 이유가 말이야. 아까 너희 과 강의실을 가보니까 남학생이 적어도 스무 명은 넘어 보였어. 그중에서 하필 너만 딱 찍어서 심부름꾼으로 삼은 데는 뭔가 특별한 이유가 있을 거야. 설마 네가 가장 만만하게 생겨서 그러지는 않았을 것 아냐?"

이선태의 눈을 똑바로 쳐다보며 물었지만 아무런 대꾸가 없었다. 나는 용의자를 압박하듯 눈을 부라리며 말했다.

"넌 김지현에게 뭔가 잘못을 했거나 약점을 잡혔어. 원래 네 나이면 무서운 게 없는 법이야. 잘못한 것도 없는데 단지 김지현 아버지가 깡패 두목이라고 해서 자존심 다 버리고 여자애들 뒤치다꺼리를 해줄 리가 없어. 돈을 빵빵하게 받는 것도 아니라면서. 게다가 깡패 두목이라고 해봐야 너 같이 평범한 대학생한테는 그렇게 무섭게 다가오지도 않을걸. 살면서 접해본 적이 없었을 테니까. 너한테는 영화에서나 나오는 존재 아냐? 나도 네 나이 때는 학점 빵꾸 나는 것 하고, 군대 가야 되는 게 제일 무서웠지 깡패는 아예 신경 써본 적도 없었어."

이선태는 속사포처럼 쏟아내는 내 말에 아무 말도 못하고 얼굴만 붉혔다.

"무슨 일인지 속 시원하게 말해봐. 언제까지 그렇게 살 거야. 이젠 벗어나야지."

이선태를 지금의 처지에서 벗어나게 해줄 능력이 나에게는 없었지만 되는대로 주워섬겼다.

"뭘 잘못해서 약점 잡힌 거 맞지?"

기나긴 침묵 끝에 이선태가 천천히 고개를 끄덕였다.

"그게…… 말하기 조금 곤란해요."

"뭔데 그래?"

한참을 망설이던 이선태가 마침내 입을 열었다.

"이런 이야기 진짜 하기 싫었는데요. 김지현한테 보여서는 안 될 모습을 들켰거든요."

"편하게 말해봐."

"제가 나쁜 버릇이 있어요…… 여자 화장실을 카메라로 찍는 버릇이요."

흥분이 썰물처럼 빠져나갔다. 이따위 저급한 이유일 줄은 상상도 하지 못했다.

"대학교 와서 몇 번 그런 거거든요. 몇 번 하지도 못했어요…… 여자 화장실 빈칸에 숨어서 밑으로 보다가 몰래 휴대폰으로 찍는 거예요. 그러다가 김지현한테 딱 걸렸습니다."

나는 이마에 손을 짚었다. 땡볕에 벤치에서 몇 시간이나 앉아 있었기 때문인지, 지금 들은 이야기 때문인지 모르겠지만 머리가 아파왔다.

"그렇게 돼서 김지현한테 협박당했어요. 자기 말 안 들으면 그 일을 공개해서 학교도 못 다니게 한다고 해서."

"협박은 인마, 네가 잘못했구만."

화가 나서 쏘아붙였다.

"……네, 잘못했죠. 그 이후로 심부름꾼이 된 거예요."

이선태는 고개를 들지도 못했다. 할 말이 없었지만 무슨 말이라도 해줘야 할 것 같아 억지로 물었다.

"왜 그랬나? 남자나 여자나 오줌 싸는 거 똑같지. 그게 뭐 그리 보고 싶다고."

대답이 없었다. 대답을 기대하고 한 말도 아니었다. 설마 이선태가 자신의 행위에 대해 근사한 철학을 늘어놓을 리는 없었으니까. 나로서는 상상도 할 수 없는 이유였지만 어쨌든 또 하나의 비밀이 풀렸다.

밀라노를 나와서 내내 생각했던 게 바로 이것이었다. 혹시 이선태가 김지현의 심부름꾼으로 재직하는 이유가 은애와 관계있지 않을까 추측했었는데 다행인지 불행인지 그건 아니었다.

"저 어떻게 하면 김지현한테 벗어날 수 있을까요?"

이선태가 절박한 표정으로 물었다.

"그냥 지금처럼 심부름꾼 열심히 해. 너 같은 놈한테는 그 자리가 딱 어울려."

더 이상 이 녀석에게 볼 일은 없었다. 나는 불행한 처지에 빠진 심부름꾼을 남겨두고 먼저 자리에서 일어났다.

## 21

집에 돌아와서 시계를 보니 7시였다. 오늘 하루 많은 사람을 만났고, 많은 이야기를 들었다. 궁금한 점이 몇 가지 풀리기는 했지만 사건의 핵심에 도달할 만큼 중요한 이야기는 없었다. 별 수확이 없어서인지 온몸이 다 노곤했다. 샤워를 할까 말까 망설이다가 얼굴과 발만 씻는 것으로 타협을 보았다. 화장실에서 나와 거실 바닥에 누웠다. 밥 시킬 힘도 없이 지쳐서 잠깐 쉬려는 것이다.

요란한 소리에 퍼뜩 잠에서 깨어났다. 잘 생각은 아니었는데 이미 깜깜해진 거실이었다. 나는 멍한 상태로 일어나 앉아 현관에서 울리는 소리를 들었다. 누군가가 지치지도 않고 계속 문을 두드리고 있었다. 자리에서 일어나 현관문을 열어 주었다. 환한 얼굴의 박병학이 문을 두드리려던 오른손을 일

없이 든 채로 서 있었다.

"야, 지금이 몇 시인데 문을 그렇게 두드려?"

"벨이 고장 나서요. 몇 시인데요?"

시계를 보지 않아 대답이 궁했다. 나는 말없이 몸을 비켜 박병학을 집 안으로 들여보냈다. 거실로 데려가면서 식탁에 올려놓은 휴대폰을 보니 11시를 조금 넘었다.

"무슨 일이야?"

"저 찾았어요, 문신 남자!"

놀라서 박병학을 보자 입이 찢어져라 웃던 녀석이 검지와 중지로 V 사인을 만들었다. 어제 주문을 해놓고 하루 만에 결과가 나올 줄은 상상도 못했다.

"진짜 찾았어? 이렇게 빨리?"

"그럼요, 제가 누구입니까! 급한 거 같아서 어젯밤에 한숨도 안 자고 컴퓨터만 들여다봤죠. 오늘 학교 갔다 와서도 계속 찾았고요. 눈이 빠질 것 같아서 나머지는 내일 할까 하던 차에 딱 나오는 거예요! 팔에 별 문신 있는 남자가!"

득의양양한 박병학의 흥분이 내게도 고스란히 전해졌다. 은애가 시체로 발견된 모텔방에서 막 나오던 남자, 내게 요요를 휘둘러 부상을 입히고 도망친 남자, 어쩌면 여름방학한 달 전에 은애와 나이트에서 만났을지도 모르는 이 남자의 정체를 밝혀낸다면 사건의 핵심에 곧장 파고드는 격이었다.

내가 떨리는 목소리로 물었다.

"어디서 찾았는데? 지금 볼 수 있어?"

"아이, 그럼요!"

박병학은 성큼성큼 식탁으로 다가가 허락도 받지 않고 노트북을 켰다. 나는 의자에 앉아 노트북을 독점한 박병학의 뒤에 붙어 서서 궁금한 것을 물었다.

"무슨 수로 하루 만에 찾은 거야?"

"솔직히 하나도 안 어려웠어요. 검색할 키워드가 너무 확실하잖아요. 국산이니까 일본이랑 서양 것 빼고, 젊은 남자니까 배 나온 아저씨들 나오는 건 볼 필요도 없고, 남자 팔에 별 문신만 확인하고 없으면 바로 끄면 되니까 하나 확인하는 데 몇 분도 안 걸려요. 일일이 찾아봐야 해서 시간은 좀 걸렸는데, 끈질기게 보다 보면 결국은 나올 수밖에 없죠. 근데 하루 만에 찾은 건 운도 좀 있었어요."

모니터에 시선을 고정하며 부팅을 기다리던 박병학이 빠르게 쏟아냈다. 인터넷 세계의 포르노 현황을 잘 모르는 나는 그저 고개를 주억거리는 수밖에 없었다.

"스트리밍 사이트에서 우리나라 영상만 모아놓은 걸 하나하나 봤어요. 이게 날짜 순서대로 정렬되거든요. 어제부터 하루씩 거슬러 올라가면서 쭉 봤는데 20일 전에 올라온 것에서 남자 팔뚝에 별 문신이 딱 보이는 거예요. 그 순간에 소름이 쫙!"

박병학은 인터넷에 접속해 미국의 유명한 검색 사이트로 들어갔다. 검색창에 한글로 뭔가를 치나 했더니 '똘똘이의 야동천국'이라는 검색어였다. 검색어를 완성하고 엔터 키를 치자 야동천국으로 페이지가 넘어갔다. 메인 페이지 상단의 혀를 메롱 하는 귀여운 어린이가 문제의 똘똘이를 그려놓은 것 같았다.

똘똘이 그림 밑에 전체보기, 국내, 서양, 동양, 기타라는 항목이 나뉘어져 있었는데, 박병학이 마우스를 갖다 대자 화살표가 클릭을 의미하는 손가락 모양의 아이콘으로 변했다. 박병학은 국내 항목에서 마우스를 더블 클릭했다. 국내, 서양, 동양이면 웬만한 야동은 다 포함될 것 같았는데 기타는 무엇인지 궁금했다.

"기타는 뭐지?"

"야애니요. 애니메이션 아시죠? 만화."

페이지가 국내 항목으로 넘어가자 은애가 살아 있을 때 영상이 게시됐던 '섹스조아'와 비슷하게 작은 썸네일이 위아래로 줄을 맞춰 배치되어 있었다. 원하는 썸네일을 클릭하면 다시 페이지가 넘어가서 그 영상을 처음부터 끝까지 감상할 수 있는 구조였다. 오늘 날짜인 9월 3일부터 '빈 강의실에서 떡치는 커플', '술 취한 후배 자취방에 데려와서' 등의 제목이 달린 썸네일이 이어졌다.

박병학이 마우스를 화면 끝까지 내리자 1부터 10까지의 페이지 숫자가 순서대로 나열되어 있었다. 별 문신이 나오는 영상이 어디 있는지 아는 박병학이 8번을 클릭하니 8페이지로 화면이 이동했다. 그는 8페이지 맨 위 가장 왼쪽의 썸네일로 마우스를 가져갔다. 제목은 '막 나가는 20살 커플'이었다.

"이거예요."

박병학이 썸네일을 클릭하자 다시 온전한 영상을 볼 수 있는 페이지로 이동했다. 재생 버튼을 의미하는 ▶기호를 꾹 누르자 막 나가는 20대 커플이 등장했다.

"영상은 천천히 보시고요. 확인부터 시켜드릴게요."

박병학은 영상 하단의 스크롤바를 조작해 10분 뒤로 시간을 밀었다. 웃통을 벗은 몸매 좋은 20대 남자가 막 테이블에 놓인 담뱃갑에 오른손을 뻗는 장면이었다. 오른손 팔뚝 안쪽에 별과 그 별을 관통하는 군용 나이프가 검은색 잉크로 새겨진 문신이 똑똑히 보여 나도 모르게 한숨을 흘렸다.

"맞죠?"

"그래. 이놈 같다."

나는 크게 고개를 끄덕여 녀석의 수고를 치하했다. 박병학은 빙긋 웃더니 오른손을 내밀었다. 인사는 됐고 어서 돈이나 내놓으라는 태세였다. 나는 식탁 한쪽에 올려둔 지갑을 찾아 5만 원짜리 지폐 두 장을 건넸다.

"나머지는 내일 주마. 이렇게 빨리 찾을 줄 몰라서 돈을 안 찾아놓았다."

만면에 미소를 지으며 손을 뻗은 박병학이 지폐 한 장만을 탁 집어갔다. 의아해 쳐다보자 씩 웃으며 이렇게 답했다.

"에이, 저도 양심이 있지. 누워서 껌 씹는 일이었으니까 한 장만 받아갈게요. 대신 그때 그 일은 완전히 잊어주시는 겁니다?"

"술을 많이 마시면 뇌세포가 죽지. 이젠 엊그제 일도 잘 기억이 안 나."

손을 흔드는 박병학을 뒤로하고 현관문을 닫았다. 처음 봤을 때만 해도 이 녀석이 이렇게 좋아질 거라고는 꿈에도 생각하지 못했다.

나는 커피를 끓인 뒤 식탁에 앉아 본격적으로 감상에 돌입했다. 이번 영상은 시작부터 독특했다. 화면이 밝아지면서 과자 봉지와 드라이어, 이불 등이 지저분하게 널린 방바닥이 드러났다. 곧바로 화면이 급격하게 흔들리더니 웃통을 벗고 눈가까지 머리를 내린 남자의 얼굴이 클로즈업되었다. 렌즈가 방바닥을 비추던 카메라를 들어 올려 자기 얼굴로 가져간 듯했다. 큰 눈과 부리부리한 눈썹이 잘 생긴 남자가 실실 웃으며 책상 위에 설치된 마이크에 대고 인사했다.

"안녕하세요, 형님들. 많이 기다리셨죠? 딱 하루밤에 안 지났는데 뭘 그렇게 기다려요."

카메라를 똑바로 쳐다보며 대화하듯 말하는 게 마치 텔레비전 중계라도 하는 폼이었다. 나는 뉴스에서 본 인터넷 방송을 떠올렸다. 컴퓨터와 연결된 카메라, 즉 웹캠으로 야한 춤을 추거나 무지막지하게 많은 음식을 먹는다거나 몸에 간장을 뿌리는 등의 골 때리는 짓을 보여주고 수익을 얻는다는 요즘 인터넷 방송과 비슷한 느낌이었다. 남자가 책상 위의 컴퓨터를 들여다보며 말했다.

"보라요? 지금 물소리 안 들려요? 씻고 있어요."

아마도 채팅 창을 통해서 방송을 보러 온 시청자들과 대화를 나누는 모양이었다. 남자는 요즘 제일 맛있는 맥주, 막 개봉한 영화, 애완견 가격 등 두서없이 화제를 바꾸며 말을 이어갔다. 전의 영상에서 나온 목소리보다는 훨씬 밝고 어리게 들려 고개를 갸우뚱했지만 오래 들을수록 유사한 느낌이었다. 아무래도 예전 영상에서는 목소리도 좀 잠겼고, 또 지금은 일상적인 말투이다 보니까 흥분에 달뜬 목소리와는 차이가 나는 것 같았다.

화면 밖에서 문이 열리는 소리가 나자 남자가 카메라를 소리가 난 쪽으로 움직였다.

"보라 나왔네요. 형님들한테 인사해."

화면에는 목욕 가운을 걸친 20대 초반의 여자가 잡혔다. 머리까지 흠뻑 젖은 모습이 방금 샤워를 끝낸 듯했다. 콧등에 점이 있고 이목구비가 뚜렷한 여자가 눈웃음을 치며 손을 흔들었다.

"안녕, 변태 오빠들."

카메라는 침대로 이동하는 여자를 따라갔다. 침대에 앉은 여자는 발치에 굴러다니는 드라이어를 콘센트에 꽂고 머리를 말렸다. 여자가 머리를 말리는 동안 남자는 계속 인터넷 방송 시청자들과 잡담을 나누었다.

"다 말렸어?"

"응. 바로 할 거야?"

"담배 하나 피우고."

남자의 손이 컴퓨터 책상 옆의 작은 테이블로 이동했다. 남자가 담배를 집는 모습이 박병학이 보여준 바로 그 장면이었다. 아까는 박병학이 옆에 있는 데다 얼핏 본 거라 눈치채지 못했지만 'B'라는 대문자가 크게 박힌 검은색 야구 모자도 놓여 있었다. 낯이 익은 모자라서 심장이 두근거렸다. 나는 화면을 정지시키고 테이블을 주의 깊게 살펴보았다. 테이블 모서리 쪽에 원형의 은빛 금속 물체가 반쯤 드러나 두 손을 불끈 쥐었다.

팔뚝의 별 문신, 검은색 야구 모자, 요요로 추정되는 물체……. 바로 이 녀석이 은애의 시체가 놓인 모텔방 앞에서 나를 때려눕히고 현장에서 도망친 자가 틀림없었다. 나는 현재까지 은애의 죽음에 가장 책임이 높아 보이는 남자가 맛있게 담배를 피우는 모습을 지켜보았다.

"언제 올 거야? 나 그냥 잔다."

보라의 애교 섞인 말투에 남자가 담배를 재떨이에 눌러 끄고 침대로 다이빙했다. 보라가 꺅 비명을 지르며 곱게 눈을 흘겼다. 은애가 나온 두 번째 영상에서 옷을 벗으라고 종용하는 남자의 목소리에게 보여준 것과 흡사한 눈빛이었다.

이어지는 장면들은 그다지 인상적이지 않았다. 남자가 보라의 목욕 가운을 벗기고 몸 곳곳을 애무하는 장면이 5분쯤 이어진 뒤 보라가 남자의 청바지를 벗기고 남자의 그것을 애무한다. 어느 정도 분위기가 무르익자 남녀는 체위를 다양하게 바꿔가며 섹스에 몰두한다.

남자가 도살장의 돼지 같은 신음을 내지르며 보라의 배에 사정을 하면서 지루한 정사는 끝이 났다. 남자가 시작할 때처럼 축 늘어진 성기에 뒤이어 자기 얼굴을 클로즈업하면서 작별 인사를 했다.

"형님들, 오늘 즐거우셨죠? 저도 아주 탈진했어요. 집에서 딸딸이 치시는 형님들도 충분히 즐기셨을 거예요. 다음

방송이요? 레벨업 때문에 좀 걸릴 것 같은데요. 방송하기 전
날에 미리 공지 드릴게요. 아무튼 다음 이 시간에도 만족스
런 시간 약속드리면서 저, 구리 이만 물러가겠습니다. 보라
도 인사해.”

“변태 오빠들, 안녕!”

보라가 매력 포인트로 내세우는 반달 눈웃음을 짓는 장면
을 끝으로 암전이었다. 남자의 이름이 ‘구리’라는 걸 알아
냈지만 가명일 것 같았다. 나는 영상 감상 페이지를 벗어나
첫 페이지로 돌아갔다. 정황상 남녀가 이런 방송을 한두 번
찍은 게 아닌 것 같았기 때문이다.

동영상 게시물은 한 페이지에 50개까지 올릴 수 있었고,
넘쳐나는 게시물들은 다음 페이지에 차곡차곡 쌓여 있었다.
페이지 수가 무려 37개였다. 그러니까 현재 똘똘이의 야동천
국에 올라와 있는 한국 포르노는 50×37, 무려 1,850개라는
이야기가 된다. 잠시 멍해졌다. 이곳은 하나의 거대한 제국
이었다. 물론 제국민들은 벌거벗고 자신들의 행위를 보여주
는 남녀와 타인의 섹스를 침 흘리며 훔쳐보는 음탕한 색정광
들에 불과했지만 말이다.

김이 모락모락 났던 커피는 어느새 차디차게 식었다. 나는
커피를 단숨에 털어 넣고 새로 한 잔을 끓였다. 그러고는 박
병학처럼 모든 썸네일을 처음부터 일일이 확인하며 구리와

보라가 나오는 8월 11일 이전의 영상을 찾았다. 한동안 수확이 없는 일을 끈질기게 계속하다가 8월 2일자 영상을 보고 숨이 멎는 줄 알았다.

'청순녀 자위영상'이라는 제목의 썸네일에 은애의 얼굴이 보였던 것이다. 허겁지겁 재생을 시켜보자 박용현 형사가 가져온 첫 번째 영상이었다. 은애만 단독으로 등장해 자위 장면을 보여주는 10분짜리 영상을 오랜만에 다시 보게 되었다. 영상이 끝나고 옆에 표시된 조회 수를 확인해보니 23,219명이었다.

현실의 은애는 7월 27일에 죽었다. 하지만 영상 속의 은애는 욕망으로 이글거리는 남자들의 환상 속에서 영원히 살아갈 모양이었다. 앞으로도 오래도록 좁은 모니터 창 속에 갇힌 채 얼굴도 모르는 무수한 남자들에게 희고 부드러운 속살을 보여줄 운명이었던 것이다.

죽어서도 해방되지 못하는 은애의 처지에 견딜 수 없는 슬픔이 몰려왔다. 한 시간 넘게 넋을 놓고 의자에 앉아 있다가 살아 있는 시체처럼 비틀거리며 싱크대로 향했다.

그날 밤, 나는 금주 결심을 깨고 말았다.

## 22

침대에서 눈을 뜬 시각은 오후 1시였다. 얼굴에 물만 끼얹고 나와서 잠들기 전에 계획한 대로 예전 파트너 서균에게 전화를 걸었다.

"어이, 살인범. 웬일로 전화를 다하셨어?"

동갑내기 서균은 은애 일로 강도 높은 조사를 받는 나를 마주칠 때마다 짓궂은 농담을 던졌다. 평소 같으면 그러려니 했겠지만 오늘은 느긋하게 흰소리를 나눌 기분이 아니었다.

"너 혹시 누구 또 죽였냐? 만약에 그랬으면 나한테 자수해라. 친구 덕에 실적 좀 올려보자."

"미친놈."

서균이 껄껄 웃는 소리가 귀를 따갑게 했다. 웃음이 멎길 기다린 후 본론을 애기했다.

"너 혹시 사이버팀에 아는 사람 있나?"

"사이버팀?"

"응, 성인 사이트 같은 거 빠삭한 사람."

"글쎄. 사이버팀에 박규훈이라고, 고등학교 한참 후배 하나 있긴 한데…… 중요한 일이야?"

"안 중요한 일이면 너한테 전화했겠냐?"

"하긴 몇 년 만에 전화한 거 보면. 네 번호 떴을 때 눈 비비고 다시 봤다니까."

"실컷 비비고 박규훈 연락처나 가르쳐줘."

"문자로 보내줄게. 규훈이한테도 내 친구니까 전폭적으로 다가 밀어주라고 얘기해놓을게. 절벽에서."

20년은 지난 듯한 유머를 날리고 또다시 껄껄 웃는 녀석이었다. 인사도 없이 전화를 끊었다. 박규훈의 연락처를 기다리면서 커피를 끓였다. 오랜만에 폭음을 해서 몹시 쓰린 속에 커피가 들어가자 그나마 살 것 같았다.

밤새도록 똘똘이의 야동천국을 뒤졌다. 도저히 맨 정신으로는 볼 수 없어 술의 힘을 빌렸는데, 얼추 모든 영상을 확인했을 때는 방이 빙글빙글 돌 정도로 만취했다. 결론적으로 은애 영상은 하나밖에 없었고, 구리와 보라 영상은 총 다섯 개였다. 구리가 남성용 면도기로 보라의 음모를 깎는 것, 보라가 좌변기에서 소변을 보는 것, 진동 자위기구 등을 이용하는 것 등 하나같이 제정신인 인간이 할 짓이 아니었다. 이런 놈이 활개치고 돌아다니게 놔두는 것은 은애뿐 아니라 세상의 모든 여자들에게 죄를 짓는 거라는 생각이 들었고, 반드시 놈을 잡고야 말겠다는 투지가 미칠 듯이 끓어올랐다.

막 커피를 다 마셨을 때 박규훈의 연락처가 문자로 도착했다. 지체 없이 전화를 걸었다.

"남동경찰서 사이버팀 박규훈입니다."

쾌활하고 힘찬 30대의 목소리였다.

"안녕하세요. 서균 친구 이호진이라고 합니다."

"아이고, 안녕하세요! 선배님 말씀 많이 들었습니다. 뵙고 인사를 드려야 하는데……."

"아닙니다. 바쁘신데 괜히 시간 뺏는 건 아닌지 모르겠습니다."

"아이고, 아니에요. 서균 형님이 도와줄 수 있는 건 다 도와주라고 하셨어요. 다른 분도 아니고 경찰 선배님인데 알아서 모셔야죠."

내가 경찰 선배였던 시절은 공룡시대처럼 이미 멸종한 지 오래지만 굳이 호의를 가진 상대방을 면박 줄 필요는 없었다.

"그렇게 말씀해주니까 고맙네요. 사실은 성인 사이트 하나 조사해 주십사 해서 연락드렸습니다."

"아하, 그런 거예요? 저는 서균 형님이 하도 무조건 도와주라고 그러셔서 무슨 정부에서 비밀스런 일이라도 하나 했습니다."

"음란 사이트 중에 똘똘이의 야동천국이라는 곳이 있습니다. 아마 운영자가 똘똘이라는 놈인 것 같거든요. 뭐하는 놈인지, 어디 사는 놈인지 알고 싶습니다."

휴대폰 너머로 부스럭거리는 소리가 들렸다. 박규훈이 필기를 하는 모양이었다.

"주소가 어떻게 된다고요?"

내가 야동천국의 인터넷 주소를 불러주자 그는 세 번이나 재확인했다.

"급하신 겁니까?"

"되도록이면 빨리 알아봐주시면 좋겠습니다."

"음…… 그럼 저희보다 상급기관에 요청해봐야겠는데요. 그럼 제가 한 번 알아보고 연락드리겠습니다. 진짜 똘똘이인지 띨띨이인지 저도 궁금한데요."

누가 서균 후배 아니랄까 봐 되도 않는 농담질이다. 적당히 인사를 하고 전화를 끊었다. 그 후로는 당장 할 일이 없었다. 오늘은 영락없이 휴대폰 앞에서 꼼짝 마라, 신세였다. 할 일이 없을 때는 필연적으로 술 생각이 난다. 기왕에 금주 결심도 무너졌으니 심리적인 방어선도 없다. 나는 해장술이라는 핑계로 술을 마시기 시작했다. 그래도 너무 취해서 잠 들어버리지 않기 위해 최대한 홀짝홀짝 마셨다. 입술에 살짝 적시는 정도로 몇 잔을 마시다가 감질이 나서 평소 속도로 돌아왔다.

전화벨이 울렸을 때 나는 식탁에 엎드려 자고 있었다. 하지만 애타게 기다리던 전화라서 신호음이 한 번 끝까지 울리기도 전에 벌떡 일어나 전화를 받았다.

"선배님, 박규훈입니다. IP 추적해서 똘똘이 찾았습니다."

박규훈이 얼마나 신이 났는지 목소리만 들어도 느껴졌다. 나는 혀가 꼬인 걸 들키지 않으려고 조심조심 말했다.

"대단합니다. 우리나라 성인 사이트가 한두 개도 아닌데 이렇게 금방……."

"엄청 많죠. 5만 개도 넘어요. 솔직히 단속하는 것도 불가능하고요. 아침에 열 개 단속하면 밤에 백 개가 생기니까 어디 되겠어요? 게다가 요즘 수법도 정교해져서 대부분 해외에 서버 두고 운영하거든요. 지엄하신 미국 법으로 보호받는데 우리 같은 포졸들이 협조 요청해봐야 콧방귀도 안 뀌죠. 아이고, 내 정신 좀 봐. 급하다는 분 앞에 두고 수다를 떨고 있네요."

그걸 이제야 깨달았다는 사실이 놀랍다.

"확실한 건 이놈이 똘똘이가 아니라 떨떨이라는 겁니다. 무슨 배짱인지 몰라도 우리나라 인터넷 업체 서버를 통해 운영하고 있었어요. 대전 사는 놈입니다."

"그렇습니까? 제가 한 번 만나볼 수 있을까요?"

"음……."

박규훈이 미간을 찌푸리는 모습이 눈에 보이는 듯했다.

"대전지방경찰청에 먼저 통보해야 되지 않나…… 뭐 음란물을 유통한 죄가 있으니까 소환은 가능할 것 같습니다만, 그것도 여기 경찰서로 부를 수 있지 밖에서 선배님을 따로 만나게 해드리는 건……."

당연한 얘기였다. 수사 관계자도 아닌 나를 혐의자와 대면시킨 사실이 밝혀지면 여럿이 경찰복을 벗을 수도 있었다.

"사람 목숨과 관련된 문제입니다. 꼭 좀 부탁드립니다."

한참을 고민하던 박규훈이 어렵사리 말을 꺼냈다.

"그럼 저랑 같이 보시죠. 음란물 유통자를 경찰이 만난다는데 큰 문제야 있겠습니까. 까짓 거 인천으로 당장 날아오라고 엄포 좀 놓죠 뭐."

"그래주시면 정말 고맙겠습니다."

"알겠습니다. 그럼 그쪽에 연락 취해보고 다시 알려드릴게요."

전화를 끊고 시간을 보니 오후 7시였다. 찬물로 세수를 하고 또다시 박규훈의 연락을 마냥 기다렸다. 꾸벅꾸벅 고개가 떨어지는 11시가 돼서야 박규훈의 문자가 도착했다.

'너무 늦어서 문자로 드립니다. 내일 오후 6시에 인천터미널에서 만나시죠. 똘똘이 그 시간에 오기로 했습니다.'

겨우 휴대폰에서 해방되어 침대로 갔다. 눕자마자 천장이 아스라이 멀어졌다.

## 23

새벽 5시도 못 돼서 일어났다. 제대로 베개를 베고 자지 않은 목에 날카로운 통증이 느껴졌다. 좌우로 고개를 돌릴 수 없을 정도였다. 똑바로 누워 다시 자보려 했지만 톱으로 목이 썰리는 것 같은 고통이 계속됐다. 피로가 다 가신 건 아니라서 이내 정신이 몽롱해졌지만 몇 시간 동안 자다 깨다를 반복했다.

오전 10시에 욕실로 가서 뜨거운 물을 받았다. 목욕을 마치고는 확실히 목의 뻣뻣함이 좀 가신 느낌이라 베개에 머리를 잘 조준하고 침대에 누웠다. 밤새 통증에 시달린 터라 삽시간에 잠에 빠져들었다. 얼마나 잤을까, 퍼뜩 눈을 떴을 때는 등골이 다 서늘했다. 한두 시간만 누워 있으려 했는데 정신없이 자는 바람에 약속시간마저 까맣게 잊었던 것이다.

머리맡의 휴대폰을 보니 5시 30분이었다. 급히 얼굴을 씻고 그나마 깨끗한 옷으로 챙겨 입고, 철홍이 뽑아준 은애 사진을 넣은 종이봉투를 챙긴 다음 밖으로 나갔다. 원래는 버스나 지하철을 타려고 했으나 약속 시간에 대려면 택시밖에 없었다. 45분에 택시를 잡고 버스터미널을 불렀다. 차로 10분이면 갈 만한 거리라는 게 불행 중 다행이었다.

길마산 사거리에서 우회전해 경원대로를 타고 북쪽으로 쭉 가면 되는 단순한 행로였다. 평소 같으면 느긋하게 경치나 보면서 갔을 텐데 약속이 약속이니만큼 앞좌석의 시계에서 시선을 거두지 못했다. 도로가 약간 막혀 59분에 택시에서 내렸다.

인천에서 가장 잘 되는 백화점과 붙어 있는 터미널은 인천 지하철역과 농수산물 센터 등도 인접해 늘 붐비는 곳이다. 게다가 길 하나 건너가 구월동 로데오 거리라서 젊은 층 유동인구도 많다. 수요일인 오늘 역시 주말과 별 다름없이 수많은 남녀노소가 터미널 주변에서 바삐 움직이고 있었다. 터미널 역사 안으로 들어가자 전국 팔도로 퍼져 나갈 사람들이 무료한 얼굴로 대기 벤치에 늘어앉아 버스 출발을 기다리고 있었다.

역사 천장에 붙은 시계를 보니 6시 정각이었다. 주변을 둘러보면서 누가 똘똘이인지 찾아보려고 할 때 휴대폰이 울렸다.

"안녕하세요. 박규훈입니다."

"지금 도착했습니다. 어디세요?"

"아, 문자 못 보셨어요? 제가 5시에 보냈는데……."

5시라면 오케스트라 한 부대가 집에 들어와서 클래식을 깡깡 댔어도 알아채지 못할 만큼 깊은 잠에 떨어져 있을 시간이었다.

"급하게 나오느라 확인을 못했습니다. 죄송합니다. 근데 무슨 얘기를?"

"아이고, 혹시나 해서 전화 드리길 잘했네요. 다른 건 아니고요. 부서에 일이 생겨서 제가 못 갈 것 같다는 내용이었어요."

잔뜩 긴장한 몸에서 힘이 쭉 빠져나갔다. 박규훈이 없으면 모든 게 허사다. 경찰도 아닌 내가 어떻게 똘똘이를 추궁할 수 있겠는가.

"아, 걱정하지 마세요. 그쪽이랑 얘기 다 됐으니까 선배님만 보셔도 됩니다."

"아니, 그래도 어떻게……?"

박규훈은 별 걱정을 다 한다는 듯 유쾌하게 웃었다.

"똘똘이 보시면 제 말이 이해가실 겁니다. 대전에서 4시 버스 탄다고 했거든요. 6시 도착이니까 얼른 가서 찾아보세요."

여우에 홀린 기분으로 전화를 끊고 플랫폼으로 나갔다. 머리 위로 청주, 춘천, 안동 등 도착지를 알리는 패널이 10여 개 붙어 있는 출발 플랫폼의 오른편에 시외에서 도착한 버스가 정차하는 도착 플랫폼이 따로 있었다.

막 대전발 시외버스가 그 도착 플랫폼에서 승객을 토해내고 있었다. 나는 눈이 튀어나올 정도로 그들을 주시했다. 평일 오후 6시라서 금세 승객의 행렬은 끝이 났고, 버스 안은 기사를 제외하고 한 사람도 남지 않았다. 버스에서 내린 승객들은 저마다의 목적지로 걸음을 서둘러 플랫폼 주변에는 검은색 양복을 입은 40대 후반 남자와 긴 머리를 옅은 갈색으로 염색한 초등학생만이 남았다. 아무리 봐도 똘똘이로 짐작될 만한 청년이 없어 당황한 나는 다시 한 번 그들에게 시선을 집중했다. 내 시선을 느낀 중년 남자 또한 내게로 눈길을 돌렸다. 한동안 서로 멈춰 서서 눈빛을 교환하는데 남자가 내 쪽으로 발걸음을 옮기기 시작했다. 그때 이 남자가 똘똘이일지도 모른다는 생각이 들었다. 막연하게 젊은 남자라고 생각했지만 컴퓨터만 다룰 줄 안다면 나이는 숫자에 불과할 뿐이었다. 나는 앞으로 나서서 중년 남자를 맞았다.

"혹시 선생님이 똘똘이……?"

뱉고 보니 뭔가 이상한 질문이었지만 달리 물어볼 말이 없었다.

"아, 아닙니다. 제 아들놈이……."

손사래를 치며 부정하던 남자는 뒤에서 뚱한 표정으로 선 초등학생을 손으로 가리켰다. 은애 사건에 개입되면서 하루라도 당황하지 않고 지나간 날이 없었는데 오늘도 마찬가지였다. 똘똘이는 저 조막만 한 초등학생이었던 것이다. 역시 나이는 숫자에 불과할 뿐이었다.

우리는 터미널 역사를 나왔다. 오랜만에 와보는 곳이라 어디로 가야 할지 알 수 없었다. 막연히 주변을 둘러보다 길 건너 로데오 거리 초입에 대형 커피숍이 보여 그리로 안내했다. 육교를 건너 그쪽으로 가는 내내 중년 남자는 아무 말이 없었고, 똘똘이도 자신이 저지른 죄를 반성하는 흉내를 내며 시무룩하게 따라왔다.

1등 상권답게 대형 체인점 커피숍 안은 벌써부터 손님으로 빼곡했다. 어디에 앉아야 하나 고민하는 차에 막 자리에서 일어나는 두 남자가 보였다. 구석자리라서 은밀한 이야기를 나누기에 적합해 보여 황급히 자리를 맡았다. 내가 의자에 앉자 맞은편에 똘똘이와 아버지가 앉았다.

"아버님께서는 잠깐 자리를 비켜주시죠."

"제가 옆에 있어야죠. 보시다시피 어린놈인데."

아들놈이 무슨 예쁜 짓을 했다고 감싸는 걸 보니 마음이 아팠다. 그래도 자유롭게 듣고 싶은 내용을 들으려면 어쩔 수 없었다.

"괜찮습니다. 윽박지르거나 하지 않습니다. 그냥 이야기만 듣겠습니다. 아버님이 옆에 계시면 애가 창피해서 무슨 말을 하겠습니까?"

"저기, 이런 일 때문에 혹시 처벌받거나 하지는 않겠죠?"

아버지의 필사적인 태도에 괜히 코끝이 시큰했다.

"그냥 이야기만 듣고 돌려보내겠습니다. 애가 다시는 그러지 않겠다고 약속하고, 또 아버님께서 앞으로 잘 지켜보신다면 아무 문제없을 겁니다."

"당연히 그래야죠. 제가 책임지고 감시하겠습니다."

"알겠습니다. 이제 나가셔서 30분만 있다 오세요."

"아니, 나가는 건 좀 그렇고 다른 테이블에 있겠습니다."

아버지는 우리가 보이는 테이블로 자리를 옮겼다. 주문을 하러 가기 전에 똘똘이에게 무엇을 마시고 싶으냐고 물었지만 고개를 푹 수그리고 아무 대답도 하지 않았다. 나는 커피를, 똘똘이용으로는 코코아를 시켜 자리로 가지고 돌아왔다.

똘똘이가 코코아를 앞에 두고 제사만 지내고 있기에 편하게 마시라고 했더니 힘없이 빨대를 홀짝거린다. 새삼 초등학생과 마주 앉아 포르노 얘기를 해야 한다는 현실에 기가 막혔다. 박규훈이 나랑 똘똘이, 둘이서만 만나도 아무 문제없을 거라고 장담했던 데는 이유가 있었다. 어차피 법적 처벌도 불가능한 나이니까 부모에게 범행 사실만 통보하고 훈계나 몇 마디 하는 수밖에 없다. 그 와중에 넌지시 내게 협조해달라고 부탁하면 자식이 지은 죄가 있는 똘똘이 부모가 거절할 리가 없었던 것이다. 나는 한결 편한 마음으로 대화를 시작했다.

"자, 이제 이야기를 해보자."

"네."

똘똘이가 잘 들리지도 않는 소리로 대답했다.

"크게 말해, 크게. 아저씨 귀 안 좋아. 네가 한 짓이 얼마나 나쁜 일인지는 아버지가 잘 가르쳐주실 거야. 아저씨는 오늘 널 혼내려고 만나는 게 아냐. 물어볼 게 있어서 부른 거야. 그러니까 사실대로만 말해주면 돼. 알았지?"

고등학생 박병학과도 그렇지만 초등학생과 대화해본 것도 언제인지 기억조차 나지 않았다. 내 말투는 자연히 어색해졌다.

"우선, 이름?"

"황지용이요."

"이름도 멋있는 놈이 똘똘이가 뭐냐, 이놈아. 똘똘이가 네 아이디 맞아?"

"네."

"왜 그렇게 지었어?"

황지용은 대답을 하지 못했다. 물으나 마나였다. 흔히 남
자의 성기를 은어로 똘똘이라고 부른다.

"나이는 몇 살이야?"

"열세 살이요."

"그럼 몇 학년이지?"

"6학년이요."

나도 모르게 혀 차는 소리가 나왔다.

"좋아, 네가 똘똘이의 야동…… 천국 운영하는 것 맞
지?"

야동이라는 말을 초등학생에게 하기는 부적절하다는 생각
이 들어 순간 멈칫했다. 술을 너무 많이 마셔 바보가 된 모
양이다.

"네."

"언제 만들었어?"

"6개월 됐어요."

"어떻게 하다 만든 거야?"

"인터넷으로 게임하는데 스팸메일이 왔어요. 열어보니까
다 벗은 여자였어요. 그거 보고 관심이 생겨서 여기저기 돌

아다니다가……."

얼마 전, 몇 년 만에 다시 이메일을 쓰다가 스팸메일 폭탄을 경험해본 바가 있어 고개를 주억거렸다.

"그랬구나. 그건 그렇다 치고, 너 8월 11일에 '막 나가는 20살 커플'이라는 동영상 올린 적 있지?"

초등학생과 나누기에는 말도 안 되는 대화였지만 불법 음란 사이트 운영자와 나누기에는 적합한 대화였다. 똘똘이는 멍하니 입을 벌리며 무슨 영상이었는지 한참을 생각했다. 답답해진 내가 울며 겨자 먹기로 구체적인 장면들을 말해주었다.

"아하, 알아요! 제가 올렸어요."

내가 어느 동영상을 말하는지 알아차렸을 때는 기쁜 듯이 목소리를 올렸지만, 자신이 올렸다는 것을 시인할 때는 목소리가 죽어갔다. 이러니저러니 해도 아직은 아이였다.

"그거 어떻게 올린 거야?"

"벗방 다운 받아서 올린 거예요."

'벗방'이라니 점점 모를 소리만 늘어놓는다.

"벗방이 뭐지?"

"여자들이 벗는 방이요. 원래 가슴하고 엉덩이만 보여주는데, 돈 내고 보는 사람들한테는 그거 하는 것도 보여줘요."

아직도 이해가 가지 않아 자세한 설명을 부탁했다. 지식을 뽐낼 기회가 생기자 똘똘이의 얼굴에 생기가 돌았다.

"벗방이 요즘 유행이라서 인터넷에 많이 돌거든요. 저는 다른 사람이 만든 사이트 돌아다니면서 벗방이나 몰카 같은 거 다 다운 받아서 제 사이트에 올리는 거예요."

"그러니까 너는 남이 올린 야동을 몰래 가져와서 똘똘이의 야동천국에 다시 올린 것뿐이란 말이야?"

박규훈은 우리나라 불법 음란 사이트가 5만 개가 넘는다고 했다. 정말 그 정도 숫자라면 똘똘이가 얼마든지 발품을 팔아서 온갖 영상을 구해올 수 있었을 것이다.

"맞아요. 벗방 보는 회원들이 녹화한 거를 인터넷에 올리거든요. 그런 걸 받은 거예요."

"너 컴퓨터 진짜 잘하는구나. 어디서 배웠어?"

"혼자 배웠어요. 학교에서 제가 제일 잘해요."

"그렇게 컴퓨터를 잘하면 공부하는 데 쓰거나 자료 같은 것 찾는 데 쓸 것이지, 왜 야동 사이트를 운영했어?"

환하게 빛났던 똘똘이의 얼굴이 순식간에 흐려졌다.

"최신자료 같은 거 올리면 사람들이 막 칭찬해주거든요. 똘똘이가 최고다, 똘똘이는 못 구하는 영상이 없다, 그렇게요. 그런 소리 들으면 기분이 진짜 끝내줘요."

애나 어른이나 칭찬이 사람을 망치는 가장 확실한 방법인 것 같다. 문득 또 하나의 의문이 떠올라 물었다.

"근데 사이트 운영하려면 돈 들지 않니? 돈은 어디서 났어?"

"서버비 드는데요. 제가 내는 건 없어요. 전 운영만 하고요. 서버비는 광고하는 데서 내요."

그러고 보니 똘똘이의 야동천국에서 여성용 전동 자위기구나 콘돔 등의 성인용품 광고를 본 기억이 났다. 자세히 물어보자 처음에는 예전부터 모아온 용돈으로 서버비를 충당하다가 조회 수가 높아지니까 금세 성인용품 사이트에서 접촉이 왔다고 한다. 비용 일체는 그쪽에서 내고, 똘똘이는 운영 및 자료 수집만 하는 것으로 역할 분담이 된 것이었다.

"그럼 너는 그 영상에 나오는 구리하고 보라에 대해서는 잘 모르겠구나. 네가 직접 올린 것도 아니고, 너도 어디서 주워온 것뿐이니까."

"아니요. 저 그 형이랑 누나 잘 아는데요."

똘똘이가 눈을 동그랗게 뜨며 항변했다.

"어떻게 알아?"

"구리 형이랑 보라 누나, 벗방 최고 스타예요. 방송할 때마다 다른 사람들보다 훨씬 세게 보여줘서 인기 짱이에요."

"그럼 실제로 본 적 있어? 어디 사는지도 알아?"

"아니요. 그건 몰라요. 저도 영상에서만 봤어요."

240

"좋아. 그럼 이 사람은?"

나는 가져간 종이봉투에서 은애의 사진을 꺼내 똘똘이에게 보여주었다.

"이 누나는 모르겠는데요."

네가 올린 영상 주인공이라고 말해주고 싶었지만 그만두었다. 여태까지 수백 개의 영상을 올렸을 테니 그중 딱 한 편에 나온 여자 얼굴을 알아보지 못하는 것도 당연했다. 은애에 대해 전혀 모른다면 똘똘이에게 더 얻어낼 정보는 없을 것 같았다. 나는 재차 앞으로는 운영에서 손 떼고 부모님 말씀 잘 들으라는 당부를 하고 똘똘이를 풀어주었다. 제 아버지에게로 가는 똘똘이를 지켜보다가 갑자기 궁금한 게 하나 더 떠올랐다.

"한 가지만 더."

아이가 놀란 눈으로 나를 바라보았다.

"너 혹시 구리 뜻이 뭔지 아니? 보라는 이름 같은데, 구리는……."

"빠구리를 줄인 거예요."

성교를 저속하게 부르는 말이었다. 나도 모르게 헛웃음을 터뜨리고 말았다.

## 24

8시에 집에 돌아와 식탁 의자에 엉덩이를 걸치기 무섭게 박규훈에게 전화를 걸었다.

"아이고, 이 선배님. 어떻게 일은 잘 보셨습니까? 제가 같이 가드렸어야 했는데……."

"덕분에 잘 만났습니다. 꼬맹이가 나와서 아주 기가 막혔습니다."

"저도 아주 놀랐어요. 제가 단속한 사람 중에 최연소예요. 세상이 어찌 되려고 이러는지."

"이거 죄송한데 부탁 한 번 더해야겠습니다."

"또요?"

상냥했던 박규훈의 말투가 대번에 어두워졌다. 안 그래도 할 일이 많을 사람에게 면목이 없어 자연히 저자세가 되었다.

　"정말 죄송합니다. 제가 뭘 좀 잘못 알았어요. 똘똘이를 찾는 게 아니라 다른 사람을 찾았어야 했는데, 다 제가 무식해서 그렇습니다."

　"아이, 무슨 말씀을 또 그렇게 하십니까. 부탁하실 게 뭔데요?"

　"박형사님, 혹시 벗방이라고 아십니까? 거기 나오는 사람을 찾아야 합니다."

　똘똘이가 운영하는 사이트에서 구리가 나오는 영상이 올라왔으므로 자연스레 똘똘이와 구리가 연관이 있을 거라고 생각했었다. 하지만 똘똘이는 단순히 벗방 영상을 정보의 바다에서 건져 올린 데 불과했다. 구리를 찾으려면 그의 입에 직접 낚싯대를 던질 수밖에 없다는 게 내가 내린 결론이었다.

　"벗방 잘 알죠. 원래 여자애들이 브라자 정도만 까고 섹시 댄스 추고, 뭐 그런 걸로 시청자 모아서 돈 벌었는데 요즘은 수위가 많이 올라갔어요."

　똘똘이에게 들은 것과 대강 비슷한 이야기였다.

　"그런 건 한 달에 얼마나 합니까?"

　"한 달에 얼마가 아니고요. 보는 사람들이 영상이 마음에 들면 그때그때 100원 정도 하는 사이버머니를 쏴주는 겁니다."

"100원밖에 안 합니까?"

"말이 그렇다는 거지 100원만 쏘는 사람은 없죠. 방송 끝날 때까지 몇 만 원은 쏘겠죠. 십시일반이라고 만 명이 만 원씩만 쏴줘도 1억 원인데요. 그 돈을 인터넷 방송국이랑 방주인이랑 나눠 먹는 시스템입니다. 많이 버는 애들은 달에 몇 억이 우스워요."

"제가 보니까 수위가 꽤 세던데요. 불법은 아닙니까?"

"19금 걸고 방송하니까 잡기도 애매한데 노출이 되게 심한 애들은 단속도 하죠. 근데 그런 방송하는 애들은 워낙 많고, 저희들 인력은 한계가 있어서 때 되면 한 번씩 잡는 시늉이나 하고 있어요. 그나마 적당히 벗는 애들은 애교로 넘어가는데 팬티까지 다 까는 애들이랑 성 행위까지 하는 애들이 문제예요."

"수위가 높아질수록 돈을 더 많이 버나 봅니다."

"후원금 많이 내는 특별회원들만 모이는 방에서 아주 끝까지 가는 걸 보여주는 거죠."

이제야 확실히 감이 잡혔다. 구리와 보라의 적나라한 섹스는 특별회원들이 모이는 방에서 이루어졌고, 그 회원 중 누군가가 녹화해서 인터넷에 뿌린 것이다.

"역시 전문가시네요. 잘 알았습니다. 제가 부탁드리고 싶은 건 8월 달에 올라온 벗방에 구리라는 남자하고 보라라는 여자가 나오거든요. 혹시 걔네들 신상에 대해 좀 알 수 있을까 해서요."

"글쎄요. 그것도 제 선에서는 좀 어렵고요. 서울 사이버 안전국에다가 문의해봐야 할 것 같은데요. 그것도 걔네가 진작에 단속당해서 본청에 정보가 남아 있을 때나 가능한 얘기이고요."

"어려운 부탁이란 건 잘 압니다. 그래도 꼭 좀 부탁드릴 게요. 맹세코 더 이상 귀찮게 할 일은 없을 겁니다."

"아니, 귀찮지는 않은데……."

박규훈이 말끝을 흐렸다. 정말 귀찮다는 뜻으로 올바르게 이해했다. 아직 그 정도 분별력은 남아 있다. 나는 박규훈에게 똘똘이의 야동천국에서 구리와 보라를 확인할 수 있는 영상 번호를 알려주고 전화를 끊었다.

그날 밤은 더 할 일이 없어 아내와 예나의 DVD를 보며 술을 마셨다. 다음 날 오후 3시에 느지막이 일어나 휴대폰을 확인했지만 기다리던 연락은 오지 않았다. 해가 질 때까지 초조하게 좁은 집 안을 서성거렸다. 박규훈의 전화는 그 짓에도 어지간히 지쳤던 오후 7시께 걸려왔다.

"BJ 구리하고 보라라고 하셨죠?"

"BJ요?"

"자기들 말로 그렇게 불러요. 디스크자키처럼 '브로드캐

스팅 자키(Broadcasting Jockey)'라고 하는데 그걸 줄여서 BJ죠. 아무튼 걔네들 유명하던데요. 단속도 여러 번 당하고 벌금도 솔찬히 맞아서 본청에 조서가 남아 있더라고요."

나도 모르게 왼손을 불끈 쥐었다. 박규훈에게서 구리의 정보를 얻지 못했다면 달리 해볼 수 있는 게 없었다.

"주소도 있습니까?"

"아시죠, 주소 함부로 알려주면 안 되는 거?"

"압니다. 아는데 박형사님한테 절대 폐 안 끼치겠습니다."

박규훈이 길게 한숨을 내쉬고 말했다.

"기왕지사 여기까지 온 거 어떻게 하겠습니까. 주소 불러드릴게요."

마음이 바뀌기 전에 얼른 받아 적어야 했다. 그러나 주변에 메모지와 펜이 없어 한참을 찾다가 간신히 전단지 한 장과 싸구려 볼펜을 찾아냈다.

"그러니까 구리는 인천시 부평구……."

"부평이요?"

"네, 부평."

마음속으로 비명을 내질렀다. 부산이라고 해도 당장 내려갈 판에 같은 인천 하늘 아래라니 찾아가기 한결 쉬워진 것이다.

"부평 어딥니까?"

"부평구 산곡동 장미빌라 102호네요."

박규훈이 주소를 빨리 불러 적기 힘들었다. 아직 필기가 조금 남았는데도 그는 말을 계속 이었다.

"보라 주소는 인천시……."

"잠깐만요, 아직 못 적었습니다!"

다급한 내 말에도 아랑곳없이 박규훈은 입을 놀렸다.

"인천시 부평구 산곡동 장미빌라 102호입니다. 둘이 같이 살아요, 하하."

이 장난을 치고 싶어서 그렇게 서둘러 말했던 것 같다. 박규훈이 유쾌하고 재미있는 친구일 거라는 추측은 확실해졌지만 친해지고 싶은 마음은 조금도 들지 않았다. 입만 열면 시시껄렁한 농담을 던져대는 친구는 내 인생에서 하나로 족하다.

## 25

7시 반에 집 밖으로 나왔다. 파란색 물감을 풀어놓은 것 같던 하늘에 노을이 지면서 붉은 기운이 섞여 말로 표현하기 힘든 색깔을 띠고 있었다.

택시 안에서 박규훈에게 들은 이야기를 떠올려보았다. 구리와 보라의 본명은 각각 이동진과 양보라로 남자는 스물다섯, 여자는 스물두 살이었다. 막 나가는 스무 살 커플이라는 제목에 허위 과장이 들어간 셈이다. 둘은 약 1년 전부터 파트너로 활동하고 있으며 수차례 음란물유포 혐의로 체포된 전력이 있었다.

박규훈에게 그들이 부평에서 동거한다는 얘기를 들었을 때는 뛸 듯이 기뻤지만 찬찬히 생각해보니 애초에 그럴 확률이 높았다. 이선태는 은애가 방학 전에 나이트에서 남자를 만나

뜨겁게 사귀었다고 했다. 그 남자는 아마도 구리였을 테고, 둘이 만난 나이트 또한 김지현 패거리의 아지트라는 주안 보스 나이트가 아니었을까. 주안에서 구리가 활동을 했다면 인천에 살고 있을 가능성이 컸던 것이다.

부평(富平)은 이름 그대로 인천에서 부유한 사람들이 가장 많이 사는 대표적인 주거 지역이다. 부평역 주변이 특히 번화가인데 택시 안에서 봐도 요란한 네온사인과 호객꾼들로 불야성을 이루고 있었다. 그러나 두 BJ의 집이 있는 동네는 부평에서도 가장 후미진 달동네라 부와는 거리가 먼 곳이었다.

택시는 제법 경사진 도로를 올라갔다. 좁은 1차선 아스팔트길 양옆으로 지은 지 40~50년은 되어 보이는 주택들과 간판 칠이 벗겨져 이름도 알아보기 힘든 슈퍼, 통유리창에 검은 때가 잔뜩 낀 보신탕집 등이 다닥다닥 붙어 있었다. 나는 주변을 둘러보며 왜 달동네는 항상 높은 곳에 있을까 생각해 보았다. 달과 가장 가까운 곳에 있어서 달동네라는 이름이 붙었겠지. 달은 부자와 가난한 자들을 차별 없이 비추는구나. 아니, 오히려 가난한 자들을 더 사랑하는 걸지도 모르겠다. 가장 가난한 사람일수록 달빛을 제일 먼저, 제일 많이 받을 테니까.

계산을 끝내고 장미빌라 앞에서 내렸다. 택시에서 내리자

마자 어울리지 않는 상념은 싹 달아나버렸다. 마침내 은애 사건의 진상을 알고 있는 남자가 사는 곳에 도달했다. 쓸데 없는 생각으로 정신을 흩뜨릴 여유 따위는 없었다.

주변은 누구 한 명 볼 수 없을 정도로 고요했다. 벽돌담 중앙에 난 빌라 정문 앞 쓰레기통에서 지저분한 고양이 한 마리가 내 기척을 듣고 어슬렁어슬렁 기어 나왔다. 비록 쓰레기를 뒤지는 처지이긴 하지만 사육되는 것은 아니라는 당당함이 느껴졌다.

장미빌라는 낡아빠진 3층 연립주택이라 경비도 없었다. 아래쪽 모서리 유리가 주먹만큼 깨진 현관문을 열고 빌라 안으로 들어갔다. 빌라 주민들의 우편함이 왼쪽에 놓여 있어 102호를 확인했지만 비어 있었다. 몇 개의 계단을 오르면 문이 두 개 나오는데 왼쪽이 101호, 오른쪽이 내 목표인 102호였다.

102호 문 앞에서 어떻게 접근할지 고심했다. 대놓고 신분을 밝히기도 힘들었고, 밝힐 신분 자체가 없기도 했다. 상대방이 경계심을 가지기 전에 집에 들어갈 수 있는 방법이 없을까 고민하다가 전에 본 뉴스가 떠올랐다. 요즘 택배회사 직원을 사칭해 강도 행각을 벌이는 범죄자가 극성을 부린다는 내용이었다. 사실 뉴스는 일종의 범죄 가이드와 다름없어 뉴스만 분석해도 최신 경향의 범죄 수법을 꿰찰 수 있다. 택배회사 직원 사칭이 최신 경향이라면 마다할 이유가 없다. 102호의 철문 앞에서 문을 두 번 두드렸다. 한참 뒤 여자의 목소리가 들려왔다. 말꼬리를 길게 잡아 빼는 게 영락없이 벗방에서 들은 보라의 애교가 철철 넘치는 목소리였다.

"누구세요?"

"택배입니다."

"이 시간에 택배가 왔어요?"

보라의 말에 의심의 기운이 살짝 묻어났다. 8시가 조금 넘은 시간이니 그럴 법도 했다.

"이동진 씨 댁 아닌가요? 박스에 이동진 씨라고 적혀 있네요."

"이동진은 맞는데……."

"여기서 마감 치고 퇴근할 겁니다. 빨리 열어주세요."

재촉으로 생각할 시간을 주지 않는 작전이었지만 문은 열리지 않았다. 나는 재차 말했다.

"이동진 씨 휴대폰 번호가 010-0000-7392 아닌가요?"

박규훈에게 들어둔 전화번호를 불렀다. 전화번호에 신뢰감이 생겼는지 문이 살짝 열렸다. 열린 문틈으로 보라와 눈이 마주쳤다. 보라는 내 얼굴을 흘긋 보더니 재빨리 아래로 눈길을 내렸다. 당연히 내 얼굴은 건실한 택배회사 직원의 얼굴이 아니라 술에 절어 거무튀튀한 그것이고, 옷은 택배회사

의 유니폼이 아니라 오래 빨지 않아 냄새나는 군청색 점퍼에
불과했다. 보라는 순간적으로 상황을 파악하고 급히 문을 닫
으려 했지만 내 손도 보라의 눈 못지않게 빨랐다.

나는 문손잡이를 움켜잡고는 닫지 못하게 힘을 썼다. 비록
여자라지만 절박한 상황이라 그런지 힘이 말도 못하게 셌다.
그나마 보라가 소리를 지를 정신까지는 없었던 게 다행이었
다. 열린 문 아래로 구둣발을 밀어 넣었다. 이제 쉽게 닫힐
염려는 없다. 곧 더 버티지 못하고 문이 벌컥 열렸고, 줄다
리기에서 진 보라가 내 쪽으로 쏟아졌다.

보라를 밀치고 안으로 들어가며 두 주먹을 어깨 부근까지
들고 싸울 자세를 취했다. 저번처럼 멍청하게 요요에 맞아
기절할 생각은 추호도 없었다. 하지만 한 눈에도 훤히 들여
다보이는 작은 빌라 안에는 정적만이 흘렀다. 이 정도 소음
에도 뛰쳐나오지 않는 걸 보니 구리는 집을 비운 모양이었
다. 그때 보라가 내 등 뒤에서 소리를 빽 질렀다. 몸을 돌려
보니 내가 홱 미는 통에 바닥에 자빠져 있었다.

"계속 질러봐라. 경찰 오면 누구 손해인지 보게."

평소 행실이 경찰과는 그다지 친하지 않은 보라가 즉시 입
을 다물었다.

"놀라게 한 건 미안하다. 구리, 이동진이 찾아왔어. 너한
테는 아무 짓 안 할 거니까 안심해라."

내가 손을 내밀자 보라가 맞잡았다. 보라의 손은 어지간히 놀랐는지 핏기 없이 새하얬고 차가웠다. 힘을 줘서 일으켜 세웠다.

"아저씨, 누구예요?"

"형사."

천연덕스럽게 거짓말이 나왔다.

"쯩 보여주세요."

보라는 손을 내밀며 당차게 말했다.

"안 가져왔어."

"그럼 나가요."

"몇 가지만 물어보고."

"이거 불법 아닌가요? 형사라면서 신분증도 없고, 이렇게 막무가내로 들어와도 되요?"

"형사 맞아. 사정이 있어서 잠깐 쉬는 거야. 그보다 이동 진 어디 갔어? 둘이 같이 산다며?"

"오빠는 왜 찾는데요?"

나는 말없이 약 한 달 전 요요에 맞아 찢어진 이마의 상처를 보여주었다.

"오빠가 그랬어요?"

"그래. 정중하게 들어왔다가 또 이 꼴 될까 봐 힘 좀 썼다."

"강도인지 알았잖아요."

"미안. 이동진은?"

"오빠 없어요. 어제 싸웠는데 아직까지 안 들어왔어요."

"당장 들어오라고 전화해."

보라가 피식 웃으며 고개를 절레절레 저었다.

"성질을 있는 대로 내면서 뛰쳐나가느라 휴대폰도 놓고 나갔어요. 어디서 뭐하고 있는지……."

긴장이 살짝 풀린 그제야 빌라 안을 제대로 둘러보았다. 12평에 방은 두 개였다. 우리가 있는 거실은 흰 벽지에 보라색 꽃이 수놓아져 있었는데 음료수 같은 걸 쏟았는지 끈적한 얼룩이 묻어 있었다. 바닥에는 과자봉지와 음료수 캔, 애견용 사료, 플라스틱 박스 속에 든 배변 모래 등이 폭격을 맞은 것처럼 산지사방으로 흩어져 있었다. 내 시선을 따라가던 보라가 말했다.

"우리 해피 두 달 전에 잃어버려서 지금은 아무도 안 써요."

애견용품은 있는데 애견이 없는 걸 궁금해 한다고 생각했나 보다.

"집이 낯익은데?"

"여기서 방송하잖아요."

"어쩐지."

반쯤 열린 문을 마저 열고 안방으로 들어가자 익숙한 침대와 컴퓨터 책상, 그 옆의 작은 테이블 등이 보였다. 테이블 위에는 담뱃갑과 재떨이, 흰색 휴대폰이 놓여 있었다.

"그게 오빠 휴대폰이에요. 봤죠? 오빠 없으니까 내일 다시 와요."

내 뒤를 따라온 보라가 말했다.

"안 돼. 내가 그냥 가버리면 이동진이 왔을 때 형사가 찾아왔었다고 말할 거잖아. 그 자식이 영영 숨어버리면 내가 곤란하거든."

"그럼 어떻게 할 건데요?"

"올 때까지 여기서 기다릴 거야."

엄숙한 얼굴의 내게 보라가 눈을 흘겼다. 보라는 저번에 봤던 영상의 노랑머리가 아닌 검고 긴 생머리를 하고 있었다. 그때보다 훨씬 고혹적인 느낌이라 머리색을 바꾼 건 탁월한 선택이었다. 전체적으로 연예인 급의 아주 빼어난 미인은 아니었지만 너무 부담스럽지 않은 미모가 오히려 남자들의 성욕을 꽤 자극했을 것이라는 생각이 들었다. 호프집 같은 데서 보면 한 번쯤 말 걸고 싶어질 동네 미인 이미지라고 할까.

작은방은 말 그대로 손바닥만 하게 작았다. 산더미처럼 쌓인 남녀의 옷가지를 비롯한 잡동사니 속에선 이동진이 숨으려야 숨을 공간 자체가 없었다.

나는 안방에서 컴퓨터 의자를 빼내 거실로 가져왔다. 보라는 내가 나갈 생각이 없다는 걸 확인하고는 끊임없이 구시렁대며 거실 싱크대로 향했다. 싱크대에서 뭔가를 씻는 보라의 뒷모습을 지켜보다가 그녀에게 다가갔다. 보라는 개수대에서 사과를 씻고 있었다. 내가 보라의 등 바로 뒤에서 손을 뻗자 그녀는 벌컥 몸을 돌리고 인상을 팍 썼다.

"이제 본색을 드러내는 거야? 꼴에 남자라고."

보라는 성추행의 불쾌감과 자신의 성적 매력이 통했다는 쾌감이 공존하는 얼굴이었다.

"뭔 소리야?"

내 손은 보라의 몸을 지나쳐 싱크대에 올려둔 맥켈란 위스키를 집어 들었다. 위스키 병 옆에 아몬드와 땅콩이 가득 든 접시가 놓여 있었다.

"좋은 거 마시네. 이거 맛있는 술이야."

"아저씨, 형사 아니죠?"

내가 하는 꼴을 지켜보던 보라가 어이없다는 표정으로 말했다.

## 26

진공청소기 소리에 눈을 떴다. 나는 담뱃진으로 누렇게 변
색된 천장 벽지를 똑바로 올려보며 누워 있었다. 순간적으로
내가 지금 어디 있는지 기억나지 않아 당황스러웠다. 누운
자세 그대로 목만 들고 눈곱이 덕지덕지 낀 눈으로 주변을
살폈다. 비좁은 거실을 이리저리 누비며 진공청소기를 운전
하는 보라가 보였다.

"다리 좀 치워봐요."

진공청소기 노즐이 다리 쪽으로 다가오기에 피해주는 시늉
을 했다. 내가 자고 있는 사이 거실을 치웠는지 자질구레한
잡동사니와 쓰레기들이 말끔히 사라졌다.

"아침부터 웬 청소야?"

오른 팔꿈치로 머리를 기대고 옆으로 누워 물었다.

"그럼 손님이 왔는데 돼지우리 그냥 놔둬요?"

"손님 취급도 해주고 영광이네."

대책 없이 막 사는 아이라고만 생각했는데 집에 손님이 왔다고 청소도 할 줄 안다.

"내가 언제 잤지?"

"뭐 몇 잔 마시지도 못하던데. 딱 세 잔 마시고 뻗었어요."

보라의 말처럼 어젯밤 나는 그녀와 함께 술을 마셨다. 안 그래도 이동진과 다투고 기분이 울적해 한 잔 하려던 차에 내가 들이닥쳤던 것이다. 보라는 거실 한쪽에서 술상을 차려 홀짝홀짝 마시는 자기를 흘끗흘끗 쳐다보는 내가 상갓집 개로 보였던 모양이다.

"왜 이렇게 쳐다봐요? 마시고 싶어요? 그럼 이쪽으로 와요."

실은 상갓집 개가 아니라 파블로프의 개였다. 나는 꿀떡꿀떡 넘어가는 침을 도저히 참지 못하고 그녀의 맞은편 자리로 갔다. 이동진이 언제 올지 모르니 딱 한 잔만 하겠다고 선언하며 잔을 받았다. 물론 그 선언은 정치인의 공약처럼 애초부터 지킬 수 없는 것이었다.

몇 년 만에 여자와 단 둘이 가진 술자리였다. 지퍼로 여닫는 핑크색 후드 셔츠에 아주 짧은 검은색 반바지를 입은 보

라는 나이에 걸맞게 발랄하고 톡톡 튀어 말을 주고받는 재미
가 있었다. 술도 한 잔 들어간 데다가 가까이서 보니 더 예
쁘기도 했지만 다른 생각은 들지 않았다.

보라는 이동진 대신 자기 얘기를 들어줄 사람이 와서 기뻤
는지 8차선 도로에서 요리조리 차선을 바꾸는 자동차마냥 잘
도 화제를 바꿔가며 떠들었다. 달동네에 사는 불안감, 이동
진에 대한 불만, 위스키 품평 등으로 이어지다가 잃어버린
해피를 떠올릴 때는 눈물까지 흘렸다. 한 편의 변화무쌍한
뮤지컬 쇼를 보는 기분으로 그녀를 감상하다 어느새 정신을
잃었다.

아직 술이 덜 깨서 몽롱한 상태로 어젯밤 일을 떠올리다가
이동진에 생각이 닿자 정신이 번쩍 들었다. 즉시 양반다리로
앉아 보라를 불렀다.

"나 자는 사이에 이동진 왔다 간 것 아냐?"

"참 나, 그랬으면 내가 그 오빠 가만히 났뒀을 것 같아
요? 반 죽여놨지. 시끄럽고, 거실 청소해야 되니까 방에 들
어가서 자요."

보라의 등쌀에 안방으로 쫓겨났다. 테이블 위에 이동진의
휴대폰이 고스란히 놓여 있는 걸 확인하고 침대에 벌렁 누웠
다. 이 침대에서 이동진과 보라가 혐오스런 영상을 찍으며
뒹군 모습을 똑똑히 봤던 터라 왠지 찜찜했다. 보라가 청소

를 마칠 때까지만 누워 있을 생각이었는데 점점 의식이 흐려졌다.

잠에서 깼을 때 또각또각 규칙적인 소리가 들려왔다. 그새 방 안의 색이 훨씬 짙어진 게 몇 시간은 잠들었던 모양이다. 나는 소리를 쫓아 거실로 나갔다.

보라가 비닐봉지에 대고 발톱을 깎고 있었다. 그녀는 자꾸 눈을 가리는 긴 머리를 손으로 계속 치우다가 끝내 못 참겠는지 바닥에서 일어났다. 그제야 안방 문 앞에 서 있던 나를 발견한 보라가 흠칫 놀라 뒤로 물러났다.

"일어났어요?"

"지금 몇 시지?"

"4시 조금 넘었어요."

나를 지나쳐 안방으로 간 보라는 방에서 가져온 머리끈으로 머리를 질끈 묶었다. 머리를 묶기 위해 숙인 목의 살결이 희고 눈부셨다. 옛날에도 그랬다. 아내가 머리를 풀었을 때와 묶었을 때를 비교해보면서 마음속으로 어느 쪽이 더 예쁜지 점수를 매겨보곤 했었다. 그때 나는 한참을 고민하고도 도저히 우열을 가리지 못했다. 머리를 푼 모습과 한 갈래로 묶은 모습, 둘 다 나름의 매력이 있어 언제나 동점으로 끝나곤 했다. 보라 역시 마찬가지였다.

"배고프죠? 짬뽕 시킬까요?"

발톱을 다 깎은 보라가 말했다.

"밥을 다 주고. 손님 대접 제대로 하네."

"지금 시킬 테니까 세수라도 하세요."

화장실에서 대충 얼굴을 씻었다. 보이는 거실은 그럭저럭 깨끗해졌지만 화장실까지는 생각이 미치지 못했는지 곳곳이 물때로 지저분했다. 세면대 거울은 비누 얼룩으로 흐릿했고, 세면대 안쪽과 화장실 바닥에는 긴 머리카락들이 춤을 추고 있었다. 나는 휴지로 머리카락들을 집어 변기에 넣고 물을 내린 다음 거울도 닦아주었다. 공짜로 하룻밤을 잤으니 밥값이라도 해야 할 것 같아서였다.

화장실에서 나오자 문 두드리는 소리와 함께 배달원이 도착했다. 얼른 뛰어가 계산을 해주었다. 몇 번 사양하던 보라는 어젯밤 술을 마셨던 작은 상에 짬뽕 그릇과 단무지를 차렸다.

"원래 시키는 데 있는데 전화를 안 받네요. 거기가 더 맛있는데."

"아냐. 여기도 맛있어 보여."

말을 마치자마자 허겁지겁 국물을 한술 떠 넣었다. 술 마신 다음 날에는 뜨거운 국물만 한 게 없지만 뱃속이 아릴 만큼 매운 짬뽕이라 반도 못 먹고 수저를 내려놓았다. 보라는 나보다 매운 맛에 훨씬 강한지 면을 남기지 않았다. 어제 저

261

녁까지만 해도 이름도 알지 못했던 여자와 사이좋게 밥을 먹는 느낌이 묘했다.

기왕 염치가 없는 마당에 커피도 한 잔 청했다. 보라와 마주 앉아 커피를 마시다가 자세가 불편해 살짝 엉덩이를 움직였다. 청바지 뒷주머니에서 뭔가가 느껴졌다. 뭐지 하고 꺼내보니 똘똘이를 만날 때 가져갔던 은애의 사진이었다. 무심코 뒷주머니에 쑤셔 넣고 까맣게 잊었던 것이다. 보라에게 사진을 보여줄지 고민했다. 안 그래도 불화가 심한 마당에 다른 여자와 영상을 찍었다는 사실까지 알게 되면 둘의 관계는 십중팔구 파투다. 좀 더 고민하다가 보여주기로 결심을 굳혔다. 오래오래 사귈 만큼 이동진이 괜찮은 놈도 아니었고, 무엇보다 수사가 우선이었다.

"너 혹시 애 본 적 있어?"

내가 사진을 건네자 보라는 이맛살을 찌푸리며 한참을 들여다보았다.

"모르는 애인데요. 저보다 어려 보이네요. 피부도 좋고."

벌써부터 뭔가를 예감했는지 마지막 말을 씹어 뱉듯 했다. 보라가 달려들 듯이 물었다.

"애 누구예요?"

"그냥. 내가 맡은 사건이랑 관계있는 애."

"근데 왜 나한테 보여줘요?"

끈질기게 캐묻는 보라에게 항복하고 말았다. 솔직히 이번 기회에 보라가 이동진 같은 잡놈과 헤어지고 좀 더 제대로 된 애인을 만나기를 바라는 마음도 있었다.

"올해 6월 초랑 7월에 얘랑 이동진이 영상을 두 번 찍었어."

"방송이요?"

"그건 아닌 것 같고. 여자만 나오게 앵글을 잘 조정해서."

"언제, 어떻게 만났대요?"

"언제인지는 정확히 모르겠는데 5월 중순쯤? 주안 보스나이트에서 만난 것 같아."

"어쩐지. 그때 만날 술 처먹고 새벽에 들어오더라."

배신감이 치솟는지 보라는 두 팔을 파들파들 떨었다. 나는 조심스레 보라의 눈치를 살폈다.

"어제도 다른 년 때문에 싸운 건데, 개새끼 진짜…… 어제 그년은 나랑 친한 후배예요. 한두 번도 아니고, 진짜 개새끼 아니에요?"

"개새끼지."

"어휴, 정말. 진작에 잘라버렸어야 했는데."

"어디 가?"

벌떡 일어난 보라가 발을 쿵쾅거리며 어디론가 가려 하기에 놀라 물었다.

"열 받아서 한 잔 하려고!"

보라는 노골적으로 불쾌한 기색을 드러내며 술상을 차렸다. 술병과 유리잔이 쨍그랑쨍그랑 부딪치는 소리에 내 마음이 다 불편했다.

"안 마셔요?"

"응, 마실게."

어젯밤처럼 또 정신을 잃을까 봐 입술만 적시는 수준으로 위스키를 마셨다. 나와 달리 보라는 무서운 기세로 술잔을 비워갔다. 이동진과 은애의 관계를 폭로한 죄로 한동안 보라의 신경질에 시달렸다. 밤 9시께 보라의 얼굴은 열이 올라서 그런지, 아니면 술에 취해서 그런지 시뻘겋게 익었다.

"방송은 어쩌다 찍게 된 거야?"

화를 내다 내다 제 풀에 지쳤는지 축 늘어진 보라에게 물었다. 그녀는 픽 웃었다. 최악의 질문이었다. 암만 몸으로 먹고사는 여자들이라도 좋아서 그 일 하는 사람은 하나도 없다. 무슨 도덕군자마냥 멀찍이 떨어져서 왜 그런 일을 하냐고 물으면 누구라도 싫어할 것이다.

"그냥 특별히 잘하는 게 없어서. 공부하기도 싫었고, 공부하라는 엄마 아빠는 더 싫고. 고등학교 1학년 때 가출했는

데 별로 할 게 없더라고요. 우리나라, 여자애들이 할 일 그
렇게 많지 않아요. 알바 같은 거 하면서 떠돌다가 동진이 오
빠 만나고 방송 시작했죠. 하루하루 열심히 일하는 것보다는
낫던데요. 그래도 나 인기 많아요. 예쁘다는 말도 많이 듣
고……."

"나이 먹어서도 할 수 있는 일은 아니잖아. 이참에 동진
이랑도 헤어지고, 제대로 된 일할 생각은 안 들어?"

"그래야죠. 그 새끼 들어오면 불알 터뜨리고 집 나갈 거
예요. 네일 같은 거나 배워봐야지."

제법 술이 올라 눈이 스르르 감기는 보라였다. 슬슬 그녀
를 안방 침대에 눕히고 혼자 잠복해야겠다고 결심하는 찰나,
누군가가 현관문을 두드렸다. 순식간에 거실 분위기가 긴장
으로 가득 찼다. 나는 입술에 검지를 갖다 대며 단숨에 술이
깬 듯한 보라에게 조용히 하라는 시늉을 했다.

최대한 발소리를 내지 않고 현관으로 다가갔다. 다시 문
밖에서 쿵쿵 소리가 울려 퍼졌다.

"야, 문 안 열어! 이거 내가 빌린 집이야!"

벗방에서 들은 이동진의 목소리였다. 두근거리는 심장을
억누르면서 둥근 문손잡이에 오른손을 가져갔다. 조심스럽게
손잡이를 돌려 문을 살짝 열었을 때 등 뒤에서 날카로운 고
함이 터졌다.

"오빠, 도망 가! 형사야, 오빠 잡으러 왔어!"

그와 동시에 문 밖에서 엄청나게 큰 발소리가 들렸다. 보라의 경고에 놈이 꽁지가 빠져라 달아난 것이다. 놈을 뒤쫓기 전에 원망의 눈초리로 보라를 돌아보았다. 보라가 겸연쩍게 미소를 지었다.

"마지막으로 한 번 도와준 거예요. 이제 완전히 끝났어요."

대꾸도 하지 않고 문을 확 열고 나갔다. 나는 그새 꽤 멀리서 들려오는 발소리를 쫓아 무작정 달려 나갔다. 장미빌라 정문을 통과하자마자 남쪽으로 뛰어 내려가는 이동진의 뒷모습이 보였다. 그 다음부터는 잡느냐, 잡히느냐 말이 필요 없는 레이스였다. 우리는 약 300미터의 간격을 두고 1차선 아스팔트길을 달렸다.

언제 달려봤는지 기억도 안 나는 몸으로 5분 이상을 달리자 심장이 터질 듯했고 숨은 턱 끝까지 차올랐다. 나는 사냥개마냥 헐떡거리며 근육이 뻣뻣하게 굳은 두 다리를 억지로 놀려 녀석을 뒤쫓았다. 그쯤 되자 젊은 이동진도 체력에 한계가 왔는지 현저하게 느려진 모습이었다. 조금만 더, 조금만 더 힘을 내면 잡을 수도 있을 것 같았다.

그때 검은색 그랜저 한 대가 저 앞에서 우회전해 우리가 필사의 추격전을 벌이고 있는 1차선 도로로 진입했다. 까딱

하다 그랜저와 충돌할 뻔한 이동진이 황급히 몸을 오른쪽으로 틀어 옆의 좁은 골목으로 빠졌다. 그러자 그랜저 또한 좌회전해 좁은 골목길로 들어갔다. 난데없이 자동차가 끼어든 상황에 뭐가 뭔지 알 수가 없었다. 나도 가보는 수밖에 없을 듯해 이동진과 그랜저가 사라진 골목으로 꺾었다.

골목길을 200미터쯤 더 가자 연탄재와 오래된 쓰레기 등으로 뒤덮인 공터가 나왔다. 그토록 잡고 싶었던 이동진은 공터 끝에 내 쪽을 바라보는 방향으로 서 있었고, 우리 사이에 그랜저가 멈춰 있었다. 이동진의 등 뒤로 높다란 옹벽과 언덕이 솟아 있었다. 폭우에 언덕의 흙이 쏟아지는 걸 막기 위해 세워둔 이 옹벽으로 인해 이동진의 도주로가 막힌 셈이었다.

그랜저의 운전석과 조수석 문이 각각 열리고 스포츠머리의 두 남자가 내렸다. 운전석 남자는 금실로 용을 수놓은 요란한 트레이닝복 차림의 덩치 큰 체격이었고, 검은색 양복을 입은 조수석 남자도 못지않은 체구였다. 마지막으로 그랜저 오른쪽 뒷문에서 위쪽만 남겨둔 해병대 머리 스타일의 쥐색 양복을 빼입은 남자가 나왔다.

내가 있는 곳에선 세 남자의 뒷모습만 보였지만 이동진의 겁에 질린 얼굴은 선명하게 보였다. 어떤 행동을 취하는 게 좋을까 고민하는 사이 해병대 머리가 말했다.

"뭐해? 빨리 잡아와!"

지시를 받은 트레이닝복과 검은 양복이 이동진에게 다가갔다. 이동진은 혼이 빠진 얼굴로 뒷걸음치다가 등이 옹벽에 닿은 걸 깨닫고서야 멈췄다. 더 이상 물러설 데가 없는 이동진이 입술을 앙다물고 오른손을 아래로 휙 떨치자 줄에 달린 뭔가가 바닥을 향해 스르륵 내려갔다. 전에 내가 맞았던 그 요요였다.

"뭐야, 이 새끼."

트레이닝복이 애들 장난감을 꺼내든 게 어이없다는 듯이 껄껄 웃었다. 바로 그 순간, 이동진이 요요를 날렸고 퍽 하는 소리와 함께 트레이닝복이 이마를 감싸 쥐었다. 혼신의 일격이 멋지게 적중한 이동진의 얼굴에 자신감이 흘렀다.

요요를 회수한 이동진이 다시 검은 양복을 향해 요요를 날렸다. 하지만 검은 양복은 가볍게 고개를 휙 돌려 요요를 피한 후 두 걸음 만에 이동진에게 주먹이 닿을 만한 거리로 들어왔다. 나도 당한 입장에서 할 말은 아니지만 요요는 공격 무기로써 워낙 의외의 물건이다. 예상치 못한 일격을 당할 수는 있어도 미리부터 보고 있던 상대를 적중시키기는 무리가 있었다.

두 주먹을 어깨 부근까지 올린 검은 양복이 왼손 잽, 오른손 스트레이트를 던졌고, 원투가 이동진의 얼굴에 연달아 꽂했다. 그걸로 끝이었다. 정신을 잃은 이동진이 등을 옹벽에 기댄 채로 미끄러져 엉덩방아를 찧었다. 그때까지 이마를 만지작거리던 트레이닝복이 욕을 하며 이동진에게 다가갔다. 두 남자가 이동진의 양 옆에서 부축하는 자세를 취했다. 더 이상 놔두면 애써 기다린 월척을 다른 놈들에게 넘겨주는 꼴이다. 나는 옹벽 쪽으로 뛰쳐나가며 소리쳤다.

"야, 너희들 뭐야! 애를 왜 때려!"

두 남자가 동시에 고개를 돌려 나를 쳐다보았다. 트레이닝복은 광대뼈가 돌출하고 전체적으로 우락부락한 전형적인 건달형 얼굴이었고, 검은 양복은 전에 코뼈가 부러졌었는지 왼쪽으로 심하게 휘어 있었다. 몸놀림에서도 느꼈듯이 검은 양복은 권투 선수 출신이 분명했다.

"너야말로 뭐냐? 곱게 집에 가고 싶으면 알아서 꺼져."

한쪽으로 물러나 있던 세 번째 해병대 머리가 나직이 말했다. 욕을 섞거나 목소리를 높인 것은 아니었지만 조용한 게 오히려 더 위협적으로 느껴졌다. 쥐색 양복의 얼굴을 흘깃 쳐다보고 조금 놀랐다. 웬만한 영화배우의 기를 죽일 정도로 또렷한 이목구비에 남자답고 강인한 인상이 보통 잘 생긴 얼굴이 아니었던 것이다. 나는 머릿속으로 형사 시절을 더듬어 보았다. 셋 다 딱히 떠오르는 기억은 없었다.

"걔 놔줘! 안 그러면 경찰 부른다!"

순간 오른쪽 옆구리에서 엄청난 충격이 느껴졌다. 해병대 머리를 보느라 트레이닝복이 접근한 걸 눈치채지 못한 것이다. 나는 입에서 헉 하고 바람 빠지는 소리를 내며 두 손으로 배를 부여잡고 땅바닥을 뒹굴었다. 숨도 못 쉴 만큼의 강타였다. 한참을 뒹굴었지만 통증은 가실 줄 몰랐다. 머리 위에서 트레이닝복의 득의양양한 목소리가 들려왔다.

"건방진 새끼. 끝까지 형님한테 반말이네."

아픔으로 신음하면서도 내가 분명 한 살이라도 더 먹었을 거라는 생각을 했다. 고작 그런 이유로 맞았다면 억울하다. 억울함을 풀기 위해 땅바닥을 짚고 일어서며 말했다.

"내 나이가 올해 마흔이다."

트레이닝복의 펀치가 이번에는 내 뺨을 날렸다. 나는 다시 차가운 땅바닥으로 쓰러졌다. 고개를 옆으로 돌려 침을 뱉어 보니 피가 섞여 나왔다. 입 안에 머금고 있을 때는 몰랐는데 뱉고 나니 피 냄새가 역겨웠다. 한없이 누워 있고 싶었지만 녀석들은 그렇게 인내심이 많지 않았다. 이번에는 검은 양복이 내 옆구리를 장기인 주먹 대신 발로 내질렀다. 바닥에서 지렁이처럼 뒹굴고 있을 때 해병대 머리의 목소리가 들렸다.

"올해 마흔이신데 죄송했습니다, 형님."

빈정대던 해병대 머리는 그만 가자는 듯 손짓을 했고, 두 부하는 이동진에게 돌아가 여전히 축 늘어진 그를 끌고 왔다. 해병대 머리가 먼저 차에 타서 오른쪽 뒷문을 닫자 두 부하가 왼쪽 뒷문을 열고 이동진을 쑤셔 넣었다.

그랜저에서 시동이 걸리는 소리가 들리자 어디서 그런 힘이 났는지도 모르게 벌떡 일어났다. 나는 결사적으로 달려 막 차를 돌려 출발한 그랜저의 꽁무니에 매달렸다. 죽으면 죽었지 이동진을 누군지도 모르는 놈들에게 그냥 넘겨줄 생각은 없었다.

나는 차 뒤에 매달린 채 어떻게든 안을 보려 했지만 뒷유리에 선팅이 된 차 안은 전혀 보이지 않았다. 그대로 몇 십 미터쯤 더 나가던 그랜저가 멎었다. 달칵달칵, 운전석과 조수석 문이 또다시 열리고 두 부하가 나왔다. 나는 차에서 떨어져 나왔다.

부하들은 점점 거리를 좁혀오며 양옆에서 나를 포위했다. 언제 공격이 시작될지 몰랐기 때문에 두 녀석에게 시선을 집중하고 있는데 검은 양복이 순간적으로 눈앞에 출몰했다. 복싱 선수의 거리를 조절하는 스텝은 과연 탁월하기 그지없어 그토록 경계하고 있었음에도 전혀 막지 못했다. 턱에 묵직한 충격이 온 것은 내가 달게 받아야 할 몫이었다. 뇌가 흔들리고 주변 사물이 빙글빙글 돌았다.

간신히 쓰러지지 않고 버텼지만 이번에는 트레이닝복이 가만 놔두지 않았다. 그는 발로 내 배를 내질렀다. 아까의 숨

막히는 고통이 다시 찾아와 땅바닥에 주저앉고 말았다. 검은 양복이 예의 그 스텝으로 경쾌하게 다가오더니 축구공을 차듯 발끝으로 내 머리를 걷어찼다. 나는 바닥을 정신없이 뒹굴었다. 두 녀석의 집단 구타는 그때부터 활기를 띠었다. 머리, 다리, 가슴, 배. 녀석들의 발길질은 가리는 곳이 없었다. 고통으로 허우적대면서도 미칠 듯한 분노가 온몸을 헤집고 돌아다니는 것을 느꼈다.

예전 같으면 나를 똑바로 볼 수도 없는 녀석들에게 이토록 농락을 당하고 있다는 사실이 분해서 견딜 수 없었다. 어디서 들은 이야기인데 형사와 범죄자의 사주팔자는 전부 똑같지만 관운의 유무에 운명이 갈린다고 한다. 기실 형사와 범죄자가 하는 일은 거의 같다. 달리고, 잡고, 치는 것이 전부다. 다만 합법적으로 하느냐, 비합법적으로 하느냐만 다른 것이다. 그러나 한 가지라도 다른 건 다르다. 결코 같을 수는 없다.

너희들과 나는 달라. 너희는 형사를 칠 수 없어. 마음속으로 외치고 또 외쳤다.

나를 축구공처럼 차는 데 재미가 들렸는지 검은 양복이 또다시 스텝을 밟으며 다가왔다. 이번만큼은 잔뜩 벼르고 있던 내가 검은 양복이 차는 발을 두 손으로 붙잡았다. 오른발을 붙잡힌 검은 양복이 버둥거리는 데도 절대 놓아주지 않고 혼신의 힘을 다해 놈의 허리를 밀고 벌떡 일어섰다. 균형을 잃은 검은 양복이 뒷머리를 땅에 부딪는 소리가 밤하늘에 울려 퍼졌다.

트레이닝복이 괴성을 지르며 다가왔다. 나는 하도 커서 때릴 곳도 많은 녀석의 얼굴에 있는 힘껏 주먹을 뻗었다. 뻑 하고 코뼈가 부러지는 소리가 그렇게 클 줄은 몰랐다. 트레이닝복은 무릎을 꿇고 피가 줄줄 쏟아지는 코를 감싸 쥐었다. 그간의 분노와 통쾌함이 뒤섞여 다짜고짜 소리를 질렀다. 짐승의 울부짖음 같은 소리가 옹벽에 반사되어 메아리쳤다.

그러나 아직 한 놈이 남아 있었다. 오른쪽 뒷문이 열리고 노기로 가득한 얼굴의 해병대 머리가 내렸다. 3미터 정도의 간격이 있어 다시 싸울 채비를 할 때 놈이 표범처럼 하늘로 뛰어올랐다. 해병대 머리는 그야말로 단숨에 날아와서 오른 무릎을 내 안면에 꽂았다. 그림처럼 멋들어진 플라잉 니킥이었다. 그 공격을 당한 사람이 나라는 게 유감스러울 따름이었다.

두 졸개에게 맞을 때하고는 비교도 되지 않는 충격에 나는 즉시 기절해버렸다.

## 27

정신을 차리자 온몸에 불이 붙은 듯 뜨거웠다. 고개를 들어보려 애썼지만 목을 비롯해 전신이 쑤시고 안 아픈 구석이 없었다. 포기하고 반쯤 든 고개를 내려놓았다. 딱딱한 아스팔트에 뒤통수를 부딪칠 거라 예상하고 충격에 대비했지만 놀랍게도 폭신한 곳에 닿았다. 힘겹게 손을 뻗어 머리 부근에 대보니 부드러운 가죽이 만져졌다. 다시 손을 아래로 내려 주변을 훑어 내려갔다. 몸통 부근에서도 머리 쪽처럼 부드러운 질감의 가죽이 느껴졌다.

길바닥에서 정신을 잃은 것까지는 확실한데 그 뒤는 기억에 없다. 아픈 것도 아픈 거지만 지금 무슨 상황인지 궁금해 견딜 수가 없었다. 밭은 신음을 내뱉으며 기름칠을 하지 않은 로봇처럼 뻣뻣한 몸을 억지로 일으켰다. 그래도 몸이 움직이는 걸 보니 뼈나 내장을 크게 상하진 않은 것 같다. 하긴 맞으면서도 최대한 몸을 웅크려 급소를 피하긴 했다.

나는 불이 켜진 실내에서 가죽 소파 위에 누워 있었다. 살짝 붉은 기가 감도는 갈색 천연 가죽 소파는 얼핏 봐도 수백만 원은 넘어 보였다.

"일어났나?"

방 안쪽 깊숙한 곳에서 노인의 목소리가 들려왔다. 고개를 왼쪽으로 돌리자 큼지막한 원목 책상 뒤에 자기 덩치의 두 배는 될 법한 가죽 의자에 폭 파묻혀 있는 노인이 보였다. 깡마른 얼굴에 검버섯이 가득 핀 노인은 전에 본 적이 없는 사람이었다.

"여…… 여기가…… 어딥니까?"

위아래가 다 터진 입술을 벌리기만 해도 날카로운 통증이 찾아들었다. 힘겹게 질문을 던지며 주변을 둘러보았다. 노인이 앉은 책상 뒷벽에 걸린 괘종시계는 11시 30분을 가리키고 있었다. 정확하지는 않지만 대략 두 시간 정도 정신을 잃고 있었던 것 같다.

내가 앉아 있는 소파의 뒤쪽은 블라인드가 쳐진 유리창이 죽 이어졌고, 맞은편은 벽 전체가 책장이었다. 주로 <논어>, <손자병법>, 사마천의 <사기> 같은 중국 고전들이 두툼한 양장본으로 정렬되어 있었는데, 책등에 먼지 하나 묻어 있지 않은 걸로 봐서 관상용인 듯했다. 방문 옆에는 골프 클럽 세트와 거북이를 닮은 큼지막한 수석도 놓여 있었다. 책상, 책장, 소파가 가구의 전부임에도 하나하나가 고급스럽고 기품 있어 보여 드라마에서나 보던 대기업 회장의 서재를 연상시켰다.

"아니, 인천 형사가 나를 몰라?"

노인의 목소리에 어이없다는 기색이 흘렀다. 다시 시선을 왜소한 노인에게 고정하고 뚫어져라 살펴봤지만 모르는 사람을 갑자기 알 수는 없는 노릇이었다.

"누구신데 그러십니까? 내가 형사인 건 어떻게 알아요?"

"정확히 말하자면 형사였겠지. 때려치운 지 몇 년 됐다면서."

"아는 게 많아서 좋겠습니다."

노인은 대꾸 없이 껄껄 웃더니 가느다란 흰 머리를 두 손으로 넘겨 이마를 드러냈다.

"암, 좋지. 난 모르는 게 없어. 특히 경찰 쪽은 더 그렇지. 내가 김천권이거든."

노인의 자신감이 이해가 가는 순간이었다. 인천에서 경찰을 했던 사람, 지금도 하는 사람이라면 모를 수가 없는 이름이었다. 물론 본명보다는 '철권'이라는 별명으로 더 유명하지만 말이다. 나는 신중하게 고개를 저으며 말했다.

"그럴 리가 없을 텐데요."

김철권은 예사 인물이 아니었다. 경찰도 함부로 못 건드리는 거물이라 나도 형사 시절에 얼굴 한 번 본 적이 없었다. 그러나 인천시의 공적(公敵)으로 유명한 만큼 사진으로는 숱하게 봤다. 내가 본 사진 속의 김철권은 기골이 장대한 장사 체형이었지 바람 빠진 풍선 꼴의 이 노인과는 조금도 닮은 점이 없었다.

"왜? 아, 몸뚱아리 때문에?"

내 눈길이 자신의 몸에 닿는 걸 본 노인이 이해가 간다는 양 고개를 끄덕였다.

"당뇨야. 2년 전부터 한 30킬로그램은 빠졌을걸. 옛날 날아다닐 때하고는 다르지."

그 말에 노인의 이목구비를 주의 깊게 들여다보았다. 아직 형사 시절의 눈썰미가 남아 있어 부리부리한 눈매나 발달된 아래턱 등의 특징을 알아볼 수 있을 것 같았다. 그제야 내 앞에 누가 있는지 실감이 났다. 한마디로 가문의 영광이었다. 인천에서는 대적할 상대가 없을 정도로 어둠의 세계를 제패했고, 전국에서도 수원의 최 모와 부산의 이 모와 함께 세 손가락 안에 들어가는 실력자와 독대해 본 형사는 인천을 통틀어서도 그리 많지 않을 것이다.

"그 얼굴, 그거 어떡하나? 아주 선풍기 날개처럼 통통 부었구먼. 똥물 한 잔 마시고 사우나 한 시간 딱 하면 효과가 있을 거야. 한두 번 맞아본 놈이 아니니까 속는 셈 치고 내 말 한 번 들어봐."

"나를 이렇게 만든 놈 똥물이면 마시겠습니다. 기다리고 있으라고 전해주세요. 다음에 만나면 선 채로 똥물을 줄줄 흘리게 해줄 테니까."

"쉽지 않을 텐데. 그놈이 내 아들이야. 무에타이인지 하이타이인지 배워서 실력이 여간 아니라던데. 젊었을 때 나보다 낫다고 하는 놈도 있더라고."

여느 아버지와 같이 천하의 김철권도 자식 자랑에 만면에 미소가 가득했다. 끽 소리도 못 하고 기절한 게 분해서 허세를 부려봤지만 솔직히 해병대 머리를 다시 만나도 이길 자신은 없었다. 그보다는 쉽게 온 기회가 아닌 만큼 정보를 얻어내는 데 집중하기로 결심했다.

"김지현은요? 걔도 이 집에 있습니까?"

"아이고, 사내놈보다 여자애가 훨씬 다루기 힘들어. 사사건건 어찌나 부딪치는지 진작 독립시켰네."

김철권이 아비인 자신조차 김지현은 어렵다는 듯 손을 내저었다. 다음 질문을 생각하는 동안 김철권은 책상 한쪽에 놓인 은쟁반을 끌어왔다. 쟁반 위에는 안이 노랗게 비치는 위스키 한 병과 유리잔이 놓여 있었다.

"의사가 하루에 한 모금만 허락했어. 실은 한 모금도 안 되지만……."

김철권은 유리잔에 눈곱만큼 위스키를 따르고 한 번에 털어 넣었다. 마치 가글링을 하듯이 입 속에서 30초 가까이 술을 굴리다가 마셔버리는 게 아까워 죽겠다는 표정으로 꿀꺽 삼켰다.

"자네도 건강 잘 챙겨. 천하의 말술인 나도 이렇게 됐는데, 자네도 오래오래 술 마시려면 지금부터 관리해야 돼. 말 나온 김에 한 잔 할 텐가?"

염치도 없이 고개를 끄덕였다. 여전히 몸이 무지근하고, 이따금 배가 찢어지는 듯한 통증이 찾아와 알코올로 이겨보려 했던 것이다.

"그럼 이리 와. 저기 의자 있다."

나는 소파 앞에 놓인 작은 테이블을 돌아 김철권의 책상 쪽으로 향했다. 소파가 끝나는 곳에 화려하게 조각된 나무 의자 두 개가 벽에 붙여져 있었다. 나는 의자 하나를 가져와 책상 앞에 놓았다. 그사이 김철권은 자신이 마셨던 잔에 아낌없이 술을 따라 반 정도를 채웠다. 의자를 가져오느라 일어선 상태였던 나는 그대로 김철권에게 다가가 두 손을 뻗었다. 막 김철권이 내민 술잔을 받으려다가 멍하니 굳어버리고 말았다. 김철권의 오른손이 다섯 손가락이었던 것이다.

"한 놈 잘랐지, 진작에."

그의 별명이 처음부터 '김철권'은 아니었다. 원래 별명은 '육손'이었다. 선천적으로 오른 손가락이 여섯 개였던 그는 부모의 얼굴을 알지 못했다. 태어나자마자 버려졌던 것이다. 고아원 대문 앞에 놓인 포대기에는 김천권이라는 이름과 생년월일이 적힌 종이가 끼워져 있었다고 한다.

굶주림에 이골이 난 그는 70년대 초에 동인천 중앙시장에서 짐꾼으로 일하며 시장통에 발을 들여놓았는데, 원래부터 보스 기질이 있었는지 금세 짐꾼 그룹의 리더로 떠올랐다. 중앙시장에서 점차 잔뼈를 키운 그는 몇 년 후에는 시장에 들어오는 물건들의 납품과 유통을 도맡을 정도로 성장했다. 지금이야 재래시장이 거의 죽었다지만 그 당시만 해도 서민들이 옷감 한 필, 고등어 한 마리를 사는 것도 전부 재래시장에서 이루어졌으니 하루에 오가는 돈만 해도 엄청났을 터였다. 알토란 같은 이권을 둘러싸고 깡패들 간의 싸움이 끊이지 않는 건 당연지사, 김철권이 결정적으로 두각을 나타내게 된 계기가 바로 여기였다.

그의 육손이 어찌나 센지 한 방 맞으면 나가떨어지지 않는 사람이 없었다고 한다. 데뷔 초기만 해도 다소 비하가 섞였던 '육손'이라는 별명도 이내 당당한 '철권'으로 바뀌었다. 백 번 싸우면 백 번 다 이겼던 김철권은 80년대 건설 경기 호조를 기회 삼아 건설업으로 또다시 떼돈을 벌었다. 지금은 건설업부터 대부업, 유흥업 등 다양한 사업을 전개하며 암흑가에서 드높은 명성을 자랑하지만 우리 세계에서는 '육손이' 이상도 이하도 아니었다. 그 유명한 육손이 사라졌으니 놀랄 수밖에 없었던 것이다.

"몰랐나? 20년도 더 됐는데……. 한 병에 2,500만 원짜리다. 쭉 마셔."

단숨에 들이켠 위스키의 맛은 2만 원짜리만도 못했다. 입안이 온통 터지고 부르터서 찌르르한 통증만 느껴졌을 뿐이다. 내가 인상을 쓰자 김철권이 껄껄 웃었다.

"그러게 이제 형사도 아닌 사람이 왜 쑤시고 다녀서 매를 벌어? 맛있는 술, 오래오래 즐기려면 앞으로는 조심하라고."

"두더지도 아니고 뭘 쑤십니까. 난 그저 우리 과장님 딸이 누구한테 왜 죽었는지 궁금해서 좀 찾아본 것뿐입니다. 이제 고작 스무 살인데 얼마나 안 됐습니까."

"안 됐지. 자네만 슬퍼하는 게 아니야. 우리 지현이 친구인데 나도 딸 키우는 사람으로서 마음이 아프다고."

"말씀 잘하셨습니다. 나중에 우리 과장님 덕이라도 보려고 따님에게 은애랑 친하게 지내라고 지시한 것 아닙니까?"

"훌륭한 사업가는 한 번에 두 가지 일을 하지. 인생사 제일 중요한 게 친구라네. 우리 딸은 친구를 얻고, 덕분에 애비인 나도 얻는 게 좀 있고. 애들 놀라고 용돈 주는 게 나인데, 그 정도는 받아도 괜찮지 않겠어?"

당뇨병을 앓아 사라진 철권이 입으로 간 모양이다. 무슨 말을 해도 능글맞게 대응하는 그에게 점점 질려가는 기분이었다.

"그럼 따님 친구의 복수도 좀 해주시죠. 인생사 제일 중요한 게 친구라면서요."

나 역시 받아쳐보려고 던진 말이었지만 뜻밖에 김철권은 무거운 표정으로 고개를 끄덕였다.

"복수…… 그래, 복수도 중요하지. 기다려보게."

김철권은 책상 오른쪽에 치우쳐 있던 고풍스런 디자인의 유선 전화기를 들었다. 잠시 후 누군가가 받는 기척이 들리자 '가져와' 단 한마디를 남기고 전화를 끊는다. 나는 이 능구렁이가 대체 무슨 수작을 벌이나 싶어 잔뜩 긴장했다.

1분쯤 흐르고 노크 소리가 들렸다. 나는 고개를 뒤로 돌려 방의 유일한 출입문을 쳐다보았다. 김철권의 들어오라는 소리가 떨어지기 무섭게 문이 열리고 두 명의 젊은 남자가 들어왔다. 아까 나와 주먹을 섞은 트레이닝복과 검은 양복이라 자연히 어깨에 힘이 들어갔다. 그들은 등산용으로 보이는 커다란 더플백의 손잡이를 양쪽에서 나눠 들고 있었는데, 가방이 밑으로 불룩 처진 걸로 봐서 굉장히 무거운 물체가 든 것 같았다.

두 남자는 힘겹게 우리가 있는 책상 쪽으로 다가와 내 옆에 더플백을 내려놓았다. 노역에서 벗어난 그들이 눈알을 부라리며 나를 노려보았다. 용 트레이닝복의 반창고를 붙인 코가 시뻘겋게 퉁퉁 부어 오른 모습이 고소하기 그지없었다. 나는 녀석들에게 빙긋이 웃어주었다.

"종현이는?"

"나가셨습니다."

트레이닝복의 대답에 김철권은 너털웃음을 터뜨렸다.

"하여간 밤만 되면. 내가 드라큘라를 낳았다니까."

나는 무에타이 유단자의 행방 따위에는 관심이 없었다. 그저 더플백 안에 든 것이 궁금할 따름이었다. 김철권이 남자들을 향해 고개를 끄덕였다. 오른쪽에서 가방을 들었던 검은 양복이 지퍼를 주르륵 내렸다. 반사적으로 몸을 틀어 더플백 안을 내려다보았다.

눈두덩과 뺨, 코, 입 등 얼굴 전체가 찢어진 상처와 검푸른 멍, 붉은 피로 울긋불긋한 남자의 얼굴이 나를 올려다보고 있었다. 형사 생활을 통틀어서도 이토록 처참하게 구타당한 사람은 본 적이 없었다. 참혹한 광경에 나도 모르게 손이 입가로 올라왔다.

"이 사람 누굽니까? 왜 이렇게까지……."

"자세히 보게."

김철권의 냉담한 말투에 두근거리던 심장이 더욱 세차게 뛰었다. 나는 아예 의자에서 내려와 무릎을 꿇고 더플백 안의 남자를 자세히 살폈다. 코가 부러지고 광대뼈가 함몰되는 바람에 인상이 많이 변해서 얼른 눈치채지 못했다. 하지만 가까이서 들여다보니 확실했다. 이 남자는 이동진이었다. 황급히 손가락을 이동진의 코에 갖다 대보았다. 부상 상태로 어렴풋이 짐작했듯이 이동진은 조금도 숨을 쉬지 않았다. 한참을 더 확인했지만 죽은 이동진이 살아날 리가 없었다. 몇 시간 전만 해도 펄펄 날뛰던 녀석을 참혹한 시체로 다시 만나게 되자 온몸이 부들부들 떨렸다. 나는 벌떡 일어나 김철권에게 외쳤다.

"이게 뭡니까! 이동진이, 당신이 죽였어요? 왜 죽였습니까?"

눈앞에서 범죄를 목격한 분노에 이성을 잃은 나와 달리 김철권은 표정 변화 하나 없이 침착하게 말을 이었다.

"내가 죽였지. 사람이 사람을 죽였으면 목숨으로 갚아야지 별 수 있나."

"무슨 소리예요? 누가 누굴 죽였다는 말입니까?"

하도 흥분해 김철권의 말뜻이 쉽사리 다가오지 않았다.

"뻔하지. 이동진이 죽였어. 이동진이 은애를 죽였다고."

김철권의 단언에 말문이 막혔다. 나는 애타게 설명을 구하는 눈길로 김철권을 보았다.

"뭐 길게 설명할 것도 없어. 이동진은 우리가 고등학교 때부터 키우던 새끼 건달이야. 까마득한 놈이라 나는 잘 모르는데, 들어보니까 시키는 일도 야무지게 잘하고 어른들이 죽으라면 죽는 시늉까지 한다는 거야. 그대로만 잘 컸으면 한 자리 했을 놈이지."

예전부터 조폭류의 범죄단체는 '새끼 건달'이라 불리는 고등학생을 즐겨 활용했다. 아직 머리가 크지 않아 군소리 없이 명령에 복종하고, 세상 무서운 걸 모르니 전투에 돌입하면 물불을 안 가린다. 만에 하나 체포를 당해도 학생이라 처벌도 가볍다. 그러니 조직 폭력배들은 싹수가 보이는 고등학생에게 미리감치 용돈을 주며 관리한 다음 성인이 되면 정식으로 범단에 가입할 수 있도록 유도하는 것이다.

"그런 장래가 촉망되는 놈을 왜 죽였습니까?"

"다른 건 나무랄 데가 없는데 저 놈은 오입질을 너무 좋아했어. 남자는 세 가지 뿌리를 잘못 놀리면 망하는 거야. 첫 번째는……."

"입이랑 손이랑 좆이잖아요. 쓸데없는 소리 그만하고 설명이나 계속해요!"

내가 김철권의 말을 자르고 나서자 이런 불손한 놈을 가만 놔두지 않겠다는 양 두 똘마니가 좌우에서 내 쪽으로 다가왔다. 엉덩이를 들어 올리며 싸울 태세를 할 때 김철권이 가볍게 한 손을 들어 제지하는 시늉을 했다. 제자리로 돌아가던 그들이 심상찮은 눈빛을 보냈다.

"이동진이는 그 짓을 너무 좋아했어. 그러다가 좋아하는 걸로 돈도 벌면 더 좋겠다고 생각한 모양이야. 요즘은 인터넷으로 별의별 걸 다 방송한다면서? 그거 뭐 볼 게 있다고 그 짓 하는 걸 방송도 하고…… 참 나, 오래 살다 보니 별 걸 다 봐."

"얼굴 팔고 방송한다고 죽인 겁니까?"

"자기가 좋아서 자기 얼굴 깎아먹는 걸 누가 뭐라고 그러겠어. 나이 먹고 저 스스로 후회하겠지. 같이 찍는 여자하고도 합의만 됐다고 하면 그것도 문제없지. 강제로 시킨 것만 아니면. 문제는 동진이가 방송 말고도 은애 같이 순진한 여자애들을 건드렸다는 거야. 자네도 봐서 알겠지만 반반하게 잘생겼잖아. 들어보니 말도 제비같이 잘한다더군."

김철권의 입에서 은애의 이름이 나오자 긴장감이 한층 배가되었다. 어쩐지 사건의 결말이 코앞에 다가온 것 같은 느낌이었다.

"은애와 가까워지고 나서 애초 목적대로 영상을 찍으려

했지. 그런데 은애 같은 초짜를 데리고 얼굴 까고 방송을 하자고 하면 말을 안 들을 게 뻔하니까 둘만 보는 영상을 찍자고 꼬드긴 거야. 젊은 시절의 추억으로 남겨놓자고 말이지. 그런데 동진이, 그 녀석이 막상 찍어놓은 영상을 돈 받고 판 거지. 요즘에는 그런 걸 사서 인터넷에 올리는 전문 업체도 있다고 하더군. 웹하드라나 뭐라나. 사설 스포츠도박 사이트 같은 곳에서 그런 영상을 미끼로 가입자도 늘리고."

드디어 은애가 이동진과 찍은 영상의 비밀이 밝혀졌다. 나는 고개를 주억거리며 다음 말을 재촉했다.

"처음 찍은 놈을 은애 몰래 돈 받고 팔았는데, 어쩌다가 은애한테 들킨 모양이야. 그런데 은애도 맹랑한 것이 기왕 이렇게 된 것 돈을 나눠달라고 했다는군. 방학하고 나서는 아예 집까지 나와서 이동진을 따라다니며 영상을 찍었고."

첫 번째 영상은 은애 혼자만 나왔지만 가출 이후에 찍은 두 번째 영상에서는 이동진의 존재가 드러났고 장면의 수위도 다소 높아졌다. 김철권의 설명대로 두 번째 영상부터는 은애도 적극적으로 나서서 찍었다면 충분히 가능할 법한 얘기였다. 아무래도 싫다는 사람 억지로 구슬려 찍는 것보다야 합의하에 찍는 게 연출에 제약이 없을 테니까. 그러나 나는 은애가 돈 몇 푼에 영상을 찍었고 가출까지 했다는 놀라운 증언에 숨을 쉴 수도 없을 지경이었다. 납치나 협박, 강요

등의 범죄로 인해 은애가 영상에 출연했을 거라는 그동안의 근거 없는 믿음이 산산이 부서지고 있었다.

"두 번째 찍은 놈 때문에 결정적으로 이 사달이 난 거야. 은애하고 동진이는 업체에서 받은 돈의 분배를 가지고 크게 싸웠다더군. 사내놈이 한 번 눈깔이 돌면 무섭잖아. 홧김에 은애를 칼로 난자해서 그 지경으로 만든 거지."

은애는 신체 여러 곳에 자상을 입었지만 특히 음부 쪽에 처참하리만큼 상처가 집중됐다. 수사진은 여성성을 상징하는 그곳에 유독 피해가 집중된 걸로 미루어 은애에 대한 범인의 증오심이 대단히 높을 것이라 판단했었다. 섹스 동영상에서 비롯된 돈 문제가 살인으로 발전했다면 이동진의 잔혹한 범행 행태도 설명이 된다. 아마도 이동진은 광기에 휩싸여 은애가 다시는 섹스를 하지 못하도록, 그래서 다시는 자신에게 섹스 문제로 기어오르지 못하도록 음부를 집중 공략한 것이리라.

"이…… 이건 다 증명이 된 얘깁니까?"

"그럼. 처형을 하는 데 피고인 얘기도 안 들어보면 말이 안 되지. 다 동진이한테 직접 들은 얘기야. 우리가 인권 따지는 사법기관은 아니니까 좀 거친 방법은 썼지. 걔 얼굴 보면 알잖아."

김철권은 거대한 책상 끝에 가려져 그에게선 보이지 않는 더플백 쪽으로 시선을 내리는 시늉을 했다. 대신 내가 얼마나 잔인한 취조였는지가 능히 짐작되는 이동진의 얼굴을 내려다보았다.

"고아원 시절에 나한테 잘해준 누이가 있었어. 그 누이 생각해서 젊었을 때부터 구멍 장사는 절대로 안 했어. 약한 여자를 괴롭히는 것도 모자라 고깃덩어리를 만든 놈은 내 명예를 걸고 가만 놔둘 수 없지. 하물며 형사과장 딸을 말이야."

"형사과장 딸이니까 경찰들에게 맡겼어야 한다는 생각은 안 했습니까?"

"안 돼. 이동진은 우리 쪽 새끼 건달이었잖아. 이건 우리 문중 일이야. 가법에 따라 처리해야 하지."

김철권이 고개를 단호하게 내저으며 말했다.

"이동진이 범인이라는 첩보를 듣고 아들놈에게 이동진을 잡아오라고 시켰지. 그게 오늘 밤이었는데 하필 자네가 끼어든 거야. 자네가 끝까지 달려드니까 아들놈이 뭐라도 되는 놈인가 싶어서 기절한 자네까지 끌고 온 거지. 이동진을 취조하고 처형하는 동안 자네 지갑 속의 민증을 보고 뒷조사를 해봤네. 백과장 부하였다기에 대충 무슨 일인지 짐작했지."

내가 이 방에서 김철권과 영광스런 독대를 하기까지의 과정도 밝혀졌다. 이제 대부분의 의문은 풀렸지만 아직도 나는 은애의 탐욕으로 살인이 촉발되었다는 사실을 믿을 수 없었다.

"도저히 못 믿겠습니다. 은애는 그런 애가 아니었는데…… 그깟 돈 몇 푼에…….."

"나도 딸내미한테 들었어. 독실한 천주교인이었다지. 하지만 돈은 또 다른 문제야. 솔직히 우리 부녀 잘못도 있어. 은애 같이 평범한 집에서 자란 애가 우리 지현이처럼 화려한 입성과 씀씀이를 보면 헤까닥 하는 게 당연하지.

젊었을 때는 누구나 잘못을 해. 그 잘못을 통해서 성장하는 거고. 아마 은애도 살아 있었다면 나중에라도 과거를 후회하고 반성했을 거야. 그리고 다시는 그런 잘못을 하지 않고 잘 살았겠지. 이동진이의 가장 큰 죄는 은애가 잘못을 깨닫고 똑바로 살 기회를 영원히 빼앗은 거지. 목숨은 목숨으로 갚아야 해. 그게 내 철칙이라네."

은애의 방에서 본 토트백이 떠올랐다. 아버지 후광으로 돈을 물 쓰듯 하는 김지현이 갖고 있던 것과 같은 물건이었다. 어쩌면 그 토트백도 첫 번째 영상의 대가로 산 건 아니었을까. 아직 어린 나이였으니 라이벌이 가진 명품을 욕심내는 건 당연한 일이었을지도 모른다.

"사실 나도 남 말 할 처지는 아니고, 인생 이만큼 살아보니 잘못한 게 참 많아. 몸도 성치 않아서 언제 저승 갈 지도 모르고. 죽기 전에 한 번쯤은 지난날을 반성하고 똑바로 살 아봐야지. 내 욕심만 차리는 것도 이젠 싫증이 났어. 앞으로 는 우리 민족, 특히 내 고향 인천 사람들을 위해 살려고 하 네. 정치를 할 거라 이 말이야. 벌써 공천 애기도 다 끝냈 지.

이런 엄중한 시국에 새끼 건달 나부랭이가 현직 형사과장 딸을 죽여? 말도 안 되는 애기야. 우리 문중 단도리를 위해 서라도 동진이는 죽어야 했어. 자네도 봤다시피 가법에 따라 잘 처리했으니까 은애도 안심하고 눈을 감을 거야. 알았으면 더 이상 은애 일은 신경 쓰지 말라고. 이 집을 나서는 순간 모든 걸 싹 잊어. 알겠나?"

지리멸렬한 김철권의 말이 끝나기 무섭게 고개를 저었다.

"이 집을 나서는 순간 경찰에 신고할 겁니다."

"증거는?"

"지금 하신 말씀으로 충분할 텐데요."

김철권이 코웃음을 치고 말했다.

"대외적으로 난 존경받는 사업가야. 곧 국회의원 될 몸이 기도 하고. 알코올중독으로 잘린 전직 형사 애기랑 내 애기 중에 누구 말을 더 믿어줄 것 같아?"

"동진이 시체는 어쩌고요? 시체 나오면 금방 범인 밝혀집 니다."

이번에도 김철권은 가볍게 고개를 흔들며 내 엄포를 무시했다.

"시체는 안 나와. 우리 송도신도시에 외국인 관광객이 무지하게 오지. 그런데 그 친구들이 돈 쓰고 놀 만한 곳이 없어. 내가 애향심 하나는 끝내주잖아. 조만간 그 친구들 위해서 클럽 하나 열 생각이거든. 장식으로 천장에 커다란 골든 벨을 하나 올리려고 해. 자네, 에밀레종 알아? 거기에 신라의 발전을 기원하는 마음으로 아기를 녹여서 넣었다며? 나도 우리 인천의 발전을 기원하는 마음으로 한 놈 넣어보지 뭐."

"과학적으로 조사하면 사람 성분이 나올 겁니다."

"방법은 많아. 우리 애들 중에 부모 잃은 애들이 몇 백 명은 되거든. 자기 부모 외롭게 지내지 말라고 건장한 청년 하나 합장해줄 수도 있지. 어느 구름에서 비 오는 줄 알고 산소 몇 백 개를 다 파봐? 친구 중에 양식장 하는 놈도 있는데 광어 밥으로도 괜찮지. 인간은 광어를 먹고, 광어는 인간을 먹고. 그런 게 생태계지."

말로는 함락시킬 수 없는 인간이다. 의자에서 일어나 목례를 하고 문으로 다가갈 때 트레이닝복의 목소리가 들렸다.

"참, 이건 어떻게 할까요?"

고개를 돌려보니 트레이닝복이 주머니에서 이동진이 쓰던

요요를 꺼내고 있었다. 나는 걸음을 서둘러 책상으로 되돌아
갔다.

"그건 저를 주십시오."

진의를 탐색하는 듯한 김철권의 시선에 얼굴이 뜨거웠지만
물러서지 않고 맞받았다.

"이게 왜 필요하지?"

"유품 하나는 있어야 하지 않겠습니까? 돌려줄 사람이 있
습니다."

트레이닝복이 분기탱천한 얼굴로 내 앞을 막아섰다. 그는
고개를 돌려 김철권에게 간절한 눈빛을 보냈다.

"안 됩니다. 이거 증거로 경찰서에 가져갈 겁니다."

나는 트레이닝복의 어깨를 밀어 옆으로 치우고 김철권과
마주 보았다.

"약속합니다. 절대 그럴 일은 없을 겁니다."

오랫동안 나를 응시하던 김철권이 선선히 고개를 끄덕였
다.

"좋아. 주지. 남아일언은?"

"중천금입니다."

김철권이 호탕하게 웃었다. 김철권의 명령에 트레이닝복은
차마 내키지 않는 손길로 요요를 건네주었다. 아마도 트레이
닝복이 가격당했을 때 묻은 걸로 보이는 피가 점점이 흩어져

있었다. 막 문을 열고 나가려 할 때 등 뒤에서 김철권이 말했다.

"자네 반주가 좋아서 대화하는 재미가 있구먼. 앞으로 종종 놀러오게. 내 술은 얼마든지 줄 테니까."

문을 나서자 20평도 넘을 것 같은 거실이었다. 불이 꺼져 있어 가구들이 똑똑히 보이지는 않았지만 하나같이 거대하고 호화찬란했다. 벽에 걸린 호랑이 가죽과 박제한 사슴 머리가 어둡고 기괴한 분위기를 한층 더하고 있었다. 나는 잡힌 게 원통했는지 눈가가 촉촉한 사슴에게 인사를 남기고 저택을 빠져나왔다.

현관등이 켜져 있는 저택 밖에는 원형의 테이블이 놓여 있었고, 양복을 입은 세 남자가 둘러앉아 있었다. 그중 말단으로 보이는 녀석이 명령을 받고 자리에서 일어나 내 앞장을 섰다. 저택 부지 밖으로 나가는 데 안내가 필요할 정도로 광대한 정원이었다. 가지치기를 깔끔하게 한 정원수가 빼곡하게 솟아 있었고, 군데군데 내 몸무게의 두 배는 나갈 법한 바위들이 배치되어 있었다.

"여기 어디야?"

자갈을 깐 길을 걷는 도중에 안내역에게 물었다. 몇 시간 넘게 머물렀으면서도 여기가 어디인지조차 모르고 있었던 것이다. 안내역은 대꾸 없이 걸음만 서두를 뿐이었다. 회장님이 그토록 애향심이 넘친다니 인천이겠거니 생각하고 더 묻지 않았다. 우리는 졸졸 흐르는 시냇물을 따라가다가 다섯 개의 돌계단을 내려갔다. 저 앞에 자동차가 드나들 수 있는 커다란 출입구가 보였다.

"송도유원지."

자동차문 옆에 조그맣게 난 사람 출입용 문을 열어주며 안내역이 마지막으로 남긴 말이었다. 구 송도라면 이렇게 큰 정원이 있는 저택이 있을 법했다. 타지 사람들은 옛 영화를 잃어버린 송도유원지 부근이 급격히 몰락했을 거라 생각하지만 이 동네는 오래전부터 인천에서 내로라하는 부촌이었다. 송도신도시가 생기면서 앞에 옛구(舊) 자가 붙었을 뿐 진짜 인천 알부자는 아직도 대다수가 이곳에 살았다.

김철권의 저택은 제법 높은 언덕 위에 위치해 있었다. 나는 길을 따라 아래로 내려갔다. 한 채, 한 채의 담이 끝도 없이 긴 대저택 몇 개를 지나자 차가 다니는 큰길로 나올 수 있었다. 마침 길가에 주차해 있던 택시에 올라탔다. 막 1시를 지난 지금 시각에는 집까지 10분이면 갈 수 있었지만 달리 들를 곳이 있었다.

장미빌라 102호의 문을 두드리자 기다리고 있었다는 듯이 문이 열렸다. 밤에 여자 혼자만 있는 집에서는 확인도 안 된 방문객에게 문을 열어주는 경우가 거의 없을 것이다. 이동진을 기다린 것일까 생각하니 가슴이 아팠다.

"동진 오빠?"

보라는 기다리던 사람이 아님을 확인하고 실망스런 표정을
지었다.

"아저씨!"

그 와중에 보라가 내 몰골을 보고 놀라 외쳤다. 아직 거울
을 보지는 않았지만 상태가 맞아 죽은 이동진 못지않게 처참
했을 것이다.

"어떻게 된 거예요? 그 얼굴은 왜 그렇게 됐어요? 빨리
들어오세요!"

보라가 내 손을 잡아끌며 현관 안으로 데려갔다. 거실로
들어오라는 손짓을 하기에 고개를 저었다. 내 몫은 이동진의
죽음을 전하는 것뿐이다. 누군가를 위로해주거나 다독여주는
일은 내가 할 일이 아니었다.

"동진 오빠는요? 아저씨가 쫓아갔잖아요?"

"이동진은 이제 못 와."

말을 마치고 주머니 속의 요요를 건넸다. 요요에 묻은 피
를 보자 보라가 금세 허물어져 엉덩이로 털썩 주저앉았다.
나는 보라를 내려다보며 마저 설명했다.

"내가 한 건 아냐. 알면 다치는 사람들한테 당한 거니까
동진이 일은 이대로 잊는 게 좋아. 앞으로는 혼자서 잘 살

아.”

　눈앞에서 어미를 잃은 짐승같이 울부짖으며 눈물을 펑펑 쏟는 보라를 뒤로하고 문고리를 잡았다. 문을 열고 나가려고 할 때 등 뒤에서 울먹이는 보라의 목소리가 들렸다.

　“아저씨, 형사 아니죠?”

　나는 대답 없이 문을 열고 밖으로 나갔다.

## 28

집에 돌아오니 새벽 2시였다. 12라운드 복싱 경기를 연속으로 세 번쯤 뛴 기분이었다. 옷을 벗을 생각도 못하고 침대에 몸을 던지자 온몸의 뼈마디가 비명을 지르는 듯했다. 눕자마자 곯아떨어져 눈을 뜨니 여전히 밤이었다.

이불은 땀으로 흠뻑 젖어 있었고, 아직도 손가락 하나 까딱할 수 없을 만큼 지친 상태였다. 하지만 목이 너무 말랐다. 이대로 버티다가는 갈증에 죽어버릴 듯해 몸을 일으켰다. 주책없이 신음이 새어 나왔다. 힘겹게 발을 놀려 냉장고로 가면서 시계를 보았다. 시곗바늘이 11시를 가리키고 있었다. 꼬박 스물한 시간을 잔 것이다.

단숨에 물통의 반을 비우고 화장실로 향했다. 거울에 비친 내 얼굴은 나도 알아보기 힘들 정도로 퉁퉁 부어 있었다. 얼굴에 물을 묻히자 말도 못하게 따끔따끔했다.

상처에 물이 닿지 않게 조심하며 세수를 마쳤다. 안방 서랍장을 뒤져보니 예전에 아내가 사놓았던 파스와 반창고 등이 보였다. 나는 웃통을 벗어보았다. 얼굴뿐 아니라 어깨와 가슴, 배 곳곳이 구렁이 문신을 한 것처럼 시퍼렇게 멍이 들어 있었다. 아내가 있었다면 따뜻하고 부드러운 손길로 치료를 도와주었을 거라는 생각에 가슴 한 구석이 쓰렸다. 나는 얼굴의 상처에 반창고를 붙이고 몸을 이리저리 꼬아가며 타박상을 입은 곳에 파스를 붙였다.

대충 자가 치료를 마치고 다시 거실로 나왔다. 하마처럼 물을 들이부었지만 완벽하게 갈증이 가신 것은 아니었다. 물로는 풀 수 없는 갈증이 남아 있었다. 찬장을 열고 위스키를 가져와 유리잔에 콸콸 따랐다. 한 잔 가득 마시니 정신이 좀 돌아오는 것 같았다.

하루 내내 아무것도 들어가지 않은 위장이 음식을 달라며 꾸르륵거렸다. 혹시나 해서 냉장고를 열었더니 안주할 만한 것이 눈에 띄지 않았다. 그냥 식탁으로 돌아와 강술을 마셨다. 죽음으로 끝난 이동진의 짧은 인생을 추모하며 한 잔, 세상이 끝난 듯 슬퍼하고 있을 게 분명한 보라를 위해 한 잔, 능력도 없으면서 형사였던 지난날의 기억에 매달려 우쭐대며 설치고 다녔던 알코올중독자를 위해 한 잔…… 핑곗거리는 무수히 많았다.

비록 법의 단죄를 받은 건 아니지만 이동진도 죽음으로 죗 값을 치렀으니 은애 사건은 이대로 종결된 거나 다름없었다. 더 이상 내 선에서 할 것도 없었고, 앞으로는 다시 예전처럼 술이나 마시다가 인생 종 치면 그만이었다.

그러나 왠지 술맛이 잘 나지 않았다. 형사 시절, 고된 수 사 끝에 범인을 잡고 나서 동료들과 한 잔 기울일 때의 통쾌 함이 전혀 느껴지지 않았다. 이동진이 범인이라는 사실 자체 를 부정하는 건 아니지만 뱃속 저 아래서부터 아직 모든 게 밝혀지지 않았을지도 모른다는 찝찝한 기분이 올라왔다.

한참을 망설이다가 노트북을 켰다. 문서로 들어가서 백과 장이 은애의 실종을 의뢰한 첫 순간부터 현재까지 기억나는 전부를 적어 내려갔다. 실종이 느닷없이 살인으로 진화되고, 은애의 대학 친구부터 이동진과 보라, 김철권 등 여러 관련 자가 복잡하게 얽히면서 그동안 진득하게 생각해볼 여유가 없었다. 차분하게 지금껏 보고 듣고 겪은 모든 것을 돌이켜 보면 뭔가가 나올지도 모른다.

두어 달 사이 워낙 많은 일을 겪어 문서 작성에 꽤 시간이 걸렸다. 이따금 술 한 잔으로 연료를 부어가면서 쓰다 보니 어느새 거실이 밝아왔다. 꼬박 날을 샌 것이다. 나는 저릿저 릿한 팔을 쓰다듬으며 막 완성한 서른두 장짜리 문서를 읽어

보았다.

세 번을 내리 읽고 나서야 김철권의 설명과 조금 다른 부분이 떠올랐다. 김철권의 말이 전부 진실이라면 절대 풀리지 않는 의문이 몇 가지 남아 있었던 것이다. 그 의문들을 가지고 하루 종일 씨름했지만 현재까지 내가 확보한 정보만으로는 한계가 있었다. 솔직히 내가 민완 형사도 아니고, 빌어먹을 셜록 홈스도 아니니까 앉은 자리에서 모든 비밀을 싹 다 밝혀낼 수는 없는 노릇이었다. 뭐 크게 상관없긴 하다. 현재로서는 알 수 없는 몇몇 의문은 숨어 있는 사건의 또 다른 흑막에게 직접 물어보면 되니까.

월요일 아침 9시, 나는 샤워를 마치고 은애 사건의 마지막 열쇠를 만나러 집을 나섰다.

## 29

"계십니까?"

벨을 눌러도 응답이 없어 문을 두드리며 물었다. 마음이 급해 몇 초 기다리지도 않고 재차 두드리려는 순간 문이 열렸다.

"호진 씨…… 어쩐 일이세요?"

눈을 동그랗게 뜨고 나를 쳐다보는 강일화 사모에게 꾸벅 고개를 숙여 인사했다.

"얼굴은 또 왜 그래요?"

"별 거 아닙니다."

"병원 가보셔야 할 것 같은데…… 오늘도 근처에 볼일 있으세요?"

"아닙니다. 드릴 말씀이 있어서 왔습니다."

상복을 연상시키는 검은색 긴팔 원피스를 입은 사모가 내 얼굴을 뚫어지게 쳐다보았다. 내 눈빛 속의 진의를 읽어내려는 듯한 시선을 피하지 않고 맞받았다. 사모는 작게 한숨을 쉰 후 한 발 물러서서 들어오라는 손짓을 했다.

"막 백화점 가려 했는데 기왕 오셨으니 어쩔 수 없네요."

"죄송합니다. 연락도 없이 찾아와서. 몇 가지만 여쭤보고 가겠습니다."

"그이도 알아요?"

"백과장님은 제가 온 거 모르십니다. 개인적인 호기심이라서요."

부부만 남은 송도신도시 P아파트 1502호는 오늘도 먼지 하나 떨어져 있지 않을 만큼 깔끔했다. 사모는 저번처럼 내가 앉을 방석을 깔아주고 부엌으로 향했다. 냉장고를 열어 뭔가를 꺼내는 사모를 일없이 기다렸다. 잠시 후 사모는 어린아이 머리통만 한 배 두 개와 과일 접시, 포크 두 개, 과도를 쟁반에 담아 가져왔다.

"저번에 갑자기 오셔서 제대로 대접을 못 한 게 마음에 걸리더라고요. 오늘도 변변한 게 없어서……."

두 번이나 불쑥 찾아온 것에 대한 은근한 질책으로도 들렸다. 한가롭게 과일이나 먹으면서 노닥거릴 생각은 조금도 없었지만 의례적인 감사 인사를 던졌다.

"나 같은 아줌마한테 호진 씨가 궁금한 게 뭐가 있을까요?"

사모가 나를 쳐다보지도 않고 빠른 속도로 배 껍질을 깎으며 물었다. 한 번도 끊어지지 않은 껍질이 쟁반에 떨어져 똬리를 틀었다.

"은애에 대한 일입니다."

"우리 은애한테 제가 모르는 다른 일이 또 있었나요? 가출, 포르노, 살해, 전부 은애한테 그런 일이 있으리라고는 상상도 못했던 일이에요. 엄마로서 더 이상 우리 딸의 명예에 흠집이 가는 건 받아들이기 힘들어요."

"죄송합니다. 그래도 어머니 아니면 확인하기 힘든 내용이라서……."

"드세요. 올해 날이 더워서 배가 아주 달아요."

먹고 싶은 마음은 없었지만 대접한 사람의 성의를 생각해서 한 조각을 찍어 먹었다. 달큰한 과즙이 입안에 확 퍼졌다. 두 번 씹지도 않고 삼킨 다음 대화를 재개했다.

"제가 백과장님 부탁을 받고 7월 중순부터 은애를 찾아다닌 건 알고 계시죠?"

"그 사람이 저한테 말도 안 하고 혼자서. 괜히 호진 씨만 힘들게 했네요."

"은애가 머물고 있던 모텔까지 찾아갔다가 은애의 시체를 발견한 것도 아실 테고요?"

사모는 시체 얘기가 나오자 대답을 못하고 힘겹게 고개만 끄덕였다.

"거기서부터는 일개 전직 형사가 끼어들기엔 사건이 너무 커졌죠. 수사팀이 본격적인 수사에 착수했고, 저도 관련자로 조사를 좀 받았습니다."

"죄송해요. 남편이 괜히 시키지도 않은 일을 벌여서 ……."

"아니, 괜찮습니다. 제가 좋아서 한 일입니다. 그보다 백 과장님은 그때 이후로 제가 사건에서 완전히 손을 뗀 줄로 알고 있습니다. 하지만 저는 조금만 더 내가 똑똑했더라면 은애가 살았을 거라는 아쉬움을 떨쳐버리기 힘들었습니다. 솔직히 은애한테 무슨 일이 생겼는지 죄다 알고 싶은 호기심도 있었고요."

사모는 긴 속눈썹이 달린 커다란 눈을 내게 고정하며 말없이 듣고만 있었다.

"그래서 저는 백과장님에게도 알리지 않고 순전히 개인적인 수사를 해보기로 결심했습니다. 며칠 전에 사모님 찾아뵌 것도 그런 속뜻이 있었습니다."

"어쩐지 생전 연락도 없으신 분이 왔다 했어요. 은애 방도 보여 달라고 하고."

"혹시 어떤 단서라도 얻을까 해서 결례를 범했습니다."

"아니에요. 그래서 조사해보고 뭐라도 찾으셨나요?"

"지금부터 그걸 말씀드리겠습니다."

나는 은애의 시체가 발견된 후부터 현재까지 내가 알아낸 일을 보고했다. 인하대에서 은애의 친구들인 삼공주와 심부름꾼 이선태를 만난 것, 박병학과 똘똘이를 통해 은애와 영상을 찍은 이동진의 정체를 알게 된 것, 그리고 김철권에게 은애가 금전 문제로 이동진과 다투다 우발적으로 살해당했다는 것까지 설명하는 데만도 30분이 넘게 걸렸다.

이동진의 등장 시점부터 눈시울이 붉어졌던 사모는 은애가 돈 때문에 자발적으로 가출하고 이동진과 영상을 찍었다는 대목에서 기어이 눈물을 흘리고 말았다.

"도저히 믿을 수가 없네요. 우리 은애는 그런 애가 아니에요."

사모는 두 주먹을 불끈 쥐며 거세게 도리질을 했다. 나는 그녀를 위로하지 않고 진중하게 고개를 끄덕였다.

"실은 저도 믿을 수가 없습니다."

"네?"

의혹에 찬 사모의 시선을 받아넘기며 본격적인 설명을 시작했다.

"김철권의 얘기는 대체로 말이 되는 편이지만, 제가 나름대로 수사하면서 은애에 대해 알게 된 내용과 몇 가지 일치하지 않는 부분이 있었습니다. 은애랑 그렇게 잘 알았던 사이도 아니면서 뭘 안다고 이러나 생각도 해봤지만 그 위화감을 도저히 떨쳐버리지 못하겠더군요."

"뭐가 그렇게 이상했는데요?"

"우선 은애가 돈에 넘어가서 영상을 찍고, 결국 그 돈의 분배 때문에 살해당했다는 사실 자체가 납득이 가지 않았습니다."

"맞아요! 우리 은애는 돈이라고는 생전 몰라요. 몇 푼 안 되는 용돈도 아껴서 저금도 하고 얼마나 알뜰한데요."

사모는 이제야 말이 통한다는 양 손뼉까지 치며 열변을 토했다.

"그런 것도 있겠지만 더 확실한 이유가 두 가지 있습니다."

"그게 뭔데요?"

"첫 번째로 은애의 방에서 본 토트백입니다. 그 백은 김철권의 딸인 김지현이 가진 것과 똑같은 물건입니다. 비록 정당한 방법으로 모은 돈은 아니지만 김철권은 보통 부자가 아니에요. 당연히 김지현의 백은 우리 같은 서민들이 쉽사리 접할 수 없는 명품일 겁니다. 바로 그런 물건을 은애도 가지고 있었던 거죠. 저는 무심코 은애가 이동진과 영상을 찍고 그 대가로 받은 돈으로 명품 백을 샀다고 생각했습니다. 처음에는 이동진의 사탕발림에 영상을 찍었다가 나중에는 돈 욕심으로 찍었다는 김철권의 말을 무의식중에 긍정했던 겁니다.”

여기서 잠깐 말을 끊고 사모가 내 설명을 잘 따라오고 있는지 확인했다.

“그런데 잘 생각해보니 제가 놓쳤던 부분이 하나 있었습니다. 지금도 저 방에 있을 은애의 토트백은 검은색 가죽에 도금 버클이 달린 백입니다. 장식으로 버클에 혀를 날름거리는 뱀 두 마리가 가로세로로 교차되어 십자 형태를 이루고 있고요. 김지현이 가진 것도 똑같은 물건이니 당연히 디자인도 같습니다. 하지만 두 백에는 결정적인 차이점이 있습니다.

김지현의 백에 새겨진 뱀들의 눈에는 붉은색 보석이 박혀 있었다는 것이죠. 은애의 뱀 두 마리에는 아무런 보석이 없고요. 아시겠습니까? 둘 중의 하나는 가짜라는 겁니다. 그렇다면 누구의 물건이 가짜일까요? 세상이 다 아는 부호의 딸이 가진 게 가짜이겠습니까? 평범한 공무원 딸이 가진 게 가짜이겠습니까?”

답이 너무도 뻔한 질문이라 사모는 대답하지 않았다. 나는 다시금 은애의 방에서 본 검은색과 금색으로만 된 토트백과 핑거팁에서 김지현을 만났을 때 본 붉은 눈의 뱀이 새겨진 세 가지 색깔의 토트백을 떠올렸다.

"만약 은애가 이동진에게서 돈을 받아 명품을 산 사실 자체가 없다면 김철권의 증언도 믿기 힘들어지는 겁니다. 어쩌면 은애는 또래 친구 김지현이 가진 명품 백이 탐은 났지만 그것을 살 돈이 없어 단순히 가짜를 샀던 게 아닐까요?"

김지현에게 고초를 겪던 그날, 그녀는 은애를 '짝퉁'이라 표현한 바 있다. 그것 역시 자신을 흉내 내기 위해 짝퉁 가방을 들고 다니는 은애를 향한 경멸의 표현일지도 몰랐다.

"두 번째 이유는 뭐죠?"

사모가 착 가라앉은 목소리로 물었다. 어느 때보다 진지한 표정이 내 얘기에 끌려 들어가고 있음을 반증하는 듯했다.

"사모님께 말씀드리기 좀 뭣한 이유입니다. 이동진은 은애와 영상을 찍기 전부터 보라라는 20대 여자애와 동거 중이었습니다. 물론 이동진과 보라도 영상을 찍었고요. 저는 그 영상도 봤습니다. 거기서 유독 제 눈길을 끈 건 보라가 이동진을 쳐다보는 눈빛이었습니다. 저는 평생에 그 비슷한 눈빛을 두 번 더 본 적이 있습니다. 바로 은애가 카메라 너머의 이동진을 바라볼 때의 눈빛이었죠. 은애와 보라, 둘 다 노출을 강요하는 이동진에게 눈은 흘기고 있었지만 그 안에는 애정이 듬뿍 담겨 있었습니다. 마음 깊숙이 좋아하는 사람에게 일부러 싫은 척을 해서 관심을 끌려는 행동이었죠."

사모에게 차마 말할 수는 없었지만 또 하나의 비슷한 눈빛은 예전에 아내에게서 보았다. 우리가 좋았던 시절, 침대에 나른하게 누워 있던 아내는 잠자리를 조르는 내게 은애와 보라 같은 시선을 보내곤 했다. 그 눈빛이 얼마나 좋았는지 요즘도 가끔 꿈에 나온다.

"저는 가짜 명품 백과 은애의 그 눈빛으로 미루어 은애가 단지 돈 때문이 아니라 이동진에 대한 순수한 애정으로 영상을 찍었다는 결론을 내렸습니다. 그렇다면 김철권이 했던 얘기는 자동으로 거짓말이 되는 겁니다. 저는 김철권이 했던 다른 말들도 점검해 보았습니다. 혹시 또 앞뒤가 안 맞는 얘기가 있진 않았던가 하고요."

"있었나요?"

"있었습니다. 김철권은 은애가 천주교 신자라는 사실을 알고 있었습니다. 딸 김지현에게 직접 들었다고 했죠."

"은애, 천주교 신자 맞아요. 저 따라서 어릴 때부터 ……"

나는 고개를 가로저으며 사모의 말을 끊었다.

"방에 묵주도 있고, 세례명이 레아죠. 은애가 천주교 신자가 아니라는 말씀을 드리는 게 아닙니다. 은애가 천주교 신자라는 사실을 김철권이 아는 게 이상하다는 겁니다."

"은애 친구니까 알았겠죠."

"아니요, 모릅니다. 여기서 사모님께 또 죄송한 말씀을 드려야겠습니다. 은애는 대학에 들어가서 아주 수위 높게 놀았던 모양입니다. 친구들이 보기에도 위태로울 정도로요."

"은애가 뭘 어떻게 했기에……?"

"글쎄요. 제정신이 아닌 것처럼 보일 만큼 말도 안 되는 폭음과 노출, 한마디로 막 나갔던 것 같아요. 집에서의 모습과는 영 딴판이었을 테니 사모님께선 믿기 힘들 겁니다. 어디까지나 제 추측이지만 은애는 뭔가 좀 억압됐었던 것 같아요. 저도 이 집에 와보지 않고서는 몰랐을 겁니다. 하지만 이 집에서 풍기는 숨이 막힐 듯한 깔끔함과 엄격한 천주교 가풍을 직접 보니까 어느 정도 이해가 가더군요. 고등학교 때까지 이런 집에서 답답함을 느끼다가 대학생이 된 해방감에 그런 행동들을 하지 않았을까 싶기도 합니다.

어쩌면 중학교 때부터 진짜 심하게 놀았던 김철권의 딸 김지현에 대한 라이벌 의식일 수도 있고요. 스타트가 늦었으니 수위를 확 올려서라도 따라잡자는 마음 같은 거요."

사모는 심각한 표정으로 내 말을 곱씹었다. 어느 정도 진도가 빠졌으니 문제의 핵심으로 들어가도 될 듯했다.

"아시겠습니까? 은애는 적어도 친구들 사이에서는 독실한 천주교 신자의 모습을 보이고 싶지 않았을 겁니다. 그보다는 화끈하고 개방적인, 요즘 애들 말로 쿨한 스타일로 자신을 포장하고 싶어 했어요. 그랬던 은애가 맞수 격인 김지현에게 자기가 세례명까지 받은 신자라는 걸 고백한다? 뭔가 좀 이상합니다. 만약 은애가 김지현에게 자신이 천주교 신자라는 사실을 얘기하지 않았다면 김철권은 그 사실을 어떻게 알았을까요? 이건 더 이상하지 않습니까?"

"전 무슨 말씀을 하시는지 잘……."

"사모님, 왜 김철권에게 따님에 대한 얘기를 흘렸습니까?"

나는 사모의 눈을 똑바로 응시하며 마지막 결정타를 날렸다.

## 30

"무슨 말씀을 하는지 하나도 모르겠어요. 저한테 왜 그런 말을 하는 거죠?"

되묻는 사모의 얼굴에는 말과 달리 옅은 미소가 떠올라 있었다.

"물론 백 퍼센트 확신하고 드리는 말씀은 아닙니다. 2분의 1의 가능성이죠. 은애가 김지현에게 얘기를 하지 않았다면 김철권이 그 사실을 어떻게 알았을까요? 은애가 천주교 신자라는 사실을 잘 아는 사람에게서 따로 들었을 수밖에 없겠죠. 그럼 그 사람은 누구일까요? 암만 생각해봐도 은애와 함께 살았던 백과장님 아니면 사모님밖에 없습니다. 저는 둘 중의 한 분이 김철권과 제가 모르는 관계가 있어서 몰래 알려주었다고 추측했습니다."

"근데 왜 저죠? 그이는 경찰이니까 무조건 믿어주는 건가요?"

나는 진지한 표정을 유지하며 고개를 저었다.

"꼭 그런 건 아닙니다. 경찰 중에서도 뒤에서 조폭들 돈받고 편의 봐주는 놈들 많습니다. 그보다는 백과장님과 지내온 세월 속에서 제 눈으로 직접 보고, 제 귀로 직접 들은 사실들에서 내린 결론입니다. 백과장님은 고졸 순경 출신으로 출세에 태생적으로 한계가 있는 분입니다. 그래서 그분은 남들보다 더 오래, 더 많은 일을 해서 보이지 않는 벽을 극복하려 했습니다. 매일 7시 출근에 새벽별 보고 퇴근하는 게 일상이었죠. 은애와 같이 살았어도 딸이 무슨 생각을 하고 사는지, 장래의 꿈이 뭔지, 요즘 어떤 고민을 하는지 잘 몰랐을 가능성이 커요. 대부분의 중년 남편들처럼 아내에게 자녀의 양육을 일임하고 용돈이나 대주지 않았을까 싶습니다."

"틀린 말은 아니네요. 그이는 은애보다 항상 경찰 일이 우선이었죠."

"게다가 제가 아는 백과장님은 종교도 없습니다. 저를 처음 찾은 날도 사모님께서 '되도 않는 기도'나 하고 있다는 말을 했어요. 딸의 실종 때문에 아무리 상심했다고 해도 열성적인 신자라면 보통 그렇게까지 말하진 않았을 겁니다. 종교에 대해 별 관심이 없는 사람이, 김철권을 만났어도 딸에 대해 다른 얘기를 했으면 했지 천주교 신자 운운했겠습니까?

방금 얘기했듯이 확고한 증거가 있어서 내린 결론은 아닙니다. 저는 과장님과 사모님, 두 분 중에 은애와 더 가깝고 종교적으로도 일치하는 사모님이 가능성이 높다는 데 베팅했을 뿐입니다. 어떻습니까, 제 판단이 맞습니까?"

사모는 속을 알 수 없는 무표정으로 가만히 생각에 잠겨 있었다. 한참을 애태우던 사모가 입을 열었다.

"증거가 없으면 아무 소용도 없는 얘기네요."

"그렇습니다. 그래서 처음부터 사모님께 그냥 여쭤보러 왔다고 했던 겁니다. 아무 증거도 없이 누구를 추궁하거나 심문할 수는 없지요. 솔직히 끝까지 부정하시면 그냥 돌아가는 수밖에 없습니다. 하지만 안 그러셨으면 좋겠습니다. 뒤에서 무슨 일이 있었던 간에 하나밖에 없는 딸을 잃었지 않습니까? 고작 스물이었습니다. 그 어린 나이에 억울하게 죽은 은애를 위해서라도 어머니께서 아는 건 다 밝히셔야죠. 그래야만 은애도 편히 눈 감고 천국에서……."

"호진 씨는 아무것도 몰라요. 딸을 안 키워본…… 미안해요."

사모가 무심코 던진 말의 파편이 날카롭게 내 가슴을 찔렀다. 눈을 감고 잠시 진정한 후에 말을 이었다.

"아니, 맞습니다. 저는 딸을 키워본 적이 없는 놈입니다. 아내에게 모든 걸 떠넘기기만 하고 아빠 흉내만 냈죠. 초등학교도 못 보내보고……."

"미안해요. 제가 생각이 짧아서…… 이런 말 어떨지 모르겠는데, 어쩌면 호진 씨 처지가 저보다 나을지도 몰라요. 애가 클수록 어렸을 때하고는 비교도 안 되게 키우기가 어려워요. 복잡한 문제가 어쩜 그리 많은지. 우리 은애도 학교 들어가기 전까지는 엄마 말도 잘 듣고, 아무 구김살 없이 예쁘기만 했는데……."

사모는 스스로의 말에 심취해 내가 앞에 있다는 것도 잊은 듯했다. 취학 전의 은애 모습이 어른거리는지 꿈을 꾸는 듯한 얼굴에 잔잔한 미소가 흘렀다. 이내 혼자만의 세계에서 빠져나온 사모가 작게 고개를 끄덕였다.

"좋아요. 같은 딸아이 부모로서 호진 씨한테는 알고 있는 걸 전부 얘기해줄게요. 근데 그러려면 먼저 옛날이야기를 해야 할 것 같네요. 좀 지루할 텐데 괜찮겠어요?"

"하나도 지루하지 않습니다."

"난 원래 서울 사람이에요. 성북동에서 태어나서 고등학교 때까지 살았어요. 집도 엄청 잘 살았죠. 돌아가신 아버지가 신발 공장을 하셨거든요."

은애의 죽음을 설명하는 데 사모의 과거까지 필요할까. 기계적으로 고개를 끄덕이면서도 수십 년 전으로 거슬러 올라가는 애기에 어리둥절해졌다.

"대학 졸업하고 나서도 철부지였어요. 사고 싶은 건 턱턱 사고, 때 되면 해외여행 나가고. 그때까지 제 손으로 돈 벌어본 적이 한 번도 없었어요. 그러다 1997년 가을에…… 아시겠죠?"

"IMF요?"

"맞아요, IMF. 그때 아버지 공장이 부도가 난 거예요. 아버지는 자존심이 센 분이라서 사업이 그렇게 될 때까지 가족들한테 입도 뻥긋 안 했어요. 부도나서 온 가족이 길바닥에 나앉는 신세가 될 때까지도 끝까지 버티다가 사장실에서 목을 매서…… 아버지 신세도 참 불쌍해요. 우리 아버지라서가 아니라 정말 열심히 사셨거든요. 직원들한테도 존경 많이 받았고."

"남은 가족들이 힘드셨겠습니다."

"말해 뭐해요. 집도 빼앗겨서 외삼촌 댁 남는 방 한 칸에 네 식구가 살았어요. 애는 왜 그리 많이 낳았는지 제 밑에 여동생이랑 남동생이 있었거든요. 제일 큰 문제는 엄마였죠. 한 달 전까지만 해도 동창회 나가면 친구들한테 부러움을 받았는데 하루아침에 집도 절도 없는 과부가 된 거잖아요. 엄마도 아버지 못지않게 도도한 성격이라서 우울증에 시달렸어요. 얼마나 우울했는지 곧 치매까지 와서 우리들도 못 알아보게 되었죠."

98년에 나는 대학 신입생으로 술 마시고 돌아다니기 바빠 당시의 경제 위기를 피부로 체감하진 못했다. 몇 년 후에 우리 집도 빚을 많이 졌고, 친척 중에도 경제사범으로 감옥에 간 사람이 있다는 얘기를 듣고서야 내가 얼마나 철이 없었나 깨달았을 따름이었다.

"게다가 외삼촌이랑 외숙모가 눈치를 어찌나 심하게 주던지. 뭐 느닷없이 사촌동생 방 하나를 빼앗은 셈이니까 얼마나 미웠겠어요. 여동생은 다니던 대학도 휴학하고, 남동생은 대학 붙어놓고도 학비가 없어서 군대 간다고 하고. 미치는 줄 알았어요. 제가 일이나 다니고 있었으면 모를까, 말이 신부 수업이지 매일 놀러만 다니느라 할 줄 아는 것도 하나도 없는데.

눈만 뜨면 돈 벌 수 있는 일이 뭐가 있을까 고민하다가 우연히 인터넷에서 용모 단정한 20대 여자한테 고소득을 보장한다는 구인광고를 봤어요. 지금 들어보면 엄청 수상하죠? 그때는 너무 절박해서 그런 것도 몰랐어요. 면접을 가보니까 아니나 다를까, 룸살롱이더라고요."

아직도 은애와는 한참 멀어 보이는 사모의 얘기에 나는 정신없이 빠져들고 있었다.

"텐프로라고 하죠? 역삼동에 있는 고급 룸살롱들. 선수로 뛰려면 옷도 사고 액세서리도 사야 한대서 업소에 손을 벌렸어요. 그날로 방에 들어갔는데, 세상에…… 나라 경제가 그렇게 엉망이라면서 하룻밤에 천만 원은 예사로 드는 그 비싼 술집이 미어터지는 거예요. 운 나쁘게 우리 집만 망했지, 위기를 기회로 떼돈 번 사람들도 많았나 보더라고요.

거기서 일했던 얘기는 길게 하고 싶지 않은데, 솔직히 팁이나 테이블 차지 같은 걸로 돈은 좀 만지긴 했어요. 근데 식구들 사글세방 얻어주고, 엄마 치료비도 하고, 여동생 학비 내주면 남는 것도 없더라고요. 그러다 하루는 방에 들어가서 손님들한테 쭉 인사하는데 낯익은 얼굴이 보이는 거예요. 아버지 친구였죠. 얼굴이 귀까지 새빨개지고 심장이 막 뛰는데 어떻게 한 시간을 버텼나 모르겠어요. 끝까지 모르는 척하면서 버텼더니 아버지 친구도 미심쩍어 하는 얼굴이긴 했지만 물어보지는 못하더라고요. 하긴 자기도 창피했겠지.

방에서 나오자마자 엉엉 울었어요. 사장님이 왜 그러냐고 물어보기에 강남에서는 일 못하겠다고 했죠. 예전에 아버지가 서울에서 사업을 크게 해서 아버지 친구들이 언제 또 올지 모른다고. 사장님은 좀 만류하다가 제가 끝까지 고집을 꺾지 않자 그럼 서울 말고 다른 곳이면 어떻겠냐고 하더군요. 그 일을 그만둘 처지는 못 돼서 그렇게 하겠다고 했죠.

사장님이 의상비같이 그동안 제가 진 빚을 받고 저를 넘겨 준 데가 송도유원지 룸살롱이었어요. 그때는 거기에 고급 요 정이나 룸살롱 같은 게 참 많았는데…… 그만둔 후로 다시는 안 가봐서 잘 모르겠네요. 지금도 있나요?"

"예전보다는 못해도 좀 남아 있습니다."

내 대답에 사모는 고개를 끄덕였고, 나는 점입가경으로 흘 러가는 얘기에 더욱 신경을 집중했다. 적어도 이제는 줄거리 가 송도유원지까지는 온 것이다.

"역삼동에 있을 때는 최상류층 클럽이라 잠자리는 억지로 안 해도 됐어요. 아가씨 마음이 내키면 나가는 거지 아무도 강요하지는 않았거든요. 그런데 송도로 옮긴 곳은 은근히 2 차 강요가 심했어요. 안 나가면 마담 언니나 실장님 통해서 눈치 심하게 주고, 손님들도 강남 사람들보다는 매너가 떨어 져서 2차 안 나간다고 하면 행패를 부리기도 하고. 하도 괴 롭혀서 결국 2차를 나가게 됐죠.

참, 내가 별 얘기를 다 하네요. 아무튼 2차 나가서 배불뚝 이 아저씨들이랑 그 짓을 하면 딱 죽고 싶어요. 남부러울 것 없이 부자 부모 만나서 사랑만 받고 자랐던 내가 돈 몇 푼에 좋아하지도 않는 사람이랑……."

"백과장님한테는 꼭 비밀로 하겠습니다."

묻지도 않았지만 노파심에서 한마디 하자 사모가 빙그레

웃었다.

"사람은 적응의 동물이라는 말이 맞아요. 시간이 지날수록 그 짓거리에도 적응이 되더라고요. 죽고 싶은 생각도 없어지고 그냥 일상이 됐죠. 그런데 한 1년쯤 지났을까, 가끔 오던 사장님이랑 관계를 치르던 중에 무심코 고개를 돌리다가 옆에 놓인 거울을 보게 됐어요.

놀랍게도 제가…… 제가 땀에 푹 젖은 얼굴로 희열에 가득차서 소리를 지르고 있더군요. 완전히 한 마리의 음탕한 짐승의 몰골이었죠. 그때 받은 충격은 집이 망하고 아버지가 자살했을 때보다 훨씬 컸어요. 저는 모태신앙이었고, 아무리 아파도 미사는 안 빠질 만큼 열렬한 신도였거든요.

비록 집안이 몰락해서 몸을 팔아먹고 살지만 주님을 버린 적은 없다, 진실로 이 역겨운 일을 좋아해본 적은 단 한 번도 없다, 그게 제 위태로운 자존심을 지탱하는 유일한 방패였어요. 하지만 저는, 진짜 제 본성은 남자와 그것 없이는 살아갈 수 없는 음란한 암캐에 불과했던 거죠."

"글쎄요, 꼭 그렇게까지……."

지나친 자기비하라는 생각에 끼어들려 했지만 사모는 단호하게 고개를 내저었다.

"아니, 제 말이 맞아요. 저는 한시도 단속을 멈춰서는 안 되는 죄 많은 음녀로 태어난 거예요. 그래도 집안이 망하지만 않았어도 그런 기질이 나타나진 않았을 텐데 피할 수 없는 운명이 날 가만 놔두지 않은 거죠.

죽고 싶은 심정으로 그 짓을 마치고 화장실에서 면도칼로 손목을 그었어요. 이대로 제 몸속에 흐르는 탕녀의 피를 모조리 흘려버리고 죽자, 그때는 그런 생각밖에 없었어요."

지금도 그렇지만 늦여름의 무더위가 여전했던 며칠 전에도 긴 팔 옷을 입고 있었던 사모였다. 아마도 손목의 상처를 가리기 위함이었을 것이다.

"정신이 아득히 멀어지고 있는데 나와 관계를 가졌던 사장님이 뛰어 들어왔어요. 사장님이 수건으로 지혈도 해주고 간호를 해줘서 얼마 후에 눈을 떴죠. 제가 왜 살려줬냐고 하면서 우니까 이유를 물어요. 울먹이면서도 떠듬떠듬 이유를 들려줬더니 그렇게 싫으면 이 일 하지 말라는 거예요. 자긴 여자 우는 꼴은 못 본대요.

업소에 빚진 돈이나 그때까지도 회복되지 않았던 우리 집 사정은 어떻게 하냐니까 자기가 알아서 해결한대요. 그분이 바로 김철권 사장님이었어요."

애기가 진행될수록 어렴풋이 사장이라는 사람이 김철권이 아닐까 짐작했는데 과연 그랬다. 마침내 밝혀진 사모와 김철권의 관계에 흥분한 나는 숨을 몰아쉬며 다음을 재촉했다.

"처음에는 그냥 하는 얘기라고 생각했지만 김철권은 진지

했어요. 업소 측하고 얘기해서 마이깡(유흥업소에서 미리 내주는 선불금)도 해결해줬고, 정상적인 장사 같은 걸 해보라고 목돈도 마련해줬죠. 그냥 주는 돈은 아니고 빌려주는 거니까 나중에 사정이 좋아지면 갚으라고 하면서요.

어차피 버린 몸이니 수녀를 할 수도 없었고, 그때까지도 정상적인 일은 딱히 배운 게 없어서 고민하다가 꽃집을 생각했어요. 집이 잘 살 때도 그렇고, 그 일 할 때도 손님들한테 꽃 선물 받는 게 제일 좋았을 만큼 꽃을 좋아했거든요. 1년 정도 꽃집 하다가 강도가 들어서 남편 만난 얘기는 알고 있죠?"

"인천 경찰은 다 압니다."

"그이는 사건이 해결되고 나서도 계속 우리 꽃집에 드나들면서 열렬한 구애를 했어요. 보기보다 순진한 사람이라 고백도 못하고 늘 꽃다발만 사갔지요. 그 꽃, 다 어쨌는지 몰라."

"경찰서가 꽃밭이 됐지요."

사모의 입가에 미소가 번졌다.

"그랬나요? 처음에는 거부했어요. 나 같이 죄 많은 사람이 저렇게 성실한 경찰의 부인이 된다는 게 말도 안 된다고 생각했죠. 저 사람의 앞날을 위해서라도 나 같은 건 안 된다고 마음을 굳게 먹었지만 저도 여자는 여자인지 결국 흔들리게 되더군요.

결혼하기로 결심했지만 문제는 이제부터 시작이었어요. 아직 빚도 남았고, 또 김철권이 제 과거를 폭로하기라도 하면 모든 게 물거품이잖아요. 저는 차마 떨어지지 않는 발걸음으로 김철권을 찾아갔죠. 근데 내가 경찰이랑 결혼한다니까 아주 반색을 해요. 전 김철권이 그렇게 나올 거라고는 생각도 못했거든요."

"김철권 입장에서는 그보다 더 좋은 혼처가 없었을 겁니다. 전도유망한 경찰 측에 자기 사람을 심는 건데요."

"맞아요. 김철권은 빚도 다 까줄 테니 결혼해서 잘 살라고 하더군요. 물론 조건은 하나 있었어요. 이따금 정보나 한 번씩 제공해달라고. 그이가 승진할수록 말단일 때보다 접근할 수 있는 정보도 많았고, 또 그이는 집에서도 일을 하잖아요. 남편 간식 같은 것 챙겨준다면서 몰래 단속 정보 같은 거 보고 김철권한테 전달했죠. 그렇게 자주는 아니었지만 큰 잘못을 했어요."

백과장이 그토록 김철권을 노렸음에도 미꾸라지처럼 잘만 빠져나간 이유가 밝혀졌다. 자기 성에 첩자가 있으니 남의 성을 공략할 수 있을 리 만무했던 것이다.

"어렵게 결혼에 골인했지만 우리 부부는 나쁘지 않았어요. 남편은 저를 끔찍이 아껴주고 자기 일에도 열심이었죠.

저 역시 음탕한 본성을 어떻게든 가두기 위해 지난날은 싹 잊고 더욱 신앙에 몰두했고요. 그즈음에 집안 문제도 정리가 돼서 한 시름 놓았죠. 엄마는 여전히 요양원에 있지만 저 결혼하고 얼마 안 있다가 여동생도 치과의사랑 결혼하고, 남동생도 장학금 타가면서 대학 잘 다녔고요. 1년 만에 은애도 태어나서 우리 집에는 웃음꽃이 활짝 피었어요. 예전에 부모님 밑에서 잘살 때보다 훨씬 더 행복한 나날이었죠.

아까 애가 품 안의 자식일 때는 그저 예쁘고 사랑스럽지만 커갈수록 문제가 생긴다고 했죠? 은애가 딱 그랬어요. 걔가 초등학교 5학년 때인가, 거실에서 성경을 읽고 있었어요. 어디선가 부스럭거리는 소리가 들리더라고요. 뭔 소리인가 하고 고개를 돌려서 찾아보니까 은애가 저 소파 끝부분에 아랫도리를 비비고 있는 거예요."

빤히 쳐다보며 듣기 민망한 얘기라서 고개를 폭 수그렸다. 사모는 내 반응에 아랑곳없이 나직한 목소리로 설명을 계속했다.

"애 얼굴을 보니까 생각이 다른 데 가 있더라고요. 딴 생각을 하다가 자기도 모르게 그곳을 비볐는데 기분이 좋으니까 별 생각 없이 그 짓을 계속하고 있었던 거예요. 그때 내가 얼마나 큰 충격을 받았는지 아세요? 혹시라도 나처럼 될까 봐 어렸을 때부터 몸가짐을 유의시켰는데 고새 컸다고 벌써부터 음탕한 짓을 하고 있다니…….”

“남자애나 여자애나 어른으로 성장해 나갈 때 으레 겪는
일 아닙니까. 자연스러운 건데 너무 심하게…….”

사모가 오싹하리만큼 날카로운 시선으로 내 말을 끊었다.

“다른 집 애들과는 달라요. 은애는 내 피를 받은 애라고
요. 육욕에 정신 못 차리는 더러운 피, 남자와 그 짓 하는
데 환장하는 더러운 피 말이에요. 그때부터 은애가 더 더러
워지는 걸 막으려고 온갖 노력을 기울였어요. 성경 공부도
더 시키고, 매 시간마다 한 번씩 들여다보면서 감시했지요.
방에 혼자 있을 때는 안심이 안 돼서 문도 못 잠그게 했고
요. 그런데 제가 24시간 계속 들여다볼 수는 없잖아요. 밤에
는 잠도 자야 하고요. 또 샤워할 때도 제 눈길을 피할 수 있
죠. 그래서 방과 화장실에 예수님이 있는 십자가상과 묵주를
걸어놨어요. 내 눈은 피해도 하늘에서 보는 눈은 못 피하니
까 행실을 바로 하라는 뜻에서요.”

전에 화장실에서 본 묵주가 자위행위의 파수꾼일 줄은 상
상조차 하지 못했다. 기가 막혀 나도 모르게 혀를 차고 말았
다.

“이제야 은애가 대학에 가서 왜 그리 심한 일탈을 벌였는
지 이해가 갑니다. 사모님이 그렇게 심하게 억압을 하니까
애가 비뚤어지는 게 당연하죠.”

"저를 위해서 한 일이 아닙니다. 오직 은애의 앞날을 위해서 그런 거죠. 어미로서 딸이 올바로 커나가게 돕는 건 의무예요. 당연히 해야 할 일이라고요."

"의도가 좋다고 결과가 항상 좋습니까? 사모님 때문에 은애가 어떻게 됐는지 보고도 그런 말을 하십니까?"

살살 긁어서 본심을 이끌어내야 한다는 목적도 잊은 채 목소리를 높였다. 그간 평온을 유지했던 사모의 얼굴에 처음으로 노기가 비쳤다.

"저 때문에 은애가 어떻게 됐는지 마저 알려줄게요. 모처럼 얘기를 길게 했더니 목도 아프고 피곤하네요. 짧게 끝내겠습니다.

대학생이 되고 나서 은애는 대놓고 저를 피했어요. 조모임이다, 과제다, MT다, 8시도 넘어서 집에 들어오는 날이 태반이었고요. 5월쯤 되니까 반항이 절정에 달해서 무슨 말을 해도 먹히지가 않더군요. 제대로 대꾸도 안 하고 엄마 말을 무시하고. 하도 걱정이 돼서 6월 초에 몰래 은애 컴퓨터를 뒤졌어요. 그때 은애가 찍은…… 그 영상을 발견했어요. 얼마나 놀랐는지 지금도 가슴이 뛰네요."

사모는 심장이 있는 왼쪽 가슴에 손을 댔다. 나는 은애의 통금시간이 8시였다는 말에 더 이상의 논쟁이 불필요하다는 걸 깨달았다.

"그래서 어떻게 하셨습니까?"

"당연히 애 아빠가 알기 전에 애를 불러다놓고 따졌죠. 그랬더니 이제부터 자기 인생은 자기가 알아서 살겠다고…… 역시나 그 더러운 피가 깨어난 거예요. 저는 소문이라도 나면 큰일이니까 일단 방학 때까지는 조용히 참겠다, 하지만 방학하면 수련원 같은 데 가둬놓고 처음부터 다시 교육을 시키겠다는 선언을 했죠."

"아주 나가라고 등을 떠미셨군요."

"아시다시피 은애는 방학하는 날 집을 나갔죠. 설마 가출까지 할 줄은 꿈에도 몰랐어요. 한 일주일쯤 지나자 밥도 못 먹겠고 심장이 벌렁거려서 잠도 못 자겠더라고요. 허구한 날 눈물만 찍어 바르다가 한동안 연락하지 않았던 김철권을 떠올렸어요.

김철권에게 전화해서 부탁할 일이 있다고 하니까 만나재요. 냉큼 만나서 은애의 가출 얘기를 했죠. 그때 원래 독실한 천주교 신자인데 대학 가서 왜 그렇게 변했는지 모르겠다는 말을 했던 것 같아요."

그 한마디가 나를 여기까지 이끌었다. 이야기의 흐름상 사건의 핵심에 접어들었음을 직감하자 이마와 등줄기에서 땀이 흘렀다. 주먹으로 이마의 땀을 닦고 다음 이야기를 부탁했다.

"김철권의 딸이라는 김지현이랑 은애 사이는 몰랐어요. 김사장님, 참 무서운 사람이네요. 저랑 은애, 모녀에게 둘 다 그물을 쳐놨다니. 아무튼 그때는 예전 호텔에서 그랬던 것처럼 울면서 제발 은애를 찾아달라고 사정했죠. 김철권은 인천 바닥에서 자기는 모르는 게 없는 사람이니까 안심하라고 달래면서 나를 보냈어요."

김철권과 독대 자리에서 자신은 모르는 게 없다고 자신만만하게 말하던 모습이 떠올랐다. 비슷한 태도로 사모에게 허세를 부리는 장면이 눈에 선했다.

"죽을 것 같은 마음으로 하염없이 기다리는데 7월 말에 드디어 김철권한테 연락이 왔어요. 애들 쫙 풀어서 찾는다고 찾았는데도 시간이 오래 걸려 미안하다, 지금 은애는 이동진이라는 남자와 함께 구월동 피아노 모텔에 있다는 내용이었죠."

백과장의 부탁으로 내가 개입해서 한창 은애를 찾아다니던 시점이다. 나와 사모의 동선이 처음으로 겹치는 순간이었다.

"그 길로 냉큼 찾아갔어요. 문을 두드렸더니 '오빠야?' 하면서 은애 혼자 맞으러 나오는 거예요. 막 그 짓을 했나, 샤워도 끝내고 가운만 입고 있었어요. 그동안 엄마 마음이 어땠을지는 생각도 안 했는지 얼굴이 다 활짝 피었더군요. 내 얼굴을 보더니 금세 흙빛이 됐지만요. 손을 붙잡고 당장 끌고 가려 했더니 죽어도 못 가겠대요. 자기는 지금 만나는 오빠랑 같이 살 거라고. 학교는 안 다닐 거냐고 했더니 그래도 상관없대요. 얼마나 기가 막히던지……

내 얼굴이 절망으로 일그러지자 개는 오히려 희열을 느꼈나 봐요. 나한테 상처를 더 주고 싶어서 그랬던 건지 이죽거리면서 한마디를 더 하더군요. '나 그 영상 또 찍었어. 본 사람들이 다 예쁘다고 그래. 앞으로도 계속 찍을 거야.'

거기서 정신이 확 돌았어요. 그때 칼을 가지고 가는 게 아니었는데…….”

“칼이라니요?”

나는 소스라치게 놀라서 물었다.

“핸드백에 칼을 넣고 갔어요. 저기 저 칼이요.”

사모가 배를 깎던 과도를 검지로 가리켰다. 온몸에 소름이 왈칵 돋았다. 나는 김철권의 진술에서 앞뒤가 안 맞는 몇 가지를 발견하고, 김철권과 사모와의 숨겨진 연관성을 의심했었다. 대체 사모가 숨기고 있는 비밀이 어떤 것인지 물어보러 왔을 뿐이지 결코 사모를 범인으로 생각한 적은 없었다.

“혹시 이동진이라는 사람이 은애를 데려가는 걸 막을까 봐. 진짜 찌를 생각은 없었고, 그냥 협박용이었죠.”

“그럼, 그 칼로……?”

“네, 무슨 정신으로 그랬는지 모르지만 제가 했어요.

정신을 차려보니까 은애가 그렇게 되어 있었고, 차마 눈 뜨고는 못 볼 만큼 끔찍하더군요. 특히 그곳이 심했죠. 온통 피범벅이었어요."

자신이 한 짓을 제삼자의 관점에서 담담히 얘기하는 사모에게 주체할 수 없는 분노를 느꼈다. 나는 혼신의 힘을 다해 분노를 억누르며 말했다.

"왜 그곳에 유독 상처가 집중되었다고 보십니까?"

"여자의 그곳이 바로 죄악의 통로이기 때문이죠. 생각해 보세요. 나도 그렇고, 은애도 그곳만 없었으면 아무 문제가 없지 않았겠어요? 거기서 쾌락이 발생하니까 많은 여자들이 수치심도 모르고, 도덕도 잊고 뻔뻔스럽게 죄를 저지르는 거예요."

"세상의 모든 사람들이 그곳에서 태어났어요. 어떻게 그게 죄가 됩니까? 그리고 설령 죄라고 하더라도 죽을죄라는 생각은 안 듭니다."

"모르죠. 아마 제 몸에 탕녀의 피만 흐르는 게 아니라 살인자의 피도 흐르고 있었는지. 아무리 화가 났어도 보통 사람이 딸을 그 지경으로 만들 수는 없을 거예요. 나 같은 나쁜 피를 가진 사람만이……."

"말도 안 되는 피 탓하지 마십시오! 나쁜 건 사모님이지 피가 무슨 상관입니까!"

말이 통하는 사람이 아니라는 걸 알고 있었음에도 기어코 화가 폭발했다. 하지만 사모는 꼿꼿한 자세로 내 분노를 여유롭게 받아넘겼다.

"세상에는 호진 씨가 모르는 것도 있어요. 직접 겪어본 사람만 아는 거죠. 어쩌면 은애에게도 다행일지 몰라요. 은애를 마지막으로 그 더러운 피가 사라진다면 이 세상에 더 이상 죄악의 씨앗을 퍼뜨리지 않는 셈이니까요."

"됐습니다. 살인을 저지르고 어떻게 하셨습니까?"

"우선 지문을 닦았죠. 경찰의 아내잖아요. 그 정도 상식은 있죠. 그리고 제 얼굴이랑 몸에도 피가 꽤 튀었더군요. 화장실에서 피부에 묻은 피를 닦았죠. 옷에도 피가 좀 튀긴 했지만 마침 겉옷 재킷을 벗어놓아서 거기에는 피가 안 묻었어요. 뒤집어쓰다시피 하고 방을 나왔죠. 누구라도 마주칠까 걱정했는데 비가 많이 와서 그런지 돌아다니는 사람도 없었고, 주차장까지 가는 동안 아무도 안 만났어요."

백과장은 대형 세단을 탔지만 사모가 타는 소형차도 있었다. 마트 갈 때나 은애 학원 등교용으로 쓴다는 말을 들은 적이 있다.

"주도면밀했네요. 말씀은 그렇게 하셔도 잡히기는 싫으셨나 봅니다."

"저는 죄인이니까 감옥에 가도 아무 상관없어요. 아니,

저 같은 여자한테는 다시는 어떤 남자도 만날 수 없는 감옥이 나을 수도 있겠죠. 하지만 그러면 남편이 불쌍하잖아요. 그이는 한평생 우리 모녀한테 잘해준 것밖에 없는데, 살인자의 남편이 경찰 세계에서 출세할 수 있겠어요?

무사히 차에 타자마자 김철권에게 전화를 걸었죠. 원래 김철권은 자기 부하들을 보내서 은애를 데려와준다고 했었거든요. 제가 거절했죠. 엄마가 좋게 설득해서 데려오는 게 모양새가 좋을 것 같아서요. 김철권은 그러게 왜 자기 말을 안 들었냐고 나무라더니 이번 일도 자기가 알아서 뒷감당을 하겠다고 했어요. 그다음엔 제가 뭘 할 수 있었겠어요? 김사장님 믿고 집으로 오는 것밖에 없죠."

"나오는 길에 이동진은 안 만났나요?"

"난 못 봤어요. 길이 엇갈렸나 봐요."

이동진과 엇갈린 사모와 달리 정작 나는 은애의 시체가 있던 방으로 쳐들어가면서 방문 앞에 서 있던 이동진과 딱 마주쳤다. 그때는 이동진이 은애를 죽이고 막 나오는 길이라고 생각했지만 이동진 역시 나처럼 은애를 만나러 간 것이었을 뿐 살해와는 무관했다. 즉, 문 앞의 이동진은 그 방에서 나온 게 아니라 방으로 들어가려던 참이었던 것이다.

불과 한 시간 남짓한 사이에 세 명의 동선이 극적으로 엇갈렸다. 조금만 운이 좋았더라면, 조금만 시간이 맞았더라면 범행을 막았거나 사건의 전모를 일찍 파악할 수 있었다. 나는 늘 내 앞길을 가로막는 비정한 운명에 또다시 패배한 것이다.

"차라리 그때 이동진이 안 튀었으면 좋았을 걸, 뒤가 켕기는 짓을 너무 많이 하고 다녀서 지레 겁먹고 도망간 게 사건을 더 복잡하게 만든 셈이군요."

나는 사모를 신경 쓰지 않고 혼잣말을 하며 사건을 정리했다. 그때 뇌리에서 마치 천둥이 치듯 그동안 내가 놓치고 있던 또 하나의 진실이 번쩍 떠올랐다.

"난 완전히 바보였습니다! 김철권은 이동진을 자기 조직에서 어렸을 때부터 키웠던 새끼 건달이라고 했어요. 조금만 생각해보면 그럴 리가 없었는데 바보같이 완전히 속았습니다. 이동진은 요요라는 특이한 무기를 썼어요. 요요 아시죠? 줄 매달아서 길게 늘어뜨리고 노는 장난감 말이에요. 설마 그런 걸 무기로 쓸 줄은 생각도 못하고 방심하다가 나도 머리에 한 대 얻어맞았습니다."

나는 무심코 오른손을 당시 요요에 맞아 찢어진 상처 부근으로 올렸다. 사모는 대꾸 없이 흥미롭다는 표정으로 나를 바라보았다.

"생전 처음 보는 저야 그렇다 쳐도 어렸을 때부터 새끼 건달로 관계를 맺어왔다는 김철권 패거리가 이동진의 요요를 몰라볼 리 없죠. 워낙 특이한 무기니까요. 그런데 김철권 패거리도 이동진을 납치하려다 요요에 당했습니다. 이동진이 요요를 꺼내자 경계도 안 하고 실실 웃다가 보기 좋게 한 방 맞았죠. 그러니까 김철권과 이동진은 저와 마찬가지로 서로 전혀 관계가 없었던 거였어요. 이동진은 김철권에 의해 범인으로 몰린 희생양, 그 이상도 이하도 아니었던 겁니다. 맞습니까?"

"맞아요."

사모가 선선히 고개를 끄덕이고는 마저 설명을 이어갔다.

"김철권은 이동진이 여러 여자랑 관계를 맺는 동영상을 팔아서 먹고 사는 양아치라고 했어요. 우리 은애는 그런 이동진의 정체도 모르고 자기하고만 특별한 사이라고 생각했고요. 김철권은 여자 울리는 그런 놈은 죽어도 싸니까 제 대신 죗값을 치르게 하겠다고 했죠. 호진 씨에게 굳이 이동진의 시체를 보여준 것도 그런 이유였을 거예요. 은애를 죽인 범인은 죽음이라는 합당한 죗값을 치렀으니 더 이상 신경 쓰지 말라는 뜻이었겠죠.

참, 김철권은 은애가 죽은 그날 이미 호진 씨의 개입을 알았어요. 제 전화를 받은 김철권이 부하들을 보내 피아노 모텔의 여주인을 협박하고 CCTV도 지우게 했죠. 그러고는 방에 가서 혹시 남은 증거가 있나 살피려는데 웬 남자 하나가 침대 밑에 누워 있더래요. 부하들은 일단 놔두고 방을 나와서 김철권에게 보고했죠. 김철권이 다시 전화를 걸어와서 저한테 누구냐고 묻더군요. 그때는 저도 그이가 호진 씨한테 따로 사건을 의뢰한 걸 몰랐으니까 잘 모르겠다고만 했죠. 나중에 알고 보니 호진 씨더군요."

입맛이 써 마른침을 삼켰다. 내가 기절한 사이에 그토록 많은 일이 일어났을 줄은 꿈에도 몰랐다. 역시 은애는 내가 죽인 거나 다름이 없다. 내가 멍청하게 요요에 맞아 기절하지만 않았다면 적어도 사건의 진상은 지금보다 훨씬 일찍 밝혀졌을 것이다.

"이제 다 끝났죠? 더는 피곤해서 못 버티겠어요."

사모는 나른한 얼굴로 기지개를 켰다. 다시 한 번 곰곰이 되짚어봤지만 더 이상 답이 필요한 문제는 없었다. 은애를 죽인 범인은 사모, 조력자는 김철권, 죄를 뒤집어쓴 희생양은 이동진…… 이로써 은애 살인사건의 전모는 완벽하게 밝혀졌다.

"이제 어떡하실 겁니까?"

자리에서 일어나며 물었다. 사모는 여느 때보다 환하게 웃으며 답했다.

"한숨 자고 생각해봐야죠."

막 현관의 문고리를 돌리려고 할 때 사모의 나지막한 목소리가 들렸다.

"은애의 세례명은 레아였어요. 제가 직접 지어줬죠. 레아는 엄격한 고행과 정절로 유명한 여자 성인이거든요. 정말 기대가 컸는데……."

## 31

아파트 건물을 나오자 다리가 휘청했다. 애써 차분한 얼굴을 가장했지만 실은 방금 전까지 나눴던 대화에 크나큰 충격을 받았다. 손발이 덜덜 떨려 걷기도 힘들 지경이었다. 나는 아무 생각도 하지 못하고 기계적으로 두 발을 놀렸다. 늦여름 태양의 직사광선 때문인지 머리에 열이 확 올랐다. 그때 실외 주차장 구석에 놓인 벤치가 시야에 들어왔다. 벤치에 앉아 머리를 싸쥐었다.

은애의 죽음과 관련된 모든 진실을 알았지만 앞으로 무엇을 해야 할지는 알 수 없었다. 머릿속에서는 당장 경찰에 고발하라는 목소리가 아우성을 쳤지만 왠지 그 목소리를 따를 수 없었다. 진범을 알게 되었을 때 백과장이 받을 충격이 마음에 걸렸고, 또 모든 진실을 밝히는 게 과연 현명한 일인지 자신할 수 없었다.

사모의 말대로 나는 아무것도 모르는 게 아닐까. 자식을 제대로 키워본 적이 없으니 사모가 느꼈을 절망을 온전히 이해할 수 없었는지도 모른다. 제 손으로 딸을 죽인 마음이 오죽하겠는가. 앞으로 명이 다할 때까지 자신이 저지른 죄 속에서 허우적거릴 사모를 마음의 감옥에 영원히 가둬두는 게 최선의 처벌이라는 생각도 들었다.

그러나 모든 걸 그렇게 끝내고 넘어가기엔 은애가 너무 불쌍했다. 나는 그동안 은애를 뒤쫓으며 만난 은애의 여러 얼굴을 떠올려보았다. 인간이라면 누구나 가지고 있을 성적인 본능마저 억압당하고 끝내는 참혹하게 살해당한 은애. 또래 친구가 가진 명품을 탐내기도 하고, 좋아하는 사람의 사탕발림에 넘어가 은밀한 영상을 찍기도 했던 은애. 자신을 억압했던 어머니에게 당차게 맞서고 야멸차게 굴기까지 했던 은애…….

여전히 은애를 잘 안다고는 말할 수 없지만 한 가지 분명한 건 이렇게 끝나서는 안 되는 아이였다. 이제 갓 스물이었다. 우리 같은 꼰대들 기준으로는 다소 막 나가는 모습이 있었던 것도 부인할 수 없지만 젊은 날에는 누구나 한 번쯤 멋대로 살아보고 싶을 때가 있다. 그대로 자신만의 기준으로 삶을 즐기며 사는 것도 그 애의 자유이고, 나중에 철없을 때의 자신이 부끄러워졌다면 그 과거를 벗어나 한 발 내딛는 것 또한 그 애의 몫이다. 앞으로의 인생을 스스로 스케치해 나갈 기회, 은애는 그 소중한 기회를 영영 잃어버린 것이다.

머리에서 김이 나도록 고심해봤지만 답을 찾을 수 없었다. 오후 3시, 아무런 결론을 내리지 못하고 벤치에서 일어났다. 은애에게 피를 물려준 또 하나의 반쪽을 찾아가보는 수밖에 없을 듯했다. 일단 그를 만나보고 그때 가서 머릿속을 가장 크게 지배하는 목소리의 결정에 따르도록 하자.

택시를 타고 남동경찰서로 향했다. 가는 내내 만약 예나가 커서 은애와 같은 일탈을 했다면 나는 어떻게 대처했을까 하는 상념에 빠져 있었다. 지금까지 예나가 살아 있었다면 나는 어떤 아버지였을까. 좋은 아버지가 되었을까, 아니면 …….

정문에서 택시를 세우고 내렸다. 휘청거리는 걸음으로 건물을 향해 걷는데, 바로 옆에서 빵 하는 소리가 났다. 고개를 돌려보니 흰색 투싼이 클랙슨을 울리고 있었다. 내가 알아보는 기색을 하자 운전석에서 깔끔하게 허리 라인이 빠진 네이비 슈트를 입고 공군 선글라스를 낀 남자가 내렸다.

"어이, 살인범! 드디어 자수하러 왔구나."

신분증을 보여주기 전까지는 아무도 형사라는 사실을 믿지 않는 서균이었다. 평소에도 형사답지 않게 멋을 부리고 다녀

340

종종 주의를 받는 그였지만 오늘은 아예 왁스로 머리를 굳혀 올백까지 했다.

"카바레 가냐?"

"증인 출석요구 받고 법원 갔다 왔지. 어, 근데 너 얼굴이 왜 판다가 됐냐? 싸웠어?"

"넘어졌어."

"보나 마나 술 마시고 자빠졌겠지. 그나저나 병원 가서 치료나 할 것이지 여기는 웬일이야?"

"백과장님 좀 보려고."

"백과장님 없는데."

"어디 가셨어?"

"백서장님은 계신다."

"뭔 소리야?"

"몰랐구나. 백과장님, 9월 1일자로 남동경찰서장 되셨어."

입이 찢어져라 웃는 서균과 달리 나는 돌처럼 굳어버렸다. 기름칠한 톱니바퀴가 마구 돌아가는 것처럼 수많은 생각들이 한꺼번에 굴러가기 시작했다.

백과장은 수사로 단련된 우수한 부하들이 아니라 굳이 은퇴한 지도 오래된 알코올중독자를 골라 은밀하게 사건을 맡겼다. 또 그는 이상하리만큼 은애에 대한 소문이 퍼지는 걸 두려워했다. 게다가 내가 피아노 모텔에서 은애가 영상을 찍었다는 걸 밝혀냈음에도 공권력을 투입하지 않았다. 모두 백과장이 손짓 하나만 하면, 전화 한 통화만 하면 해결될 간단한 일이었음에도 끝까지 행동에 나서지 않았다.

"서장 물망에 오른 올해 초부터 백과장님이 얼마나 몸 사렸는지 넌 모를 거다. 까딱하다간 다 된 밥에 코 빠뜨리는 거니까 당연히 조심해야지. 근데 은애 일 때문에 위에서 막판에 좀 틀어질 뻔하긴 했는데, 뭐 워낙 경력이 뛰어난 분이시니까. 대단하지 않냐? 대한민국에서 고졸 순경 출신으로 여기까지 온 사람이 몇 명이나 되겠어."

같은 팀에서 오래 한솥밥을 먹어온 백과장의 출세에 서균은 희희낙락이었다. 끈질기게 백과장 라인을 붙잡고 버틴 게 다행이었다고 생각하는 것 같았다.

"야, 너 어디 가? 서장님 뵙고 간다며?"

나는 서균을 뒤로하고 발걸음을 돌렸다. 이미 백과장을 만나볼 생각은 씻은 듯이 사라졌다.

한때 경찰에 몸담았던 사람으로서 백과장의 마음을 모르는 것은 아니다. 나 역시 경찰에 있을 때 조직 안에서 출세하고 싶었고, 더 올라가고 싶은 마음에 끝없이 위만 보며 달렸다. 백과장도 마찬가지였을 뿐이다. 고졸 순경 출신이라는 태생의 한계로 더 이상 올라갈 길이 막혀버렸을 때 뜻하지 않은 기회가 찾아왔다. 그것을 놓치고 싶어 하지 않은 건 당연했다.

하지만 내가 끝없이 위만 보며 달리느라 예나에게 소홀했고, 그 결과 예나를 잃은 것처럼 백과장도 자신의 출세욕 때문에 은애를 잃었다. 우리는 결국 같은 종류의 쓰레기에 다름 아니었던 것이다.

정정한다. 은애를 죽인 건 어머니만이 아니었다. 아버지 역시 은애의 죽음에 반을 거들었다. 그리고 어쩌면 남녀의 은밀한 행위가 돈을 받고 팔리는 사회, 출세에 인생 전부를 거는 사회를 만든 나 같은 어른들 모두가 공범인지도 모르겠다.

## 32

아침 해가 밝아왔을 때 타이핑을 전부 끝냈다. 며칠 전에 사건을 정리하면서 작성한 서른두 장의 문서에 다섯 장의 최종적인 결론을 더한 완성본이었다. 여기에는 은애의 몸에 직접 칼을 댄 사모와 암암리에 그녀를 도운 김철권, 그리고 승진을 위해 수사에 열의를 다하지 않은 백동표 과장의 모든 행적이 낱낱이 적혀 있었다.

사모를 만나고, 백과장을 만나지 않은 날로부터 사흘이 지났다. 그날 사모는 목을 매달고 죽었다. 여느 때처럼 늦은 밤에 퇴근한 백과장이 시체를 발견하고 직접 신고했다. 나중에 들으니 백과장은 혼이 싹 빠져나간 사람처럼 눈물조차 흘리지 않았다고 한다.

죽기 전 마지막으로 사모를 만난 사람이 나였기 때문에 조사를 받았지만 그저 딸을 잃고 우울해 보였다는 얘기로 눙쳤다. 그때부터 내가 알고 있는 전부를 이 문서에 담아내기로 결심했기 때문이었다.

9시에 밖으로 나가 스타 PC방에서 최종 보고서를 출력했다. 그러고는 걸어서 30분 거리인 우체국으로 향했다. 인천 경찰청장 명의로 문서를 담아 보내면서 조금도 망설이지 않았다. 졸지에 가족 전부를 잃은 백과장이 안쓰럽긴 했으나 출세의 사다리에 오르기 위해 실종된 딸의 수사까지 지연시키는 사람은 경찰 자격이 없다는 내 생각은 확고했다.

집에 돌아오니 할 일이 없었다. 이제 은애와 관련된 일은 하나도 남지 않았다. 할 일이 없을 때 할 일은 술 말고는 없다. 나는 찬장에서 위스키를 꺼내 유리잔에 한 컵 가득 따라 들이켰다. 목이 말라서 술을 마셨지만 오히려 갈증이 더해지는 느낌이었다. 마셔도, 마셔도 취하지 않는다.

한 잔, 두 잔…… 잔이 늘어갈수록 그리움이 커져갔다. 나는 충동적으로 전에 받아둔 아내의 호주 집 전화번호로 전화를 걸었다. 한참 만에 아내가 전화를 받았다. 걱정했던 것보다는 밝은 목소리로 받아 한 시름 놓았다.

"웬일이야?"

"잘 지내나 해서."

"잘 지내지. 당신은?"

"나야 뭐 늘 그 타령이지."

"또 술 마시고 있지? 그놈의 술 좀 작작 마시라니까."

아내의 타박에 마치 예전으로 돌아간 것 같았다.

"거긴 어때? 장사 잘 돼?"

"어휴, 눈코 뜰 새 없어."

아내는 호주로 이민 간 처형 내외가 하는 대형 마트에서 일하고 있었다.

"잘됐네. 형님은 잘해주시고?"

"응. 그나저나 진짜 웬일이야? 나 일하다 나왔어."

"그냥. 이번 달 말이 예나 생일이잖아. 9월 28일. 생각나서."

"……옛날에도 그렇게 신경 좀 잘 쓰지 그랬어?"

예나 얘기를 꺼내자 아내의 목소리에 수심이 묻어났다. 못 견디게 어색한 침묵이 길어질 때 내가 용기를 냈다.

"은정아, 내가 거기 한 번 갈까? 한 번도 못 가봤는데, 형님네 인사도 드릴 겸."

"……여긴 아직 겨울이야. 아직 추워."

전화가 끊어졌다고 생각할 만큼 오랜 침묵 끝에 나온 아내의 대답이었다. 나는 횡설수설하며 되는대로 인사를 마치고 전화를 끊었다.

한 잔, 두 잔…… 내겐 어디도 갈 곳이 없었다. 한때 서로의 등 뒤를 지켜주던 동료들이 있는 경찰서도, 아내가 있는 호주도, 예나가 잠들어 있는 어린이 납골당도, 그 어느 곳도 나를 반기지 않았다. 나는 갈 곳이 없다. 내 무덤으로 점찍은 이 스산한 집 말고는.

한 잔, 두 잔…… 어쩔 수 없는 나는 그냥 울어버렸다.

<끝>

&lt;상처&gt;는 2018년 가을에 쓰기 시작해 2019년 1월에 완성했다. 그리고 2020년 6월에 책으로 나왔다. 기껏 고생해서 원고를 다 써놓고도 1년 넘게 출간이 늦어진 이유는 아무래도 책에서 다루고 있는 소재가 염려스러웠기 때문이다.

불법 음란 동영상과 디지털 성범죄를 중심으로 줄거리를 전개한 탓에 말초적인 재미를 위해 그런 소재들을 끌고 왔다는 오해를 살까 두려웠다는 게 솔직한 심정이리라. 물론 이 책을 끝까지 보신 분들이라면 그것들의 실태를 사실적으로 고발하고, 그 폐해를 말하는 내용이라는 걸 이해해주실 테지만 모든 분들에게 강제로 끝까지 읽힐 수는 없는 노릇이므로.

어쨌든 주저하고 있다가 몇 달 전에 'N번방 사건'이 터졌다. 그 순간 이 책에서 담고 있는 내용은 어린애 장난에 불과하다는 생각이 들었다. 불법 음란 동영상과 디지털 성범죄의 최종 진화형이라 할 만한 N번방 사건을 지켜보며 이 책을 반드시 출간해야겠다는 결심을 굳혔다. 한 여자의 삶과 꿈, 현재와 미래, 육체와 영혼을 남김없이 파괴하는 성 착취 동영상에 대한 사회적인 공분을 불러일으키는 데 졸저가 아주 자그마한 역할이라도 할 수 있다면 출간을 마다할 이유가 없었던 것이다. 바라건대 관련법의 개정과 사람들의 인식 변화, 이런저런 재발 방지책이 마련되어 N번방 같은 끔찍한 사건은 그저 소설 속의 이야기로만 그쳤으면 하는 마음 간절하다.

물론 <상처>가 단순한 사회 고발소설은 아니다. 필자가 크게 좋아하고, 존경하는 하드보일드의 3대 거장 대실 해밋, 레이먼드 챈들러, 로스 맥도널드를 흉내 낸 하드보일드 추리소설이다. 추리소설다운 복잡한 플롯과 의외의 진상에 공을 들였지만 역시 시대를 초월한 그분들의 위대성을 또다시 절감했을 따름이었다. 그러나 시도가 있어야 발전이 따르는 법. 추리소설의 토대가 유독 빈약한 우리나라에서 필자뿐 아니라 많은 작가들이 계속 도전해 하드보일드 추리소설의 씁쓸한 맛과 도도한 멋을 독자들에게 더 널리 알릴 수 있었으면 좋겠다.

또 하나의 개인적인 목표는 인천 토박이 작가로서 소설 속에서나마 인천이라는 도시의 다채로운 모습을 보여주는 것이었다. 그러나 <상처>의 음울하고 축축한 분위기와 활기차고 역동적인 인천의 모습은 잘 어울리지 않았다. 실제로는 소설보다 훨씬 구경 가볼 만한 곳과 맛있는 음식이 넘쳐나는 곳이니 부디 많은 분들이 찾아주시기를. 운이 좋아 전직 형사 이호진의 다음 이야기를 쓸 수 있게 된다면 그때는 꼭 밝고 경쾌한 인천의 모습도 담아보겠다는 다짐을 해본다.

<상처>는 필자의 다섯 번째 장편소설이다. 두세 권쯤까지는 신인의 치기라는 변명으로 실수나 완성도의 부족을 눙칠 수도 있겠지만 다섯 권째가 되니 마음속의 압박감이 거세진다. 이제는 신인티를 벗은 프로 소설가로서 반드시 돈값을 하는 이야기를 써내야만 하는 시점인 것이다. 과연 <상처>가 그런 평가를 받을 수 있을까? 언제나 그렇듯이 그 모든 평가는 오롯이 독자에게만 달려 있고, 그 점이 바로 소설가의 비극이자 행복이리라.

다섯 번째 장편소설을 흔쾌히 내준 몽실북스를 비롯해 그간 필자와 인연을 맺은 모든 출판사와 편집자의 건승과 건강을 빌며.

2020년 6월
나혁진

# 상처 검은 그림자의 진실

1판 1쇄 인쇄  2020년 07월 01일
1판 2쇄 발행  2020년 09월 01일

지은이 · 나혁진
발행인 · 주연지
편집인 · 석창진
편집  · 박영심
디자인 · 김서영
마케팅 · 허은정
북트레일러 · 사이클론

펴낸곳 · 몽실북스
출판신고 · 2015년 5월 20일 (제2015 - 000025호)
주소 · 서울 관악구 난향7길52
전화 · 02-592-8969 / 팩스 · 02-6008-8970
전자우편 · mongsilbooks_kr@naver.com
카페 · http://cafe.naver.com/mongsilbook
네이버 포스트 · post.naver.com/mongsilbooks_kr
인스타그램 · instagram.com/mongsilbooks

ISBN 979-11-89178-19-2 (03810)

- 이 도서의 국립중앙도서관 출판예정도서목록(CIP)은 서지정보유통지원시스템 홈페이지 (http://seoji.nl.go.kr)와 국가자료공동목록시스템(http://www.nl.go.kr/kolisnet)에서 이용하실 수 있습니다.(CIP제어번호: CIP2020023470)
- 잘못된 책은 구입하신 서점에서 바꿔드립니다. ● 책값은 뒤표지에 있습니다.